儿童文学故事体写作论

方卫平／主编　林文宝／著

海峡出版发行集团　福建少年儿童出版社
THE STRAITS PUBLISHING & DISTRIBUTING GROUP　FUJIAN CHILDREN'S PUBLISHING HOUSE

总 序

方卫平

许多年前，我在一部有关儿童文学理论发展历史著作的"后记"里，曾这样提到过自己在书中留下的遗憾："由于手头资料极为有限，本书未能评述台湾、香港儿童文学理论的历史进程。"20世纪90年代初，由于可以想见的原因，两岸儿童文学学术交流尚处在酝酿、启动阶段，留下那样的遗憾，大抵也可算是正常的情况。

很快，这种交流的到来及其热络度、频密度，大大超出了我曾经有过的预期和想象。自1996年开始，我先后应台湾的"海峡两岸儿童文学研究会"、联合报系文化基金会、台东大学、"中华发展基金会"等单位的邀请，多次赴台出席学术会议、做短期研究、给研究生上课，或因学校派出，做校际或学科间的交流。其间四下寻访、收集台湾儿童文学理论批评史料，逐渐积累了丰富的相关专业书刊。

特别令我难忘的是，1998年3月、1999年6月至7月间，在桂文亚女士的牵线联络下，我两次应联合报系文化基金会邀请，赴台做台湾儿童文学理论批评发展的短期项目研究。在许多台湾同行朋友的帮助下，我陆续收集了许多相关资料，包括一些珍贵的史料。记得在台东大学，林文宝教授向我敞开他在学校研究室和家里书库的大门（1999年6月的台东之行，我就住在离林先生家不远、他专门用来藏书的一座共有三层楼的书库里），让我几乎完整地接触了台湾儿童文学理论发展的历史资料；在国语日报社大楼，总编辑蒋竹君女士听了我的课题介绍，立即慷慨向我赠送了台湾《国语日报》"儿童文学周刊"自1972年4月2日创办以来的全部一至十辑合订本；学者、出版人邱各容先生陆续赠送了由他主持的富春文化事业股份有限公司出版的一批重要学术著作；作家谢武彰先生专门把他珍藏的一度已经脱销的朱介凡著《中国儿歌》带给了我；诗人林武宪先生也是研究者和理论资料的热心收藏者，特别把他富余的一套共两辑的《儿童读物研究》送给我——这是1965年、1966年由《小学生杂志》《小学生画刊》为纪念该刊创刊十四、十五周年而出版的纪念特刊，收入了当时许多著名作家、学者的百余篇长短儿童文学论述文章（第二辑为"童话研究"专辑）……

对于我来说，有关台湾儿童文学理论批评资料的收集、阅读，已经持续了二十余年，其间我也产生了一些思考和心得，甚至有过写一本相关著作的计划。但是由于一些原因，这一写作计划一直未能实施。

我们知道，二十多年来，海峡两岸儿童文学界交流日益频繁，海峡两岸儿童文学理论同行也建立了密切、持久的学术交流和互动关系。但是，迄今为止，台湾儿童文学理论研究的独特成果，一直未能在大陆得到系统的介绍、呈现和研究。福建少年儿童出版社以其独特的文化和地缘关系，多年来致力于海峡两岸儿童文学交流和台湾儿童文学读物的出版，硕果累累，其与台湾儿童文学理论界也有着广泛、深入的交流和联系；经过深入的调研和准备，拟推出"台湾儿童文学理论书系"共十册。2012年春，该社向我发出了主编这套丛书的邀约，使我未能完成上述写作计划的遗憾，多少得到了某种程度的弥补。

理论批评作为一定时代、社会人们文学心灵和智慧的组成部分，总是会以自己的方式，参与、展示、建构着特定时代的文学生活与美学世界——儿童文学的历史发展同样如此。当代台湾儿童文学在其半个多世纪的发展历程中，也一直表现出了对于儿童文学理论批评的不同程度的自觉和关注——

1960 年 7 月，台中师范学校改制为师范专科学校（1987 年 7 月九所师专一次改制为师范学院），"始有'儿童文学'一科"（林文宝语）；

1960 年代中期，前述两本小学生杂志纪念专辑的出版，"是台湾儿童文学界相关人士对儿童读物及童话议题的首次文集，开风气之先，足见五六十年代关心儿童文学现状与发展的大有人在，而且不乏往后在台湾儿童文学创作与儿童文学理论研究大放异彩者"（邱各容语）；

1972 年，台湾《国语日报》"儿童文学周刊"创办；

此后，"中华儿童文学学会"（1984 年成立）、"大陆儿童文学研究会"（1989 年成立，1992 年扩大为"海峡两岸儿童文学研究会"）等社团陆续成立；

各种学术研讨会（如静宜大学文学院主办了八届儿童文学与儿童语言学术研讨会，原台东师院、现台东大学主办的各类儿童文学研讨会）、研习营（如慈恩儿童文学研习营）陆续举办与推进；

《儿童文学学会会刊》（1985 年创办）、《儿童文学家》（1991 年创办）、《儿童文学学刊》（1998 年创办）等批评与学术交流园地先后面世；

1997 年，台东师院儿童文学研究所的成立，更是台湾儿童文学研究在教育和学术体制建设方面的一次重要提升。

上述未必完整的若干时间节点和事件，构成了台湾儿童文学批评和学术发展的重要背景和历史动力。在几代儿童文学学者、作家的持续耕耘、努力下，台湾儿童文学界逐渐积累起了比较丰富的理论批评资源和成果。

这套"台湾儿童文学理论书系"收入了台湾老一辈著名儿童文学作家林良先生的名著《浅语的艺术》等两部个人文集。作为一位创作体验浩瀚深刻、童心文心璀璨灵秀的作家，林良把他在儿童文学写作、阅读、思考过程中迸发、闪现的思想灵光、真知灼见，以亲切温暖、娓娓道来的文字，分享、传递给读者，常常令我们在不知不觉中，领受儿童文学写作、阅读的真谛和美好。他关于儿童文学作为一种"浅语的艺术"的条分缕析，无疑已成为台湾儿童文学界最具灵感、智慧的文学论述之一。

丛书将收入林文宝教授的《儿童文学故事体写作论》、张子樟教授的《少年小说面面观》、张嘉骅博士的《儿童文学的童年想象》、黄怀庆硕士的《儿童文学与暴力的三个侧面检视》四部专著或论文集。我以为，这四部著作产生的年代稍有不同，但在一定程度上可以代表目前台湾儿童文学界老中青三代学者的研究面貌。四部著作的研究论题、方法、体例、行文风格等各有特点，其中林文宝、张子樟教授的著作均曾出版或发表过，张嘉骅、黄怀庆的著作分别是作者的博士学位论文和硕士学位论文，收入本丛书之前均未公开出版过。这样的书目选择和安排，只是想在本丛书设定的篇幅和框架内，尽可能多样地呈现台湾儿童文学研究的概貌。

本丛书原计划收入十部具有代表性的台湾儿童文学学术专著。但是，我在阅读、搜寻、思考丛书选目、框架的过程中发现，如果忽略数十年来台湾儿童文学研究在大量报刊、文集中发表的单篇论文、评论文章，我们对台湾儿童文学理论批评发展的了解和认识将留下一个很大的缺憾。固然，那些代表性的学术专著和个人文集的重要性，我们无论如何强调都是有道理的。可是，我也逐渐发现并深深感到，那些四下散落、论题发散、理趣、风格不一的单篇文章，为我们保存、提供了另外一些也许更为多样、细腻的历史过程和思想信息。收入这些论文，可以进一步扩大整套书系的学术覆盖面和作者的广泛性。从总体上看，这些论文的写作时间跨度长，论题观点和研究方法等代表了半个多世纪以来台湾儿童文学研究不同的时代风貌和理论发展脉络。尤其是近十余年来，台湾儿童文学理论界在文化研究、童玩游艺、童书文化消费、儿童文学网站、后现代童话、儿童文学与语文教学、台湾"原住民"儿童文学等话题方面所进行的研究和思考，向我们呈现和提供了较为丰富、独特和新颖的学术话题和理论研究动向。于是，我把丛书的整体构架做了调整，整套丛书由六种个人文集、专著和四册论文合集组成。虽然这样的调整耗费了数倍于原计划的时间和精力，而且，也使我们和出版社一起面临着更复杂、艰巨的著作权使用授权工作，但是我认为，这一切，对于这套丛书更好地反映当代台湾儿童文学研究的学术状况，对于更好地向我们大陆儿童文学界呈现台湾同行的理论成果，都是十分值得的。

这套"台湾儿童文学理论书系"能够编就，我要感谢多年来在我收集、研究有关资料、课题过程中给我以巨大帮助的人们。台湾儿童文学界的学者、作家、出版家林文宝、桂文亚、蒋竹君、张子樟、林焕彰、马景贤、许建崑、陈正治、洪文琼、邱各容、杜明城、陈卫平、谢武彰、林武宪、洪文珍、陈木城、刘凤芯、张嘉骅、管家琪、柯倩华、游珮芸、蓝剑虹等前辈、友人，还有已故作家李潼先生，或为我多次赴台交流牵线搭桥、悉心筹划，或慷慨赠送珍贵资料，提供相关线索，或不辞辛劳为我答疑解惑，与我切磋探讨。在丛书框架、选目大体确定后，林文宝教授、张子樟教授、张嘉骅博士分别就选目等提出了宝贵意见，也给予了温暖的鼓励。借此机会，我要对多年来台湾儿童文学界诸位前辈、友人所传递的热情和友善，所给予的支持和帮助，表达我最深切的思念、谢意和祝福！

丛书部分书目确定过程中，我也征询了大陆儿童文学研究界一些同行的意见；福建少年儿童出版社此次筹划出版这一套台湾儿童文学理论丛书，本人应邀参与，与有荣焉，特此一并衷心致谢。

2015 年 10 月 7 日
于浙江师范大学丽泽湖畔

序

林文宝

本书荣幸列为《台湾儿童文学馆·理论馆》中的一本，今收编辑来讯校稿，借此说明一二。

本书分一、二两篇。前者原刊于 1975 年 4 月《台东东师学报》第三期；后者原刊于 1984 年 4 月《台东东师学报》第十二期。其后应当时高雄市复文书局杨丽源之邀，于 1987 年 2 月合集出版，且易名为《儿童文学故事体写作论》。

其后，于 1990 年 1 月，改由文史哲出版社出版，并列为台东师院语文教育系"东师语文丛书"。

后来邱各容先生创业成立富春文化事业股份有限公司，为赞助其勇气，于 1993 年 3 月交由富春出版。1994 年 1 月又改由毛毛虫儿童哲学基金会出版。

这本书历经四次出版，其间修订不多，只有在文史哲版中加入《试说中国古代童话》《台湾地区儿童文学论述译著书目（1949–1988）》两篇。儿童文学相关书目的建构一直持续至 2009 年，而论述译著则至今未断。

全书书写时间与发表时间皆相隔数十年，就学术生涯而言，本书是属于一、二期的潜学阶段的成果。在我读研的时代（20 世纪 60 年代中后期），还没有研究法这门课，所谓的论文就是依前辈师长的脚步，而后 70 年代末期欧美方法论才开始涌入，于是开启众声喧哗、多元共生的时代，似乎就忘了自己。如今检视当年的论著，似乎有时代的轨迹，为存有年少的企图，如今再版亦无修订。

　　唯一需要说明的是，本书的儿童文学分为：幼儿文学（3–6 岁）、儿童文学（6–12 岁）、少年文学（10–15 岁），这是当时的共识。如今依《联合国儿童权利公约》第一章第一条规定：本公约所称之儿童除依其为适用之法律，较早达到成年外，系指 18 岁以下自然人。

　　因此，目前所谓儿童文学的受众，是指未满 18 岁者，而其层次则往下有婴儿文学，往上有青少年文学。

　　为留存时代记忆以及曾经有过的年少情怀，专此说明，并请理解与见谅。

　　　　　　　　　　　　　　　　2020 年 8 月于台东

目 录
MU LU

第二篇　儿童文学故事体写作之研究

第一篇

儿童文学创作之理论

第一章　绪论

由于儿童学的兴起，我们因而承认儿童的地位与价值，并且也认为儿童应有他们自己的文学，所谓儿童文学即是由此而生。一般而言，儿童文学的创作不外乎四种，即：

搜集；

翻译；

改编；

创作。（见吴鼎《儿童文学研究》自序）

就目前来说，儿童文学已普遍受人注意，只是这种注意仍有某些地方未尽完善。概括地说，时下儿童文学最缺乏的可能是创作理论的探讨。我们知道儿童文学与成人文学是有所不同的，因此儿童文学的创作也应当以它的另一套理论为根据。而这套理论必须简易且准确，唯有如此，方能普遍为人所接受。是以不揣陋学试图建立起儿童文学创作的理论，更企图用简单的笔触，勾画出它的全貌。本书没有高深的学理，也没有惊人的创见，而只是一种综合与整理的工作。

本文所论包括以下几个单元：

在第二章里我们了解儿童文学的意义，并由此树立起本人对儿童文学的见解；同时分辨"儿童文学"和"儿童读物"两个名词。而后才展开对若干问题的探讨。

在第三章里我们对儿童与游戏进行一系列的解说，目的是建立起儿童与游戏的关系性。

第四章所论的则是游戏与艺术之间的关系。

第五章则述说儿童与艺术的关系。

综合归纳前文所论，在第六章里建立起儿童文学创作的理论。在这个理论里我们同时赋予教育性。此外还罗列出目前有关各家对儿童文学的评判标准。

最后一章则揭示本人对才能启发教育的见解，以作为本书的结束。

当然，本书只是创作理论的探讨而已。我们知道一种理论的建立，必定要有它的实际效用，而后始臻完美。个人认为儿童文学理论体系的建立，除了理论本身之外，理当有实际部分；而实际部分又有总论与个论之分。总论是指对于取材、想象、语言、情节、叙事观点、描写、结局等方面的探讨。至于个论，则是指对于童话、儿童故事、儿童诗歌等方面的个别探讨。因此，本书只是一个开端而已。

第二章 儿童文学的意义

提到儿童文学，我们不能不为它下个定义，同时与儿童读物做个比较。

第一节 儿童文学的定义

关于儿童文学的定义，我们拟从台湾专家的解说谈起。林守为先生于《儿童文学》一书里说：

"儿童文学"一词最简单的解释，就是专为儿童欣赏的文学。这个解释当中，包含着三个重要的意思，应当分别加以说明。（即"儿童""文学""专为儿童欣赏"，其解说可参见该书第一章第一节《儿童文学的意义》）

又吴鼎先生于《儿童文学研究》一书里说：

儿童文学一词，各国的称法虽不一致，但意思都是"儿童的文学"。可见儿童文学一词实际上包括两个名词：一个是"儿童"，一个是"文学"。现在要研究"儿童文学"，自宜先将"儿童"和"文学"提出来讨论，再进一步研究什么是"儿童文学"。（见该书第一章第一节《儿童的意义》）

该书还说：

儿童是人生发展过程中的一个阶段，富于幻想、好奇、同情、想象、勇敢、冒险以及崇拜英雄等种种心理，他们与成人完全不同，他们生活在自己的天地里。所以儿童文学应该是表现儿童想象与情感的生活，应儿童天性最高部分的要求，扩大

人生的喜悦、同情与兴趣。用最简单的说法，儿童文学就是儿童自己的文学。（见该书第一章第三节《儿童文学的意义》）

此外，葛琳女士于《儿童文学研究》一书里说：

儿童文学英文为 Children's Literature，意思是"儿童的文学"。因为儿童在生理、心理以及知识领域各方面，都与成人不同，因此特别为儿童"设计"与"写作"的，凡是能充实儿童生活，丰富儿童见闻，满足儿童需要，启发儿童智慧，诱导儿童向上以及能引起儿童兴趣的作品，都是儿童文学。近一个世纪以来，由于各国对儿童的重视，使得儿童文学在文学上已成为一个重要的体系。

儿童文学的最大特色，是设计与写作的综合艺术。（见该书第一章第一节）

从以上解说看来[①]，我们知道所谓的儿童文学，最简单而又最明确的解释是：属于儿童自己的文学。在这个解释里包括两个因素，即"儿童"与"文学"。

对于"儿童"二字的解释，可因立场的不同而有所差异。但不论对儿童时期怎样划分，一个儿童能欣赏文学作品，在心理、生理等方面，总要在三四岁以后。1973 年 1 月 25 日台湾地区通过的儿童福利相关的规定中指出："本法所谓儿童，系指未满十二岁之人。"因此就儿童文学的观点，一般人所谓的儿童是指自入幼儿园至小学毕业（3~12 岁）为止的一段时期。若延长可至初中毕业（15 岁）。因此有人从发展的角度，将儿童文学细分为：幼儿文学（3~6 岁）、儿童文学（6~12 岁）、少年文学（10~15 岁）。

至于文学，即所谓语言的艺术；而艺术则是一种属于美或情趣的追求。

组合"儿童"与"文学"而成为"儿童文学"一词，一方面要有儿童的特色，另一方面要有文学的意义。因此我们认为儿童文学在本质上乃是在于"游戏的情趣"之追求，而在实效上则是在于才能的启发。因此这种属于儿童的文学作品，乃是经过了一种设计。这种设计，不论在心理、生理还是社会交往等方面，皆适合于儿童的需求。

第二节　儿童文学与儿童读物

在谈到儿童文学分类之前，我们必须对"儿童读物"一词有所说明。我们一般所说的读物是指书籍、杂志与报纸。因此"儿童读物"是指专供儿童阅读、欣赏、参考或应用的各种书报与杂志。这种属于儿童的读物，是经过一番精心设计而成的，也就是说是为了适应儿童时期的需求所编印的。

"儿童读物"一词，广义的说法是：凡适合儿童阅读、欣赏、参考或应用的书报与杂志，甚至幻灯片、电影、电视剧皆是。而狭义的则是：仅供儿童课外阅读的书报与杂志。

一般而言，儿童读物，因其传播媒介的不同，可分为文字与图画；又因写作目的不同，可分为非文学性的和文学性的。因此我们认为儿童读物之分类，当如下表：

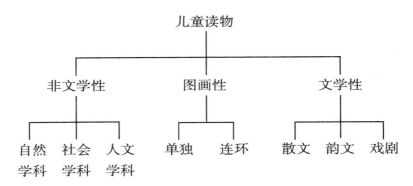

非文学性的读物亦称为知识性读物，重在传达各种知识；而文学性的读物，则重在传达美感或游戏的情趣。至于图画性读物，则是一种视觉的艺术，而且是最具特殊色彩的一种形式。

以儿童的角度来说，图画性的读物更像是一种多媒体，可以引导幼儿去看、去听、去想象，从而领会语言的意义。而严格说来，凡是儿童读物皆不离图画，只是图画多少的不同而已。从学习心理的角度来说，阅读知识性的读物属于直接学习，阅读文学性的读物属于间接学习，而阅读图画性的读物则属于启蒙性的学习。

直接学习是近乎正规的教育，而我们这儿所要说的则是属于间接学习的文学性读物，也就是所谓的儿童文学则不同。儿童文学与儿童画、儿童音乐在某种意义层次上是相同的。文学家创作儿童文学的目的，并不是为了向儿童传授最基本的文学技能，而是希望通过儿童文学来培养出一个富有创造能力，同时理智与情感皆能达到平衡和健全的公民。更简单地说，就是透过游戏的情趣而达到智慧启发的目的。

儿童文学的内容十分广泛，依据前边儿童读物里对文学性的分类再列表细分，如下图：

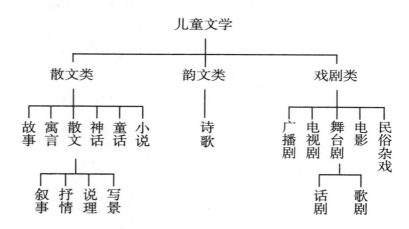

对儿童文学做分类，事实上是吃力不讨好的工作，因此我们势必做某种程度性的说明。表中所列散文包括叙事、抒情、说理、写景四种，这是涵盖式的分法。至于日记、书信、游记、传记、笑话、谜语皆可包括在此四种里面，就不再列出。至于故事、寓言、神话、童话、小说，原则上不论其材料来源如何，就其本身来说，皆具有故事性。其差异只是故事性的偏向有所不同而已，而我们把这些类型归于散文类，仍是采用传统的分类法。时见有人称"童话故事""寓言故事""神话故事"，事实上是否有此必要，颇有商榷的余地。至于韵文类、戏剧类因牵涉不多，我们于此阙而不论。最后我们要说明的是有关儿童文学的各种类型，在原则上皆要冠上"儿童"二字，以示区别。因为我们知道，成人所欣赏的文学作品总是与儿童的有所不同。

另外，"儿童文学""儿童读物"两种用词，就广义或一般用法而言，则属互通的同义词。

【注释】

① 除此之外亦有他人的解说，本人仅取以上三家为代表。

第三章 儿童与游戏

我们认为儿童文学创作的理论在于"游戏的情趣"。因此拟从儿童、游戏、艺术等方面立说,本章先从儿童与游戏说起。

第一节 游戏的定义

在广义的说法中,体育、运动、游戏等名词,时常是相通的。因此我们似乎有加以解说的必要。

体育,顾名思义是人体的教育。它是一个新的专有名词,是一门以经过选择和组织的身体活动作为教育方法的学科。其内容自不能脱离游戏、打球、田径、游泳、舞蹈等。此类运动,既不是无意识的反射动作,又不是漫无目的和无组织的乱动;它必须具有大肌肉活动、小肌肉活动、表达活动、比赛活动、业余活动、团体活动等特质;兼备这些特质的运动,才能引起众人向往学习之心,才能改造经验,获得教育效果,使临场的体验兴奋欢乐,日后的生活繁荣丰富。因此江良规先生认为体育的定义应为:

体育是教育,以经过选择、组织的大肌肉活动为方法,以特有的场地设备为环境,以有机体固有的身心需要为依据,使个人在实践力行中,使体格获得完美的发展,行为加以理性的控制,动机能有正当的满足,动作富于和谐的协调,进而扩展经验范围,提高适应能力,改变行为方式,传递固有文化,一方面繁荣生活,一方面发扬生命意义。(见《体育学原理新论》,第

30 页）

　　我们知道运动是体育独有的内容，也就是说体育是以运动为方法，借以达到教育的目的。这里所指的运动是一些经过审慎选择、严密组织，且内容充实、效果广泛的身体活动；一方面刺激生长和发展，一方面迎合本性的冲动和需要，进而提供丰富的人生经验，培养社会行为应有的规范。一举手一投足皆可以称为动作，但不一定是体育范畴中的运动。体育所选择的活动，是以生物、解剖、生理、心理和社会学的知识为依据，自有其科学基础和社会原因。

　　就体育学的角度来说，体育和游戏或运动是不相同的，盖后二者是古老的、自然的，是前人文化经验的一部分。体育虽是以游戏和运动为基础的教学方式或手段，但其本质是教育的，是经过选择整理和组织的活动；游戏和运动不是体育，仅是体育的表面形态而已。因此游戏和运动可说是一种生命现象，一种生命表达的方式。

　　游戏本是一个古老的名词，虽然就体育学的角度来说，它仅是体育的一种形式，可是就广义的传统意义来说，它则可以涵盖体育的一切活动。游戏是人类的本能活动，各种运动都是从游戏发展而来的，而本文所说的游戏即指广义的概念。当然，游戏的意义常因我们所持观点不同而有所差异，因此欲了解游戏的意义，则需要从多方面加以考察。我们这儿所说的游戏，即相当于现代所谓的"休闲活动"，休闲活动是现代社会迫切需要的。所谓休闲活动是指个人除了工作以外参加的活动。而这种活动是个人自愿选择的，并且期望能从中获得某种满足感。所以休闲活动的范围颇难界定，当然其关键在于"能使参与者得到再生的情趣"。因此它的人数、地点皆不定。而一般的说法，认为其有四种分类：

　　1. 文化活动：包括朗诵、写作、研读、研究、调查、搜查等活动。

2.社交活动：包括交谊、游戏、会谈、参加福利工作、参加政治活动等。

3.体育活动：包括劳作、狩猎、钓鱼、远足、郊游、个人及团体竞技运动等。

4.艺术活动：包括雕刻、文学、音乐、针线、戏剧、各种手工艺。（见《体育学原理新论》，第338页）

至于休闲活动的特质，有下列五项：

1.闲暇时间：我们必须先有空闲时间才有休闲活动，所以工作不是休闲活动，因为工作不是为了消磨闲暇时间。

2.有乐趣的：对于参加活动的人来说，休闲活动必能给予欢乐和满足。

3.志愿的：参加活动的人对于活动种类可以根据自己的志愿自由选择，不受任何外力的强制。

4.建设性的：空闲时间可以用以消遣的活动很多，但是只有那些有建设性的活动才能列入休闲活动。所谓建设性的活动指的是那些有益身心又乐在其中的活动。例如赌博也是消磨时间的方法，但因赌博缺乏建设性，所以不能列入休闲活动。

5.生存以外的：凡是为了生存的一切活动，都不具备休闲性质，所以吃和睡两者不能称为休闲活动。然而同样是吃，一次野餐的性质就不同。因为野餐除饱吃一顿以外，还包括交谊和游戏，活动的目的既非单纯的吃，那就具有休闲意义了。（《体育学原理新论》，第334页）

第二节　游戏的学说

学者对于游戏本质或起源的研究，常因所持立场或观点的不同而有多种的说法。追溯根源，"游戏说"乃是康德（Kant，1724—1804）所提出的。当时康德的"游戏说"乃是为追寻艺术起源而立的。而后众说纷纭，试简述如下：（以下所述，以吴文忠

《体育史》第十一章第一节《游戏的起源及其学说的演变》为蓝本。并见刘效骞《儿童游戏新编》第一章第一节《游戏学说的演变》）

1. 精力过剩说（Theory of Excess Energy）

德国诗人席勒（Schiller，1759—1805）推演康德的学说而创精力过剩说，后又经英国哲学家斯宾塞（Herbert Spencer，1820—1903）加以改进。此说认为游戏乃必然发生，高等动物为维持自己的生存，其时间与精力不能完全用尽；因是生活精力的过剩，渐被蓄藏；在精力过剩时，则发生游戏的冲动，以游戏来发泄其过剩的精力。此说又以儿童游戏比作水沸蒸气的现象，认为势必发散。

2. 休养说（Theory of Recreation）

休养说创自英国的卡姆斯爵士（Lord Kames），德国体操鼻祖顾兹姆斯（Gutsmuths，1759—1839）、心理学家拉扎勒斯（Lazarus，1824—1903）、斯坦塔尔（Steinthal，1823—1893）亦主张此说。

此说认为人在劳作后身心倦怠，需要休息或睡眠来休养——在尚未达到安静休养时，有所谓的活动休养，此即游戏的发生。例如用脑过度者，通过阅读小说来调节休息；手工业者，亦可由球类游戏获得愉悦。

3. 生活准备说／本能练习说（Preparation Theory or Instinct Practice Theory）

此说为德国著名生物学家谷鲁斯（Karl Groos，1861—1946）所倡导。

他认为游戏因本能而起，本能因游戏而发达，儿童以游戏作为得到未来生活上必要的技巧的途径。以小猫捉弄玩物和女孩爱小玩偶为例，一在于练习捕鼠，一在于练习保育。

4. 行为复演说（Theory of Recapitulation）

此说为美国心理学家霍尔（Hall，1844—1924）所创。

此说认为儿童的游戏，无非是人类进化现象的复演，即今天我们所表现的游戏，实为我们祖先活动的各阶段的演化。

5. 生长需要说（Theory of Growth）

生长需要说为阿普尔顿女士（L. E'Appleton，1892—1965）所创。

此说认为游戏乃因身体的构造而成，游戏的性质，仅在于满足身体生长的需要；一切生物均有满足其身体生长的需要，因此一切生物均各有其游戏活动。当机体未获得充分生长时，则需要游戏，如生理机体已生长成熟时，则游戏的欲望亦随之降低。

6. 放松说（Theory of Relaxation）

放松说为心理学家帕特里克（Patrick）所创。

他认为现代人的生活状况、日常职业等，大多为小肌肉的活动，如写字、读书、家务事等，易于疲劳，须以散步、划船、垂钓等野外活动恢复精神。

7. 发泄情感说（Theory of Gatharisis）

这种观念可追溯至亚里士多德（Aristotle，公元前384—前322），而后科尔（Corr）、克拉帕雷德（Claparede）赞成此说。

他们认为游戏是发泄情感的一种工具，科尔更进而说明悲剧中快乐心情的释放，并认为可适用于游戏。其意义在于使有害的倾向无害地发泄出来。而克拉帕雷德则认为这种情感的发泄，如是一时性的，而非永久的，当可赞同，比如发泄愤怒情绪，以摔毁器皿或用力关门等以泄怨恨，而求平静情绪。如为永久的，则将成为有害社会的郁积情绪。又如互殴为社会人情所不许，可借游戏方式以发泄。这与心理学者弗洛伊德（Sigmund Freud，1850—1939）的理论亦有几分相似。至于阿德勒（A. Alder，1870—1937）一派学者，则视游戏为一种补偿工具。

8. 自我表现说（Theory of Self-expression）

自我表现说为美国密歇根体育教授米切尔（H. R. Mitchell）

所创。鲍尔温（J. M. Baldwin，1861—1934）亦主张此说。

此说认为人是活动的生物，活动为生命的基本需求。根据人体解剖的构造、生理的需要、心理的倾向，以游戏为人类求生的方法，其所表现的各种现象，即是生命。生命的表现即自我表现，人有生命即有动机与需要，而游戏正是提供这种满足的活动。

第三节　儿童与游戏

前节所述的各种游戏学说，虽然都不能成为放之四海皆准的不变定律，但我们亦无法否认他们皆有各自的立论。当然，游戏就其意义来说，实在兼有生物学、生理学、心理学、社会学、美学、教育学等意义。而我们更能从各种学说的立论里，看出他们皆有一个共识：儿童期的全部生命活动即是游戏。也就是说游戏是儿童的第二生命。同时我们也知道儿童游戏的进行，乃是在自由与安全之下，所以游戏本身即是目的，亦是创造。因此如何指导儿童游戏，使他们在游戏上能具有前述休闲活动的特质的意义，乃是父母与教师所应当去思考的。就杜威（John Dewey，1859—1952）"教育即生活"与基尔帕特里克（W. H. Kilpatrick，1871—1965）"生活即游戏"的理论来推演，我们也可以说"教育即游戏"或"游戏即教育"。作为现代的父母与教师，首先要肯定的是游戏对儿童的意义。因此我们不禁要说属于儿童的即是游戏。所以里德（Herbert Read，1893—1968）在《透过艺术教育》一书里说：

从这种动态的观点看来，进展应自游戏开始。在整个小学阶段，除了游戏的发展外，别无其他。当然，这样的建议不是创先的，"游戏法"是一种公认的教育方法，特别是幼儿学校。但如前面所论，这些实验和讨论所根据的游戏概念仍是不适当的，且有时是表面的。至少他会成为对事物不认真的伪装，把每一学科都变成闹哄哄的游戏,而教师成为一个滑稽戏的演员。这种方法最多会发展为一种儿童易于了解的练习表达形式。游戏法如用之适当,不会意味着缺乏教学的方向或连贯性——那是在教学中游戏,而不是以游戏来教学——但要使游戏统一和有序,就是要把它改变为艺术。所以,我们在前一章中反对把艺术的理论教学视为游戏的形式。游戏是一种较不正式的且能够变成艺术的活动,因而便获得儿童有机发展的意义。(见吕廷和译本,第七章《教育的自然形成》第六节《统合的方法》,1973年版易名为《教育与艺术》)

第四节 儿童游戏的理论基础

儿童的生活与游戏结成一体,因此我们拟从心理、生理与社会等方面,再对儿童游戏做一种理论性的解说。儿童在心理、生理与社会等方面的需要,都与成人有所差异,而此三方面共同的需要又以游戏为最。我们试解说如下(本节所述,以刘效骞《儿童游戏新编》第二节《儿童游戏的理论基础》为蓝本):

一、儿童游戏的心理基础

儿童视游戏为第二生命,这种视游戏为生命的现象,乃是出于自然的天性。游戏学说,如本能练习说、发泄情感说、自我表现说,其主要立论即是以心理为主,他们认为游戏乃是出于天性或本能。虽然儿童在心理上有游戏、安全、情爱、独立、成功、审美等方面的需求,但其中以游戏的需要最为重要——也只有在游戏的活动中,方能有安全、情爱、独立、成功、审美等方面的满足。这也就是说只有健全的儿童才会有真正的游戏。因为:

1. 儿童游戏是出于兴趣。儿童的心理是绝对的自我,只要合乎自己的兴趣便去做,他并不管他人,也唯有这种出于自我兴趣的游戏,才是属于儿童的游戏。

2. 儿童游戏是出于模仿。儿童有模仿的天性，他只要看到别人做什么就会有模仿的倾向。

3. 儿童游戏是出于好奇。好奇也是儿童的特质，儿童时常因为好奇而主动尝试各种游戏。

4. 儿童游戏是出于暗示。儿童容易接受成人的意思，更容易接受成人的暗示，因此儿童时常由于成人的暗示而产生游戏的动机。

5. 儿童游戏是出于社会性（群性）。人生来就有合群的天性，因此儿童容易成群结队，也容易参与各种团体游戏。

二、儿童游戏的生理基础

游戏是儿童的生活，如果儿童不游戏，可能就有生理上的不适。精力过剩说、休养说、生长需要说、放松说等游戏说，皆与生理观点有关。我们知道作为生物体的儿童，在生理方面的需求大约有游戏、呼吸空气、饮食、适当的温度、排泄、性的驱力等。而要使这些需求正常与和谐，皆有赖于游戏的维持。因此，就生理观点来说，游戏对儿童有下列作用：

1. 儿童游戏可以增进身心健康。

2. 儿童游戏可以增加生活情趣。

3. 儿童游戏可以发展肌肉功能。

4. 儿童游戏可以调节体力消长。

5. 儿童游戏可以帮助智力发育。

三、儿童游戏的社会基础

儿童也是生物体的一种，当然也有人际关系上的社会需求。游戏学说的行为复演说、生活准备说，亦皆有属于社会观点的理论。今以社会观点来看儿童游戏，则游戏对儿童的作用约有下列几点：

1. 在游戏中，儿童可以养成合群的习惯。

2. 在游戏中，儿童可以锻炼领导的才能。

3. 在游戏中，儿童可以铸就优良的品德。

4.在游戏中，儿童可以树立团队的精神。

综观本节所述，我们认为作为现代的父母与教师，应在儿童游戏中结合以上四点作用，做到寓教于乐，同时不失游戏的本质。也唯有如此，才算是有意义的儿童游戏。

第四章　游戏与艺术

第一节　艺术的起源

艺术史学家一致承认，艺术史与人类史一样久远。从现代人的眼光来看，艺术在原始生活中的地位与重要性往往超出我们的想象。他们的物质文明虽然简陋，可是在艺术领域的审美水平却很高，艺术对他们生活上影响的重要性与普遍性，远非其对现代文明人类所能比拟。

艺术史虽说与人类史一样久远，可是它的起源到底是什么？这又是一个百年来颇难论定的老问题。在美学的领域里，对于这个问题的研究，有两派最具影响力：一派是出自柏拉图（Plato，公元前 428—前 348）和亚里士多德的模仿说；一派是出自柯勒律治（Samuel Taylor Coleridge，1772—1834）及其他浪漫主义的想象说。前者强调艺术中认知和写实的元素；后者则着重情感与想象的因素；而有综合两派思想趋向的或许可说是游戏说。游戏说是由康德提出的，而发扬此说的人，则是诗人席勒，其后又有他人加以修正。在前章所述的游戏学说里，有些是就艺术的起源问题而立说。他们的研究方法是从未开化的民族、儿童以及动物的活动入手。

第二节　游戏与艺术的异同

虽然我们不能因游戏说而肯定艺术的起源即是游戏，但我们却可由此分辨出其间的异同。我们不能说艺术即是游戏，但就虚构性来说，艺术与游戏是相通的。朱光潜在《文艺心理学》一书中曾就其异同加以解说，试罗列如下：

一、类似之处

1. 它们都是意象的客观化，都是在现实世界之外另创意造的世界。

2. 在意造世界时它们都兼用创造和模仿，一方面要沾挂现实，一方面又要超越现实。

3. 它们对于意造世界的态度都是"佯信"，都把物我的区别暂时忘却。

4. 它们都是无实用目的的自由活动，而这种自由活动都是要跳脱"平凡"而求"新奇"，跳脱"有限"而求"无限"，都是要用活动本身所伴着的快感，来排解呆板现实所生的苦闷。

二、相异之处

1. 游戏不必有欣赏者，而艺术的创作就不能不先有欣赏者。游戏只是表现意象，艺术则除表现之外还要传达意义。

2. 游戏缺乏社会性，而艺术冲动的要素却恰在社会性。所以游戏不必有作品，而艺术则必有作品。作品的目的就在把所表现的意象和情趣留传给旁人看。

3. 艺术冲动含有社会性，所用的材料和方法因之也和游戏不同。游戏对于材料是无所选择的，一个意象不管是粗陋或是精美，一浮到儿童灵活的脑里，立刻就变成一个意造的世界；一个玩具，无论有生气或无生气，一落到儿童好玩的手里，立刻变成活跃的人物，游戏所用的材料只是一种象征、一种符号，它的本身价值如何，儿童常不过问。

4. 游戏缺乏个性与理想，而且游戏较艺术具有更大的抽象性。（见该书第十二章《艺术的起源与游戏》，其中第四点相异之处则采自刘文潭《现代美学》第一章《艺术与游戏》）

最后朱光潜对于游戏与艺术的关系得出一个结论，他说：

　　艺术和游戏都是在紧迫的实际生活中发生自由活动，都是为享受幻想世界的情趣和创造幻想世界的快慰，于是把意象加以客观化，成为具体的情境，这就是所谓"表现"。不过纯粹的游戏缺乏社会性，而艺术则具有社会性，它的任务不仅在"表现"更在"传达"。这个新要素的加入，于是把原来游戏的很粗陋的幻想活动完全改变，原来只是借外物做符号，现在这种符号自身却要有内在的价值；原来只要有表现，现在这种表现还须具有美的形式。我们可以说，艺术冲动是由游戏冲动发展而来的，不过艺术的活动却在游戏的活动之上做更进一步的功夫。游戏杂用金砂，无所取择；艺术则要从砂中炼出纯金来。（见该书第十二章《艺术的起源与游戏》）

　　由上可知游戏说的学者，企图将艺术的起源立于游戏上是不容易的，但我们亦不能否定他们之间的相似之处。因此我们只能说：艺术虽带有游戏性，但艺术绝不止于游戏。

第五章　儿童与艺术

　　艺术对儿童来说，只是表现的工具，这种表现即是"自我表现"与"自我调适"。唯有能"自我表现"与"自我调适"的儿童方能进步、成功与快乐。因此艺术教育对于儿童人格的成长和发展是具有其重要性的。

　　从前述几章里，我们知道儿童与艺术的关系是建立在儿童的游戏上；游戏可应用于儿童的一切活动，而这一切活动理当是自主自发的。虽然游戏说不能确定艺术起源，但他们却间接地肯定儿童游戏与艺术的相关性。朗格（Konrad Lange，1855—1921）认为"游戏是孩提时代的艺术，而艺术是形式成熟的游戏"。因此他认为每一种游戏都有一类艺术与之相应，他明确地指出其相应性：

　　听觉的游戏→音乐

　　视觉的游戏→装饰

　　运动的游戏→舞蹈

　　扮演的游戏→戏剧

　　涂写→绘画

　　玩洋娃娃→造型艺术

　　玩沙捏土的游戏→建筑

　　讲故事→咏史诗

　　即兴歌唱→抒情诗（见刘文潭《现代美学》第一章《艺术与游戏》）

　　虞君质在《艺术概论》一书里说：

如以儿童生活为喻，则种种动作几乎全是游戏。儿童的描画，即是绘画的起源；儿童的唱歌，即是音乐的起源；儿童讲故事，即是文学的起源；儿童堆积木，即是建筑的起源；儿童弄黏土，即是雕塑的起源；儿童欢呼踊跃，即是舞蹈的起源。小儿生活，本来略同于原始人类，由此可以想象原始人类的艺术，很可能从游戏中慢慢发生起来，即可见游戏与艺术的密切关系。（见该书第一章《论艺术的原始》）

里德于《透过艺术教育》一书里也肯定道：

我们发现儿童的各种游戏都可以相结合而向四个方面发展，配合四种基本的心理功能。当这样发展时，游戏活动自然和小学教育阶段的各学科适当地联结在一起。

从感情方面，游戏中的拟人化和客观化可以发展为戏剧。

从感觉方面，游戏中的自我表现的方式可以发展为视觉或造型设计。

从直觉方面，游戏中的韵律活动可以发展为舞蹈和音乐。

从思想方面，游戏中的建造性活动发展为手工艺。（见该书第七章《教育的自然形式》）

从以上几则的引证，我们可以肯定儿童游戏与艺术的相关性，因此为人父母与教师者，对于儿童艺术的选择与发展应注重下列四个要点：

1. 介绍适宜儿童的成长和自由艺术表现的教材。

2. 任何材料或方法必须有其本身的贡献。如果另一种方法可有较好的效果，则运用前一种方法即是不当。

3. 教师应该了解儿童实现自我发展的方法，教师所指示的所谓正确方法可能对孩子个体会造成阻碍。

4. 艺术的材料和应用只是达到目的的手段，运用某一教学方法不应与其意义分割。应该在恰当的时间里来帮助孩子，使其实现物我认证，使其充分发展完美倾向与自我表现能力。（见贾馥茗编著的《心理与创造的发展》第三章《初等教育中创造活动的意义》）

第六章　儿童文学创作的理论

综合以上各章简述，我们试图由此建立儿童文学创作的理论。

第一节　儿童文学创作的理论

文学是艺术的一种，而艺术的定义是什么？关于此问题，其答案因学者所持观点不同而有所差异。王梦鸥先生说：

我们所谓艺术，一向还没有个较深刻而扼要的定义。有之，就是最近韦礼克与华仑在其《文学论》中所说的："艺术是一种服务于特定审美目的下的符号系统或符号构成物。"这里所谓符号，当然是指一切艺术作品所应用的符号，如声音、色彩、线条、语言、文字以及运动姿势等等。若依此定义来看，则所谓文学，不过是服务于特定"审美目的"下的文字系统或文字的构成物而已。它之所以不同于其他艺术，是在于所用的符号不同，但它所以成为艺术品之一，则因同是服务于审美目的的。是故，以文学所具的艺术特质而言，重要的即在这审美目的。反之，凡不具备这审美目的的，或不合乎审美目的的，纵使有个文字系统或构成，终究不能算作艺术的文学。（见王梦鸥《文艺美学》下篇《美的认识》）

所谓"审美目的"，即是一种"美的"追求；这种"美的"追求，亦是"情趣"的享受。这种"美的"追求或是"情趣"的享受，是就艺术本质而言。而这种"美的"追求与"情趣"

的享受，又是服务于人生的。

儿童文学亦是属于艺术的一种形式，因此就名词本身而言，儿童文学具有艺术价值乃是不争的事实，当然它也应当有"美的"追求与"情趣"的享受。但是，我们也相信它理当有另外一套相异于成人文学的理论和标准。

林良先生认为儿童文学的特质是：

1. 它运用"儿童语言世界"里的"语词团"，从事文学的创作。

2. 它流露"儿童意识世界"里的文学趣味（见《儿童读物研究》一书中《论儿童文学的艺术价值》一文）。

我们知道儿童文学与成人文学的相异之处，乃是在于"儿童"俩字上。儿童无论在心理、生理还是社会等方面的需求都与成人有异。

就儿童期而言，它只是人生过程中的一个阶段，这个阶段却是最需要父母与师长的引导的。而就儿童本身而言，他的生命即是游戏。因此我们相信儿童的游戏需要加以特别的注意与引导。从美学的观点说，游戏是艺术的一种形式；更明白地说，艺术虽带有游戏性，但艺术绝不止于游戏，是以我们必须把游戏加以导引。这就是里德所说的"游戏是一种较不正式的活动，能够变成艺术的活动，因而获得儿童有机发展的意义。"（见《透过艺术教育》第七章第六节《综合的方法》）

就美学的立场，游戏与艺术有相通之处；就广义的游戏（或曰"休闲活动"）而言，游戏可包括艺术活动。因此把由活动性的游戏变为艺术性的游戏活动乃是可能的事实，但其改变过程中必需留有相通之处，才能为儿童游戏与艺术所接受。能为二者所接受，则儿童文学的艺术价值乃由此而定。基于此理，个人把儿童文学创作的理论建立在"游戏的情趣"上。

此理论的论点是：就儿童而言是游戏，就艺术而言是情趣，因"游戏"与"情趣"而产生儿童文学。这也就是说：透过语言所传达出来的儿童文学作品，在理论上应该是属于儿童的，同时也是艺术的。属于儿童的是游戏，而这种游戏亦当经过一种特别的形式设计，使之符合教育的原则。属于艺术的，即是情趣的捕捉。这种儿童文学首要的目的在于才能的启发；所用的方法是艺术化的。所以我们把情趣附属于游戏，游戏因有情趣而成为艺术；而情趣由游戏中得来，所以适合儿童，这是所谓的艺术化的游戏，这种艺术化的游戏才能算是真正的儿童游戏。

儿童文学因有情趣的享受，所以亦能成为成人的文学；又因为伟大的艺术是属于一种自然与朴实的纯真，所以真正好的儿童文学，也能是伟大的艺术品。

我们相信，儿童文学的创作在理论上若缺少"游戏的情趣"，则不能成为儿童文学作品，当然也不能被儿童所接受。因为这种作品缺少一种特别设计，这种作品或许具有知识性、教育性与美学性，可是因为缺少儿童学的理论基础，而不能产生实际效用，这也就是说他们忽略了儿童之所以为儿童的根本原因。

第二节　儿童文学的评判标准

个人认为"游戏的情趣"是儿童文学创作的理论基础，也就是儿童文学创作的原则与评判的标准。创作的原则是为创作者而立，而评判的标准是为父母与老师而立；当然评判的标准乃是因创作原则而来。有关儿童文学的标准已有多人提及，以下就已有的说法加以罗列解析：

一、李畊先生之说

李畊先生于《试谈儿童读物的标准》一文里说：

一本儿童读物，如果只能满足儿童的要求，便难保没有教育的反效果（如好勇斗狠、假知识等）；如果只有合乎某一教育目标的说教、说明的文字、图画或形象，也难保没有教育的副作用（如看不懂、不愿看等）。完全不顾儿童的要求与教育的需要呢？根本就说不上是"儿童读物"，所以只有在两者兼顾的条件下，才能产生出理想的儿童读物。

因此，儿童读物的标准，应同时从以下两个方面去寻求：

一是儿童的自然要求；

一是教育的理想。

前者是学习心理学、儿童学的问题；后者则和人生观、世界观有关。对此虽然见仁见智，说法很多，甚至连各国的课程标准、教育目标也常有变动，但归结地说为以下三个基本准则，似乎是无可争议的：

1. 在表达方面：理想的儿童读物，必能顾及小读者的阅读能力，而让他们易于理解。

2. 在表现方面：理想的儿童读物，必能顾及儿童心理的需求，而使他们爱看、爱读。

3. 在作用方面：理想的儿童读物，必能顾及知识、道德或生活习惯等的培养，而使他们读后"身（生理与卫生）或心（知识与品德）"的发展上得到好处。

其中"1"是"2""3"两个准则的条件——是"儿童的"；

"2""3"道出了理想读物的一定内涵：

"2"是理想儿童读物的形式标准——是"美的"；

"3"是理想儿童读物的内容标准——是"教育的"，也可说为"真或善"的。

据此，上述理想的儿童读物的三个基本准则，可以再归纳于下面的一句话中：

"理想的儿童读物是儿童的、美的、教育的出版品。"或说为：

"理想的儿童读物是儿童的、美的、真的、善的出版品。"

不过我们在理解这句话时，必须注意它内在的关联性，把握它的全部内涵；如果将它分开，说成：

"儿童的出版品"

"美（包括'艺术''文学'等）的出版品"

"教育的出版品"或

"真（包括'科学''人文'等）的出版品"

"善（包括'道德''生活'等）的出版品"

都不一定是，或完全不是理想的儿童读物。（见《儿童读物研究》中《试谈儿童读物的标准》一文）

以上我们几乎完全引用了李先生该文里《儿童读物标准的探索》一节的原文。就标准而论，可说很详尽，只是缺少理论性的探讨。至于李先生没有把"教育的理想效果"放在第一位，确是卓见。这是我们所能见到最详尽的标准说。当然"游戏的情趣"与李先生之说并无相左。我们知道，儿童的自然要求乃是在于游戏；而所谓教育的理想效果则是情趣的追求。据里德的观点：

艺术应为教育的基础。（见《透过艺术教育》第一章第一节《主题》）

教育不仅是一种完成个人化的历程，且是一种统整的历程：统整就是个人的独特性与社会的统一性协调。（见《透过艺术教育》第一章第三节《初步定义》）

因此我们相信教育的目标乃在于达到一种身心和谐的情趣境界。

二、林守为先生之说

林守为先生于《儿童文学》一书里曾对儿童文学的标准作出如下说明：

依据教育家的看法，儿童时期是游戏的时期，儿童生活是游戏的生活；阅读对于儿童，也仅是一种游戏项目而已。

游戏的目的在于愉悦，游戏的动机在于有兴味，那么为儿童而编写的文学作品，自应以符合儿童的游戏的要求为准则，以满足儿童的娱乐需要为鹄的。唯有如此，写成的作品才能使儿童感觉愉悦有兴味，才能使儿童自发自动地去阅读。（见《儿童文学》第一章第三节）

林先生提出以"符合儿童的游戏的要求"为儿童文学的标准，这是卓见，只是缺少理论性，同时也缺少教育性的设计。

此外，林先生在《儿童读物的写作》一书里又采取了李畊先生的"儿童的、教育的"标准，并且再从内容和形式两个方面加以分析。而林先生在该书第二章《儿童读物与其读者》，另有谈"游戏与阅读"的问题。

三、王玉川先生之说

王玉川先生于《评判儿童读物的标准》一文里说：

儿童读物的好坏，过去注意的是"道德的、知识的、文学的"等几个标准，以后才把"语文的标准"也列进去。因为儿童的语文，正在发展的时期，我们应该用儿童读物，帮助儿童，使他们的语文逐渐成熟。（见《语文及儿童文学研究》一书）

王先生的标准说颇为详尽，只是忽略了儿童的游戏本性，因此有失于严肃。

四、葛琳女士之说

葛琳女士于《儿童文学研究》一书里认为儿童文学创作的原则是：

编制儿童读物，要以培养儿童读书的兴趣为目的，因此在写作之前，必须注意下列两个原则。

一是基于儿童生活环境不同，经验兴趣也不一样，所以编写故事得由儿童已有的经验扩及其他的经验。

二是适合儿童的程度：由于儿童年龄生活经验不同，对于读物内容了解程度不同，所以儿童读物必须适合儿童的理解能力。（见该书第四章第一节《儿童文学制作的原则》）

五、林桐先生之说

林桐先生于《评论儿童文学的标准》一文曾归纳以下三点：

1. 艺术价值。

2. 教育价值。

3. 趣味价值。

同时他又说：

对于儿童文学作品的评价，我认为以上三个条件皆备的是上乘之作，当然三要素要像化合物一般凝聚在一起。（见《儿童文学周刊》第十七期）

综观以上各家的说法，他们所揭示的标准与"游戏的情趣"并不相左，只是缺少理论性的建立。我们的看法是：儿童文学的标准乃因理论而生，因此欲揭示标准之前须有理论的建立；否则所谓的标准容易落空。同时我们也认为一种儿童文学理论的建立，不能太精细；太精细容易流于琐碎，且缺乏适应性。反之，唯有简单的原则性，才能保持其生命性。对于标准亦是如此，唯有建立原则性的标准（此标准当依理论而立），而后方能用之四方而不误；否则仅就主观的见解而标示出无数的细则，虽可证明鉴赏的精细，却是抹杀文学的本原。因此，我们所欲建立的儿童文学创作的理论，并没有庞大的体系，只是原则的树立而已。这种简单的原则，一方面是创作的理论，另一方面亦是批评的标准。当然"游戏的情趣"针对的是属于艺术性的儿童文学。若为适合儿童读物标准，则一方面可降低属于美学的"情趣"，另一方面重教育性。由此，儿童文学或儿童读物的创作或评判标准应是：

积极方面："游戏的情趣"之追求。

消极方面：不违反教育之原则。

在儿童文学创作的理论里，我们实在不愿意标示出"教育"二字，那是因为不愿意使活泼生动的儿童文学流于过分严肃的观感。而时下一般人对于儿童文学最大的错误观念，即是过分强调"教育性"。其实在"游戏的情趣"里，已经含有了教育性的设计，不必再过分强调。

第三节 对儿童文学应有的认识

我们认为儿童文学对儿童来说，也只是一个游戏项目而已。因此对儿童文学的认识，仍当从"游戏"的特质上加以解说。在第三章里我们已谈到游戏，同时把广义的游戏视同为休闲活动。试将休闲活动的特质再简列如下：

1. 闲暇时间。

2. 有乐趣的。

3. 志愿的。

4. 建设性的。

5. 生存以外的。

（详见江良规《体育学原理新论》第十章）

以下我们依此特质，逐条加以解说我们对于儿童文学应有的认识：

1. 儿童文学的指导与阅读，不能有本位主义的独断，理当在不反学童情绪的闲暇时间之下进行。

2. 儿童文学当以满足儿童游戏的情趣为主，而非以培养未来的文学家为任务。

3. 不要过分强迫儿童去阅读或创作儿童文学作品，理当出于自愿。

4. 儿童文学的阅读与写作，除满足儿童游戏的情趣之外，又当以不违反教育的原则为辅。

5. 或说艺术为教育的基础，但艺术之训练，并非一定得透过儿童文学的训练不可。

由此，我们知道儿童文学的阅读与写作，乃是近乎休闲活动（或说游戏）。此种活动的目的，乃是在于启发才能和培养优良的人格，而并非培养日后文学家（当然，若有所谓天才者除外）。因此作为父母与老师，不宜过分热衷于让儿童参加各种商业性的有奖征文比赛。参加这种比赛，非但有失才能启发的意义，同时对于儿童的心理亦容易产生不良的影响。

第七章　余论

现代教育的理论已逐渐屏除"遗传说"，而代之以"环境的教育说"，这也就是说人人都有其可塑性。教育的目标不是只在培养几个天才而已，教育的目的是发展个体的独特性，同时也发展个体的社会意识或相互性。所以教育不仅是一种完成个人化的历程，而且是一种统整的历程。统整就是个人的独特性与社会的统一性之协调。

申言之，这种教育目的的达成，有赖培养的方法，培养得当，则能使人成为堂堂正正的公民。而这种培养又有赖于时间的早晚，因此对于儿童的教育，一致认为启发愈早愈好。这种启发是属于才能性的，而非知识性，所以儿童教育与成人教育有异。一般而言，儿童教育以启发才能为主。以往才能常被视为一些神奇的、内在的特质，甚至认为只有天才者才有，其实这里所谓的才能是指"创造性"。这种创造性的特质是：基本的安全感、智能、变通性、自发性、幽默感、独创性、知觉能力、嬉戏、急进性、爱好性、自由、感受性等。具有"创造性"的人才能有快乐、成功、幸福的人生，而这种"创造性"的培养，只有依靠儿童期的启发，才能不是天生的。日本人铃木镇一（1898—1998）历经三十年的实验，证实了才能的启发性，他说：像这样，任何儿童都能培育出优秀的才能。而且任何儿童只要这样做，都能培育出美好的才能。相反地，如果那样做，就会成为能力薄弱的悲惨者。音乐家林声翕先生于《儿童音乐的才能教育》一文里说：

音乐除了天才教育外，不能忽略才能教育这一部分。才能教育是包含着我们日常生活有关生理上各种基本问题的教育。才能教育的目的，就是要训练我们的儿童能够在视觉、听觉、触觉上一致，思想上能有完整的表达力，还有品德的修养、合群性的栽培、意志力的集中。这些问题，都能通过才能教育的表达力，得到完整的效果。（见该书第三讲）

又贾馥茗教授于《心理与创造的发展》一书亦说：

创造的主要原因和心理治疗的力量有同样的倾向，即是人为实现自己和成为自己的倾向。这种直接的趋势显然地存在于所有的有机人生之中——伸张、延长、发展、成熟的力量——要表现和成立有机体或自我的各种能力的倾向。这种倾向可能埋藏于心理防卫的底层；也可能被隐蔽于巧饰之后而否认其存在；但仍然可以相信它是每个人都有的，只是有待于适当的解放和表现的情况。有机体与环境形成新关系以求成为真正的自己，即是创造的最初动机。（见该书第一章第一节《创作导论》）

由此我们更能肯定才能启发的事实性，而儿童教育的特色亦即是才能的启发。这种才能的可能性，乃是建立在心理的安全和自由基础之上，这种安全感与自由的建立，则有三种过程：

一、承认个人之无限的价值。我们应当承认儿童本身应有的价值与可能的发展。唯有通过如此的肯定，儿童才能有安全感与自由感。

二、供给没有外在评鉴的气氛。儿童发现自己未受外在标准的评鉴或衡量时，才最舒展自由。评鉴常常是一种威胁，会引起防卫，进而否定自己的才能性。

三、要设身处地地了解。能设身处地地了解儿童，从儿童的观点来看、来感觉，进入到儿童的天地里来看出现在你眼前的儿童世界，如此儿童才会有安全感。（见该书第一章第一节《创作导论》）

这也就是说，我们必须给予儿童安全与自由，他方能自由地思考、感觉并发展他的内在。如此，才有可能启发才能。

这种才能启发的教育，是通过儿童的游戏本性；而儿童游戏又与艺术有相当的关联，因此才能启发所用的方法，即是采用艺术化的游戏方法，这种方法仍不失有儿童的本性在。所谓儿童文学、儿童音乐、儿童绘画、儿童舞蹈皆是属于艺术化的游戏；也就是属于才能启发的方法。当然启发才能的方法，并不止于艺术化的游戏，只是这种方法最适合儿童。因此艺术化的游戏，在目前乃是最有效的才能启发方法。

当然，儿童文学的阅读或写作也只是才能启发训练中的一环，儿童文学的阅读或写作对于儿童，主要是为了启发才能和培养良好的品格。因此我们相信儿童文学创作的"游戏的情趣"的理论，也能作为全部艺术化游戏的才能启发训练的原则，而对于一切儿童的艺术教育的认识，亦当和儿童文学的认识无异。

参 考 书 目

《儿童文学》 林守为著 自印本

《儿童文学研究》 吴鼎著 台湾教育辅导月刊社印

《谈儿童文学》 郑蕤著 光启出版社

《儿童文学》 文致出版社

《儿童文学研究》（上、下） 葛琳编著 华视出版社

《儿童读物的写作》 林守为著 自印本

《儿童读物研究》（一）（二） 小学生杂志社

《童话研究》 林守为著 自印本

《国语及儿童文学研究》 《研习丛刊》（第三集） 师校师专教师及辅导人员研习会编印

《专题研究第四集》 师校师专教师及辅导人员研习会编印

《好孩子阅读指导》 苏尚耀编著 新民教育社

《国语问题》 艾伟著 台湾中华书局

《怎样培养孩子的兴趣》 张剑鸣译 大地出版社

《幼儿的心理》 波多野勤子著 王梦梅译 东方出版社

《儿童教养指南》 姜义镇编著 台湾商务印书馆

《幼儿教育》 樊兆庚编 台湾商务印书馆

《儿童心理学》 萧恩承编著 台湾商务印书馆

《儿童学概论》 凌冰著 台湾商务印书馆

《儿童行为》 Frances B. Amess 著 徐道邻译 大林书店

《儿童管教与少年犯罪》 刘济生主编 大林书店

《运动生理》 猪饲道夫、广田公一著 齐沛林译 维新书局

《运动心理》 松田岩男、清原健司著 吴万福译 维新书局

《社会学》 柯尼格著 朱岑楼译 协志出版社

《体育原理新论》　江良规著　台湾商务印书馆

《体育史》　吴文忠编著　刘鉴堂著　台北工专体育教学研究会印

《游戏理论与学校游戏》　刘鉴堂著

《体育教学法》　潘源著　台北工专体育教学研究会印

《儿童游戏新论》　刘效骞编著　台湾书店

《现代心理与教育》　雷斯德著　开山书店

《教育的过程》　布鲁纳著　陈伯璋、陈伯达合译　世界文物出版社

《艺术的意义》　杜若洲译　大江出版社

《教育与艺术》里德（H. Read）著　吕廷和译　自印本

《语文教学游戏的研究》　李荫田著　自印本

《低年级王明德教学第二式理论与实际》　成执权、苏甘棠编著高雄市爱群小学编印

《林声翕音乐六讲》　林声翕著　台湾教育主管部门印

《怎样了解幼儿的画》　郑明进著　世界文物出版社

《作文教学法》　黄基博著　自印本

《儿童提早写作方法》　黄基博著　自印本

《怎样指导儿童写诗》　黄基博著　自印本

《儿童文学创作选评》　曾信雄著　国语日报社

《儿童文学周刊》（一至一百期合订本）　马景贤主编　国语日报社

《艺术概论》　虞君质著　黎明文化公司

《心理学》　朱光潜著　台湾开明书店

《现代美学》　刘文潭著　台湾商务印书馆

编者注：因此篇成文于20世纪60年代，当时并无系统的研究法可参考，因此本篇参考书目没有加上出版日期。作者为留存时代的痕迹，再版时也并无修订。

第二篇

儿童文学故事体写作之研究

第一章　绪　论

　　"儿童文学"一词普遍在中国使用，或始于1920年，算来到现在我们的儿童文学已经有近百年的发展历史；如果从1949年算起，也有近七十年的历史。这七十年来，在儿童文学方面有哪些论述性的文章？恐怕这是一个难以启齿的问题。

　　七十年里，我们有了一本儿童文学的专属论著索引，此外，我们有几本儿童图书目录？有几本可用的参考用书？有哪些论著的参考数据？又有多少人实际了解并参与其中？儿童文学从业者，非但是"寂寞的一行"，更严重的是"才"荒。洪文琼先生在《儿童读物市场之调查分析》序文里，曾说明"才"荒的症结如下：

　　　国内儿童读物所面临的"才"荒的问题，事实上牵涉到多方面的因素。有的是属于教育政策方面的；有的是由于出版业者的眼光问题；有的则是儿童读物作家、插画家、理论家（批评家）的问题。厚责哪一方面都有失公平。我们认为症结所在乃是：国内一向对于儿童读物，缺乏客观而有系统的分析性研究，更缺乏影响性（效果方面）的调查，终而导致大家对儿童读物特殊性（文化背景）的漠视。因此，儿童教育家、教育政策制定者、儿童读物出版家以及儿童读物园地的耕耘者，一团雾水，摸不着应该努力的方向。（见慈恩版第2页）

　　时隔不久，林良先生从过来人的角度去看，却认为：

　　　文艺年鉴也不再漏列儿童文学的项目。儿童文学工作更由"活跃的一行"跳跃到"受尊重的一行"。（见时报版

《一九八〇台湾地区文学年鉴》，第 55 页）

虽然，儿童文学似乎已跳跃到"受尊重的一行"，然而林良先生在年鉴的《儿童文学概况》的结尾，仍不得不说：

一九八〇年的儿童文学世界给人的印象是"稳定"。原有的各儿童读物出版社、儿童杂志仍在从事一贯的工作；各基金会仍按期颁赠儿童文学奖金；各报刊对儿童文学的鼓励不逊往年；政府和文教机构推动的儿童文学活动持续增加；萦绕在儿童文学工作者心中的是一个"中国儿童文学"的建设问题。我们应该怎么创作？怎么发掘民族文化的特色？怎么从过去的"让儿童去适应西方的儿童文学"走到"让儿童文学适应中国的儿童？我们的努力方向是什么？"这确实是一个发展的瓶颈，等待着儿童文学工作者运用智慧去突破！（同上，第 58 页）

如果，我们再从另一个角度来说，我想儿童文学工作者仍是"寂寞的一行"。这种寂寞，来自缺少共识；而共识的缺乏，又来自本身的贫乏；而本身的贫乏，却是源于缺乏理论性的架构。其间虽然有人企图引用社会学科的研究方法去研究它，可是效果不明显。我们知道，属于人文学科的文学是语言的艺术，如果企图用定量、定性方法去分析艺术性的语言，只是一种赌注。

申言之，文学是语言的艺术；而属于儿童的儿童文学，其特质又何在？林良先生在《论儿童文学的艺术价值》一文里，认为儿童文学的特质是：

1.它运用"儿童语言世界"里的"语词团"，从事文学创作。

2.它流露"儿童意识世界"里的文学趣味。（见小学生版《儿童读物研究》第一辑，第 106 页）

此外，林良先生仍不遗余力地探索语言的艺术，有下列文章也是讨论语言艺术的：

《儿童读物之语文写作研究》 赵云笔记 见《研习丛刊》（第三集），第 121~126 页。

《儿童文学——浅语的艺术》　见国语日报社版《浅语的艺术》，第 17~28 页。

《作者的语言跟个性》　见《浅语的艺术》，第 29~36 页。

《儿童文学创作里的语言问题》　绿水长笔记　见《儿童文学周刊》第三五九期。

所谓运用"儿童语言世界"里的"语词团"并不是指强调为儿童而写，也不是说有一种属于儿童的特殊的"儿童语言"，这只是说：运用儿童所熟悉的真实语言来写。

儿童所熟悉的语言是现代的中文。

现代的中文，既不是太欧化，又不是不易懂的古文言，当然，更不是方言。

所谓真实是指与儿童生活有关的部分。

这种"儿童所熟悉的真实语言"，即是所谓的"浅语"。"浅语"并不排斥文学技巧，所有的文学作品，都是用艺术技巧处理过的"浅浅的文字"。这种"浅语"是指止于自然的口头语言，近似《学记》所云："善教者使人继其志。其言也，约而达，微而臧，罕譬而喻，可谓继志矣。"

李·斯坦梅茨（Lee Steinmetz）在《文学作品之分析》一书里，曾认为五百年后仍然很受欢迎（不仅是在课堂之中）的英语民族所写的、富于文学想象的作品是：

莎士比亚的剧作

《白鲸记》（*Moby Dick*）

《格列佛游记》（*Gulliver's Travels*）

《鲁滨孙漂流记》（*Robinson Crusoe*）

《爱丽丝漫游奇境记》（*Alice in Wonderland*）

《哈克贝利·费恩历险记》（*Adventures of Huckleberry Finn*）

《小妇人》（*Little Women*）

查尔斯·狄更斯的某部小说，可能是《大卫·科波菲尔》（*David Copperfield*）或《匹克威克外传》（*Pickwick Papers*）或《金

银岛》（*Trezisure Island*）

《鹅妈妈童谣》（*Mother Goose*）（见黎明版徐进夫译本，第15~16页）

这十本书中，除莎氏作品和《白鲸记》不易受到儿童的欣赏，其余八本，有七本通常都被列为儿童读物。他认为："时间过了一代又一代，儿童的趣向变化较成人更慢。他们不受批评家的谕旨或文学上的时兴所影响。"更重要的是，当一本书的"语言为儿童所有而意义属于成人"之时，你已有一只脚站到不朽的纪念碑上了（见该书第 17 页）。申言之，所谓"语言为儿童所有"，是指语言为儿童所接受。儿童说话虽有其特色，作家在写作时不必刻意模仿，而是要注意儿童说话的特色，使他们易于接受。实际上，语言是完全开放并且相当抽象复杂的符号系统。我们有理由相信：小孩学习语言并非逐句去学，也不是一个句式一个句式地学，而是学习语言的衍生法则。学会任何一种语言的人等于吸收进去了这一套抽象的衍生规则。因此，所谓"儿童读物之中，应竭力避免使用儿童不易懂的语言文字"，以及由此而衍生的"基本字汇"的观念，皆是缺乏理论的基础。其实所谓儿童不易懂，只是成人的"想当然"，未必是儿童真的不能接受。况且用字限制的话，很可能影响作家的表达能力，甚至影响到儿童的语言学习。

从前边所述可知，"应用儿童语言世界里的语词团从事文学创作"，虽是儿童文学的特点之一，但并不是儿童与成人文学真正的差异所在。儿童文学与成人文学的分际，不在于故事主角是否为儿童，或事件是否有儿童参与，或是遣词用字的深浅，而是在于"立论观点"。"儿童有心，余忖度之"，凡是假借儿童观点视之，描述令儿童产生兴趣的情景，探讨对儿童具有一定意义的问题，再试而以仿儿童的口吻说出，则不论作品中是否有儿童角色，皆属于儿童文学。所谓"立论观点"，就是林良先生所说的"流露儿童意识世界里的文学趣味"，也就是儿童对事物的看法和理解。儿童的意识世界，林良先生认为包括：

1. 纯真：站在儿童的纯真世界中去观察事物，常常会产生很多新的观念。在安徒生童话《国王的新衣》里，一方面揭露成人心理的复杂、虚伪；一方面表现出儿童的纯真不为世俗所蔽，所以敢于揭穿"国王是没有穿衣服的"这件事情。

2. 没有时空观念：或者可以说儿童另有一套属于他自己的时空观念。据说美国第 38 任副总统汉弗莱在迁往华盛顿的前夕，他的小女儿祈祷时说："上帝，我们要搬家了，以后再也见不到你了。"在她小小的心灵中，大概以为搬到华盛顿，上帝仍然留在她的旧家里。

3. 物我关系混乱：儿童可以和任何动植物或任何空间说话。儿童的意识活动本来就是如此，所以对儿童本身不但没有害处，不必禁止，而且可乘机灌输仁爱、爱护动物的观念。

4. 自由想象：儿童心灵纯真，想象力不受任何束缚。对于这点，应加以培养、鼓励，不要以为是空想而将之扼杀。脑子的活动力远而宽，对人类的进步大有帮助。同时，儿童的想象力得到充分的发展，将来接触到现实社会时仍能够保留着自己的理想。（见《研习丛刊》第三集，第 214 页）

儿童的意识世界，表面平静，实际却相当复杂；作家只有了解儿童的意识世界，方能写出好的儿童读物。儿童读物的内容，不只限于儿童本身的生活经验，它应是无所不包、无所不容的；但以儿童可以理解、体会及喜爱的知识为范围，则是不变的定理。如李白的《静夜思》："床前明月光，疑是地上霜。举头望明月，低头思故乡。"该诗的描写几近口语，儿童很容易了解，但内中深沉的乡愁，却是儿童十分陌生的。又如"嘲讽"这种情绪，也非孩子所有。

总之，要熟悉儿童，最直接而有用的方法就是经常与儿童接触，从儿童的自然流露中去了解儿童。但限于时间与能力，更好的方法是借助"儿童学"。儿童学的兴起，是缘于儿童是未来社会的主力。儿童教育，是以儿童为主体，且应以个人为单位；又不同年龄应施以不同的目的教育。就教育的目的而言，无非是发展儿童的身体、道德与智育。儿童学也就是从心理、生理与社会三方面去研究儿童。儿童是未来的成人，他们必须成长，就人类行为发展的研究，有下列事实：

1. 儿童期是人生的基础阶段。

2. 发展是来自成熟与学习。

3. 发展是顺着一定的且可预知的组型进行。

4. 所有个体的发展过程都不同。

5. 每个发展阶段都各有其特点。

6. 社会对每一个发展阶段都有一些传统的看法。（详见华新版赫洛克著、胡海国编译《发展心理学》，第21页）

而海维格斯曾收集了一个最容易了解且最有用的发展工作表：

婴儿期与儿童期早期的发展工作（出生到六岁）：

学习走路。

学习食用固体食物。

学习说话。

学习控制排泄机能。

学习认识性别与有关性别的行为和礼节。

完成生理机能的稳定。

形成对社会与身体的简单概念。

学习自己与父母、兄弟姐妹以及其他人之间的情绪关系。

学习判断是非，并发展良知。

儿童期晚期的发展工作（六岁到十二岁）：

学习一般游戏所必需的身体技巧。

建立"自己是正在成长的个体"的健全态度。

学习与同辈相处。

学习扮演适合自己性别的角色。

发展读、写、算的基本技巧。

发展日常生活所必需的种种概念。

发展良知、道德观念与价值标准。

发展对社团与种种组织的态度。

青春期的发展工作（十二岁到二十一岁）：

接受自己的身体，及所扮演的男性或女性的角色。

与年龄相近的异性和同性建立关系。

情绪上不再依赖父母及其他成人。

建立经济独立的信心。

择业与就业的准备。

发展公民能力所需的智慧与概念。

发展对社会负责的行为。

建立适应科学文明的价值观。（同上，第17~18页）

由上所述，或许我们可以说，儿童文学的基本面是属于儿童学的范围，而它在本质上是属于"游戏的情趣"的追求，至于在实效上则是才能的启发。一切为儿童着想，若说有终极目标的话，则是在于人文素质的养成。

广义的儿童文学或称为儿童读物，其中包括小说、童话、诗歌、散文、戏剧等想象性的文学类作品，或非文艺性的知识性或报导性书籍。又因为前者以小说类或故事性作品为主，故有小说（fiction）与非小说（nonfiction）的区分。非小说之所以普遍受到人们的重视，其主要原因来自孩子们的求知欲；另外一个原因是来自老师和家长们的要求，他们希望孩子们获取更多知识。因此，非小说类作品的创作跟其他类型儿童文学的创作一样，具有同样重要的价值。

至于小说类，是属于狭义的儿童文学，其间又以"事件的叙述"为主。所谓"事件的叙述"，是指具有故事性。故事的本义，福斯特在《小说面面观》中写道：

故事是一些按时间顺序排列的事件的叙述。（见志文版李文彬译本，第23页）

故事与情节不同：故事可以是情节的基础，但情节则是较高一级的结合体。（同上，第25页）

而一般的故事是指有开头、高潮、结尾，能使大多数人感兴趣的事件，所谓小说类即是。这种具有故事性的小说类，包括神话、寓言、童话、故事、小说等五种，它们的共同点，即是故事性，或称为情节布局。弗莱（Northrop Frye）对情节布局的分类是这样：

1. 如果故事的主角在类别上优于其他人，而且也优于其他人的环境，那么，他属于神灵，有关他的故事则成为神话，亦即一般人所知的众神的故事。这种故事在文学上占有重要地位，但一般而言，它是在正常的文学范畴之外。

2. 如果主人公在程度上优于他人，也优于他所处的环境，那么，他是个典型的骑士英雄。他的行为杰出，但仍属于人类。这里我们已经从神话进入传说、民间故事、童话和与它们有关的文学推演。

3. 如果主角在程度上优于他人，但不优于他所处的环境，那么，他是个领袖人物。这是高级模仿格式里的英雄，如大多数史诗和悲剧，也就是亚里士多德心目中的英雄人物。

4. 如果主角既不优于他人，也不优于他所处的环境，那么，他就是我们其中之一。我们对一般人性有所反应，并且要求创作者提出可遵循性的规则，合乎我们的经验，这就是低级模仿格式里的英雄，大多数喜剧和写实小说均属于此类。（"高级"和"低级"没有什么价值比较的含义，纯粹是一种分类而已。）

5. 如果主角在智力上劣于我们，我们因此对奴役、不幸或荒谬等情节产生轻视之感，那么他是反讽的格式……

环顾此列表，我们可以发现欧洲小说在最近这十五个世纪中，一直是从其严肃悲沉的中心沿所列之表而下……（见黎明版林怡俐译本《情节布局》，第25~26页）

弗莱概括的"高级模仿""低级模仿"和"反讽"等格式，已经涵盖整个新古典主义中，有关类型与文体的问题，而在分类的处理上也提出了一个较完美的分类方法，从研究英雄人物来区分所有的情节布局。

儿童文学的故事体（或称为小说类），就情节布局而论，出入不大。其中，故事、寓言较为单纯，但仍不易分辨。如就弗莱的人物观点而言，则较为明确。因为故事体的组成要素不离人、事、时、地、物，而其中又以人为主，角色人物的差异，与内容情节有关。一般而言，神话人物毕竟是属于"神本"的超人神圣；而故事、小说则类似真实的人物；至于寓言、童话，则介乎两者之间。

从人物的角度来透视，又可见故事体演变先后时间。我们可以说，在年代湮邈的先民就已开始听故事。原始听众是一群脑袋昏昏沉沉的非文明人，围着营火打哈欠，被大象和犀牛弄得精疲力尽，唯一能使他们清醒的就是故事中的悬疑——下面又发生了什么？故事体由此产生。这是原始的好奇心。

在各种的故事里，神话最为动听。远古之初，神话是被视为真实和信念的事物。由于对生命本能的热爱，以及冥觉到生命与它生存于其间的宇宙的休戚之情，原始人内心时时升起一种迫切的渴望，要想对自己和周遭的物理世界及人文世界赋予丰富的意义。这是人类心灵发出的第一个讯号。自从有了神话创作以后，人类就开始脱离茹毛饮血的动物性生存状态，成为有理想和有诗意的生灵。人类的生存才从匍匐于狭隘的平面，到有了精神世界上升与下潜的幅度。因此古代神话的创作是人类从物质束缚中的解放。它表现的不仅是智慧的运作，而且是热情的努力。神话在描述这个世界的时候，极尽幻设的能事；它无视生存境遇里现实情理的阻碍，无止境地展露着创造的天真。

神话里有着原始时代人类奋斗的故事，与先民历史息息相关，因此他们心生钦慕，口口相传。后世子民从中激发内心的民族感情和民族认同。

儿童的某些心态或许很接近原始人类；神话中的想法和认识，跟儿童的心理有颇多相似之处。但儿童喜爱神话并不因为相信它是历史，而是被它的趣味所吸引。这种趣味，就是想象的趣味。

在先民的奋斗与探索的过程中，宗教随之产生。后世的科学与哲学的思想多半由先民的神话及宗教中脱胎。宗教亦企图为现实世界寻求一条合理且可行的解释。于是赋予神话个人的解释，并进而产生了寓言。寓言的来源，可能是哲学与神学，而非文学，尤其最可能的是宗教。寓言一开始，就与故事有密切的关系。而后有人对人类的知识和智能进行艺术的概括，使事件叙述具有讽喻意味。更具体地说，它是通过鸟兽草木种种物体的姿态，用比喻的方法来着重摹拟、揭露、批评或嘲笑人们的缺点的故事。寓言不是通过生活感受来直接反映现实，而是把哲理概念艺术化、故事化；它也不是通过客观形象具体地反映现实，而是虚构生动易懂的故事，说明哲理或寄寓教训。

至于童话，可说是兼具神话与寓言的优点——童话具有神话的"想象的趣味"，而屏除了神话"神本"的观念。童话具有寓言的角色，而没有寓言的说教。林钟隆先生在《寓言、神话、传说和民间故事》一文里，曾说明神话对童话创作的影响有：

神话多半会有下列几种成分：

1. 超人、超自然的有神力的主角。

2. 故事的发展有超出常情的非常奇异的变化。

3. 有动人的故事。

由上，我们可以了解，在童话中，创造一个超人的、有神格的主角，演出英雄似的变化多端、曲折离奇、出乎想象的故事，是非常受孩子们欢迎的。很多习作童话的人，往往写出没有故事的作品。故事的重要性，是童话中不可缺少的。如何把握神话的特性，并表现在创作的童话中，是童话创作上很重要的一件事。（见《中国语文》月刊第三〇五期，第16页）

又寓言对童话创作的影响有七项，并说明如下：

1. 动植物为故事的主角。

2. 动植物的拟人化。

3. 故事的情节能反映主角的特性。

4. 动物植物可以毫无阻碍地交流。

5. 主角不限于动植物，也会有人类参与其中，而人和动植物彼此都可以用人话交谈。

6. 以了解人生、表现人生为主题。

7. 用动植物的行为、思想、言语来讽刺人生。

我们今天写作童话，以动植物为主角，仍旧是最受孩子们欢迎的。动物和植物之间，或者人和动植物之间，彼此交谈，说着人话，儿童不但不以为奇，还觉得非常有趣。文章里面的动植物，用拟人化的方法，使孩子们感觉分外亲切，这让孩子们觉得非常有意思。而了解人生、探讨人生，这是文学永远不变的通则，从事文学的创作，就是写出自己对人生的感悟，并传达给读者。有很多想从事童话创作的人，一开头就犯了一个错误，以为成人的作品是探讨人生的，写儿童的作品就不能那样做了。从寓言来反观这种看法，完全是错误的。文学是为了解人生而创作的，童话当然也是一种文学作品，如果不是为了人生，那么所创作出来的童话，就很难找出价值所在了。把个人对人生的体验和领悟编成故事，这是童话创作中很重要的一种态度：至于以讽刺作为方法和表现形式的技巧，那也是童话中常用、常见的。所以，想从事童话创作，必须要把握寓言故

事的内涵及外在的种种特色。并加以有效运用。（同上，第14~15页）

总之，童话具有神话与寓言的优点：它是以"人本"思想为主。在童话世界里，"不可能"是不存在的，童话里没有无奈的事实。在儿童世界里，主角凭着"想象"的翅膀，离地起飞，去追求真善美。有创意的艺术创作和不被污染的善心，基本动力都来自"童话"；儿童在流金的岁月里不能没有童话的滋养，原因就在这里。

儿童是发展的有机体，他们总是要成长，这是无奈的事实。丰子恺曾有《送阿宝出黄金时代》一文：

约十年前，我曾作一册描写你们黄金时代的画集。（《子恺画集》）其序文《给我的孩子们》中曾有这样的话："我的孩子们！我憧憬于你们的生活，每天不止一次！我想委曲地说出来，使你们自己晓得，可惜到你们懂得我的话的时候，你们将不复是可以使我憧憬的人了。这是何等悲哀的事啊！""但是你们的黄金时代有限，现实终要暴露的。这是我经历过来的情况，也是大人们谁也经历过来的情况，我眼看见儿时伴侣中的英雄、好汉，一个个退缩、顺从、妥协、屈服起来，到像绵羊的地步。我自己也是如此，后之视今，犹今之视昔，你们不久也要走这条路呢！"写这些话时的情景还历历在目，而现在你果然已经"懂得我的话"了！果然也要"走这条路"了！无常迅速，念此又安得不结衷肠啊！（见洪范版杨牧编《丰子恺文选》，第161~162页）

孩子要步向成人世界，需要有相当长一段时间去适应；而在适应时间里的导师，就故事体而言，就是故事与小说。故事与小说，促进儿童善用思考解决问题，帮助儿童了解生活的意义，以及引导儿童体验真正的生活艺术，进而使其能了解自己，了解别人；同时知道如何安排现实，准备将来。

大概说来，19世纪以前的小说（尤其是短篇小说）是用来讲故事的。故事是源于原始的好奇——在设计上，它是迁就缺乏文学修养的读者，诉诸人类的好奇心；它的作者尊重读者的口味，也体谅读者的弱点。至于小说则显得繁复且以批评真实的人生为主。

总结以上所述，可知儿童文学故事体的发展概况；其间非但人物造型不同，其内容、情节也有不同——也就是说各种不同形式的体裁，各具有不同的特点。这种特点的认识与掌握，当是初学者所必须了解的。目前儿童文学用书里，显然没有着重在这点上，因此造成学习上的不便。个人在教学过程中，一直强调特点的认识；对特点有所认识，方能掌握写作的基本原则；因为不同形式的体裁，其写作重点自有不同。

故事体各有其不同的形貌与特点，因此儿童阅读兴趣也就不同，国内外皆有人对此进行调查。就台湾地区而言，仍以叶可玉的《台湾省儿童阅读兴趣发展之调查研究》一文较为详尽。（见 1963 年《政治大学学报》第十六期，第 305~361 页）该调查取样的范围遍及岛内，共计 21 所小学。有 3348 名学生接受调查，依年级人数分，一年级 555 名；二年级 556 名；三年级 544 名；四年级 561 名；五年级 570 名；六年级 562 名；男女人数相当。问卷调查结果如下：

儿童填答"喜欢"的读物类别，前六类是：

三年级：1. 笑话 84.28%

2. 谜语 72.89%

3. 童话 67.93%

4. 科学故事 64.58%

5. 历史故事 63.98%

6. 神奇故事 63.08%

四年级：1. 笑话 76.11%

2. 童话 70.05%

3. 谜语 67.52%

4. 神奇故事 60.93%

5. 游记 59.05%

6. 历史故事 58.90%

五年级：1. 笑话 74.23%

2. 历史故事 72.83%

3. 童话 70.70%

4. 神奇故事 67.91%

5. 民间故事 64.47%

6. 神话 60.57%

六年级：1. 笑话 73.07%

2. 童话 72.94%

3. 神奇故事 67.80%

4. 历史故事 67.73%

5. 民间故事 65.71%

6. 侦探小说 59.07%（见《政治大学学报》第十六期，第 330~331 页）

儿童填答"普通"的读物类别，前六类是：

三年级：1. 寓言 41.36%

2. 剧本 41.11%

3. 日记 37.88%

4. 传记 36.68%

5. 诗歌 34.37%

6. 武侠小说 34.28%

四年级：1. 日记 39.11%

2. 传记 37.33%

3. 惊险故事 36.12%

4. 剧本 34.86%

5. 民间故事 34.53%

6. 寓言 34.23%

五年级：1. 公民道德常识 40.07%

　　　　2. 科学常识 39.09%

　　　　3. 日记 39.39%

　　　　4. 诗歌 38.77%

　　　　5. 传记 38.41%

　　　　6. 寓言 35.79%

六年级：1. 科学常识 43.43%

　　　　2. 传记 43.27%

　　　　3. 诗歌 41.34%

　　　　4. 公民道德常识 41.21%

　　　　5. 科学故事 40.57%

　　　　6. 日记 39.75%（同上，第 332~333 页）

儿童填答"不喜欢"的读物类别，前六类是：

三年级：1. 爱情小说 81.26%

　　　　2. 连环图画 31.55%

　　　　3. 剧本 28.87%

　　　　4. 公民道德常识 27.14%

　　　　5. 历史小说 20.34%

　　　　6. 寓言 20.16%

四年级：1. 爱情小说 79.50%

　　　　2. 连环图画 37.71%

　　　　3. 武侠小说 35.33%

　　　　4. 寓言 33.65%

　　　　5. 剧本 36.24%

　　　　6. 惊险故事 22.81%

五年级：1. 爱情小说 84.44%

　　　　2. 连环图画 38.37%

　　　　3. 武侠小说 36.35%

　　　　4. 剧本 39.41%

5. 日记 22.70%

6. 寓言 18.56%

六年级：1. 爱情小说 82.31%

2. 武侠小说 46.40%

3. 连环图画 43.82%

4. 剧本 25.79%

5. 日记 24.64%

6. 侦探小说 20.11%（同上，第 334~335 页）

又各年级（或年龄），儿童阅读兴趣的发展是：

一年级（六至七岁）儿童——对动物和自然的写实故事最感兴趣，其次是对简单的历史故事、社会常识、生活故事、笑话感兴趣。

二年级（七至八岁）儿童——对简易的本国名人传记和历史故事发生兴趣，对自然和动物类故事、神奇故事、童话也有兴趣。

三年级（八至九岁）儿童——对笑话有着浓厚的兴趣，其次是喜欢谜语、童话。对本国名人传记仍感兴趣，对科学故事、历史故事、神奇故事也有兴趣。

四年级（九至十岁）儿童——对笑话最有兴趣，对童话、谜语、本国人传记故事、神奇故事保持原有的兴趣，此时期的儿童开始对侦探小说、民间故事发生兴趣。

五年级（十至十一岁）儿童——对于笑话仍旧有浓厚的兴趣，而对于本国名人传记故事的兴趣达到最高点，如《岳飞》《花木兰》之类的名人传记故事，儿童非常爱看，男童尤其喜欢阅读男性爱国英雄或伟人的故事；女童则最喜欢阅读女性英雄或伟人的故事。另外对《西游记》之类的神奇故事感兴趣，对民间故事、神话也有兴趣。

六年级（十一至十二岁）儿童——对笑话仍然最有兴趣，也喜欢看名人传记，其次是对神奇故事、历史故事、民间故事、

侦探小说感兴趣，渐渐开始喜欢阅读游记类书籍。（同上，第356~357页）

一般而言，阅读调查可作为创作者的参考。

本书写作的目的，乃缘于教学的方便。因此，写作的方式也跟一般的儿童文学用书有所不同，如对文学特点和文学知识的重视。又在解释与说明上，尽量罗列目前用书里的见解，以作比较研究的目的。并为了给初学者提供方便，在每章后面列有建议参考书目，以作为自我学习之用。

本书的写作时间前后长达一年半，不敢说金针度与人，但求有益于初学者。其过程只不过是排比组合而已，也可说是自己的读书报告；又行文里引述他人之处颇多，皆一一注明，若有不及注明者，也可从建议参考书目中得知，未敢掠美。

在阅读与写作过程中，深知仍有许多人在为儿童文学做长期的奉献，个人衷心向他们致以最高的敬意。

参 考 书 目

一

《儿童文学研究》 刘锡兰编著 台中师专印 1963 年修订再版

《儿童文学》 林守为编著 自印本 1964 年

《儿童文学研究》 吴鼎编著 台湾教育辅导月刊社 1965 年

《五十年来的中国俗文学》 娄子匡、朱介凡合著 正中书局 1967 年

《儿童读物的写作》 林守为著 自印本 1969 年

《谈儿童文学》 郑蕤著 光启出版社 1969 年

《儿童文学》 文致出版社 1972 年

《师专儿童文学研究》（上、下） 葛琳编著 中华出版社 1973 年

《儿童文学论》 许义宗著 台北师专印 1977 年

《儿童的文学教育》 王万清著 东益出版社 1977 年

《儿童文学的认识与鉴赏》 傅林统著 作文出版社 1979 年

《儿童文学——创作与欣赏》 葛琳著 康桥出版社 1980 年

《儿童文学与儿童图书馆》 高锦雪著 学艺出版社 1981 年

《中国儿童文学》 王秀芝编著 双叶书廊 1983 年

《儿童文学综论》 李慕如著 复文图书出版社 1983 年

《怎样写儿童故事》 陈宗显翻译 国语日报社 1985 年

《儿童文学》 叶咏琍著 东大图书公司 1986 年

《儿童读物研究》（一、二） 小学生杂志社 1969 年

《儿童文学研究》（一、二） 中国语文月刊社 1965 年

《浅语的艺术》 林良著 国语日报社 1976 年

《改写本西游记研究》　洪文珍著　慈恩出版社　1984 年

《慈恩儿童文学论丛》（一）　慈恩出版社　1985 年

《儿童文学创作选评》　曾信雄著　国语日报社　1973 年

《儿童文学析赏》　林守为著　作文出版社　1980 年

《儿童文学的新境界》　邱阿涂著　作文出版社　1981 年

《世界文学名著的小故事》　张剑鸣译　国语日报社　1977 年

《世界儿童文学名著欣赏》　国语日报社　1972 年

《儿童文学名著赏析》　许义宗著　黎明文化公司　1983 年

《名家为你选好书》　子敏主编　国语日报社　1986 年

《儿童文学的演进与展望》　许义宗著　台北市师专印　1976 年

《儿童文学评论集》　冯辉岳著　自印本　1982 年

《西洋儿童文学史》　许义宗著　台北市师专印　1978 年

《西洋儿童文学史》　叶咏琍著　东大图书公司　1982 年

《儿童文学论著索引》　马景贤编著　书评书目出版社　1975 年

《文学概论》　王梦鸥著　帕米尔出版社　1964 年

《文学与生活》（一、二）　李辰冬著　水牛出版社　1971 年

《文艺书简》　赵友培著　重光文艺出版社　1976 年

二

《儿童发展与辅导》　贾馥茗著　台湾书店　1967 年

《认知心理学说与应用》　江绍伦著　联经出版公司　1980 年

《发展心理学》（原书包括儿童心理学、青少年心理学、成人心理学三部分，另有平装版分册印行）　赫洛克原著　胡海国编译　华新出版社　1980 年

《幼儿教育法》（包括蒙特梭利"幼儿教育法"，波多野勤子"幼儿管教法"）刘焜辉译　汉文书店　1975 年

《教育与艺术》　赫伯特·里德（Herbert Read）　吕廷和译　自印本　1973 年（新版改由雄狮图书公司出版，易名为《透过

艺术的教育》）

《才能启发自零岁起》 铃木镇一著 邵义强译 震平文化出版社 1973 年（后由文智出版社出版）

《怎样和孩子游戏》 阿斯坦（Athina Astan）原著 王丽译 妇女杂志社 1975 年

《创造思考与情意的教学》 陈英豪等编著 复文图书出版社 1980 年

《价值澄清法》 洪有义主编 心理出版社 1983 年

《如何与你的孩子游戏》 亚诺著 刘宁、林一真合译 众成出版社 1976 年

《儿童游戏》 何诺德原著 林美意、谢光进合译 长桥出版社 1980 年

《启发儿童发展的游戏》 徐澄清、李心莹编著 《健康世界》杂志社 1978 年

《因材施教》《小时了了》《只要我长大》《何处是儿家》

以上四书皆由徐澄清口述，徐梅屏撰文 《健康世界》杂志社出版，与《启发儿童发展的游戏》合称《儿童发展与心理卫生丛书》

《一代要比一代好》 张水金主编 时报出版社 1980 年

《关心您的孩子》 何立武编著 中视出版社 1980 年

《国语问题》 艾伟著 台湾中华书局 1965 年

《儿童之语言与思想》 张耀翔编著 台湾中华书局 1968 年

《儿童阅读研究》 许义宗著 台北市师专印 1977 年

《台湾儿童读物市场之调查分析》 杨孝漧撰 慈恩出版社 1979 年

《卅年来台湾儿童读物出版量之研究》 余淑姬著 启元文化事业股份有限公司 1981 年

《新闻常用字之整理》 羊汝德著 台北市新闻记者公会新闻丛书第二十册 1970 年

《中文可读性公式试拟》 陈世敏著 嘉新水泥公司文化基金

会研究论文第二七四种 1976 年

《新闻写作语文的特性》 马骥伸著 台北市新闻记者公会 1979 年

三

《台湾省儿童阅读兴趣发展之调查研究》 叶可玉 见《政治大学学报》第十六期，第 30~36 页

《中华儿童丛书价值内容分析》 吴英长 见《台东师专学报》第九期，第 189~264 页

《寓言、神话、传说和民间故事》 林钟隆 见 1982 年 11 月《中国语文月刊》第三〇五期

四

国语日报社《儿童文学周刊》

《中国语文月刊》

《海洋儿童文学研究》

第二章 儿童故事

　　故事是原始即有的，可回溯到文学的起源、阅读尚未开始之时。它是直接诉诸人们心中的原始本能，也是事件叙述体的基本构架，更是儿童文学里故事性的主体。而狭义的故事是指写实故事。儿童和成人一样，生活在现实的社会，在复杂多变、险难重重的时代，儿童也应该知道现实社会的情况；因为在儿童生活中，也会遇到种种的挫折与困扰。这些问题既不能全部用抽象的道理去解释，也不能用神话、寓言或童话去解决。因此儿童必须从写实的作品中，去认识环境及体验人生。他们尽可能地从故事中去了解别人，了解自己；也尽可能地从故事中知道如何面对现实、准备将来，因此故事是儿童认识真实人生的垫脚石。

第一节　儿童故事的意义

一、儿童故事的起源

　　许多学者告诉我们，艺术是人类的起源文化之一，而人类艺术的起源，或基于人类本能的情感，因此，我们相信自从地球上有了儿童，就有了儿童文学。原始的儿童文学，或源于母亲们一种自然的为婴儿低吟的催眠曲，或是源于长辈们为儿童讲述他们的狩猎故事，或是祖先们为儿童讲述一些怪诞不经的神话等等。人们对艺术的领悟和欣赏，可以说起源得很早，而故事由于具有那种制造悬念，不断逗引听者好奇心的效果，一直为人们所喜爱。虽然我们不能肯定故事的起源，但从推测、揣摩中追想在古代尚未有文字以前，老一辈的人，只靠口语把它表达出来使儿童接受，也许这就是儿童文学的开始，也就是故事的起源。又近代的民俗学者大致认为传说等故事是人类文化初期由多数人产生的。在历史上，它的要素包括过去的宗教、仪式、迷信或者是过去的事件；在心理上，它是满足人类基本情绪的需要；在伦理方面，它是社会的凝聚力，有加强信仰和道德的作用。

二、儿童故事的定义

"故事"一词的定义，可说众说纷纭。中国一向将"故事"一词看作"典故"或"古人的事迹"。如《史记》司马迁自序说：

余所谓述故事，整齐其世传，非所谓作也。（见艺文版《史记会注考证》册十卷一百三十，第 27 页）

故述往事，思来者，于是卒述陶唐以来，至于麟止。（同上，第 29 页）

又《说文》三篇三下：

故，使为之也。从攴，古声。（见汉京版《说文解字注》，第 124 页）

而段注云：

今俗云原故是也，凡为之必有使之者，使之而为之则成故事矣，引申之为故旧。故曰古、故也。墨子经上曰：故，所得而后成也，许本之。（同上，第 124 页）

综上所引，可知古代人对故事的看法。他们认为是古代人的善良事迹，是为后世所取法者，就其事实加以演述，成为故事，也因此而对小说有所不取。《汉书》中《艺文志》道：

小说家者流，盖出于稗官。街谈巷语，道听涂说者之所造也。孔子曰："虽小道，必有可观者焉，致远恐泥，是以君子弗为也。"然亦弗灭也。间里小知者之所及，亦使缀而不忘。

如或一言可采，此亦刍荛狂夫之议也。（见鼎文版《汉书》册二，第 1745 页）

西方人对于故事的看法，其观念较为宽泛。他们称故事为Tale，而不是 Story。Story 是一种传奇的故事，是长篇的故事，而 Tale 才是真正的故事。

以下试列台湾地区儿童文学专家对故事所下的定义：

吴鼎先生在《儿童文学研究》一书里说：

故事是就人或物在某一时间、某一地区内的动态，这种动态有其特殊的意义，经作家写述出来，不必追溯其来由，亦不须详述其后果。（见台湾教育辅导月刊社本，第 258 页）

林守为先生在《儿童文学》里说：

有人以为故事，就是过去的事迹，如典故、掌故、轶事等。司马迁曾这样说，"余所谓述故事，整齐其世传，非所谓作也。"所谓"述"，所谓"世传"，而不承认是"作"，可见故事，就是过去的事迹。其实这种说法失之太窄，不能代表故事的整个内容。故事固然可以叙述过去的事迹，但也可以以现实生活中的事件作为材料。

又有人认为故事是"童话""神话""寓言""小说"等的总称。凡一切有人物、有情节的演述材料，只要具有故事体裁的，都可称为故事。这种说法又失之太宽。现在所称的儿童故事，无论是内容或形式，都已有较为明确的范围了。

就内容说，儿童故事应是叙述真实的人或物在某一时间、某一地区内的动态，而这动态是具有良好意义的。

所谓真实的人或物，自不是虚构的、假借的，他或它的活动是切合人情物理的。所谓动态，意味着人物有着某种行为，不是静止的、滞留的。行为是由刺激而发生的反应，刺激是问题的来源，而反应是问题的应付或解决的方法。从刺激到反应，从发生到解决的过程，便构成了一种事件。每一种事件，本身都有它的某种意义，但如依客观标准加以衡量，只有能引发别人情绪（娱乐价值）、启示别人思想（教育价值）的，才算有良好的意义。

就形式说，儿童故事是采用散文叙述方式。叙述是偏重于情节的发展，而且这种情节总是直线进行，较为单纯。在文字方面，必须是优美的、活泼的。（见该书第 83 页）

许义宗先生在《儿童文学论》里说：

故事是儿童文学的主干，分为"想象故事"和"写实故事"，写实故事是根据事实记述人物，有情节又富有真实性，不管是几千年的古代，还是活生生的现实生活的故事。（见该书第 12 页）

葛琳女士在《儿童文学——创作与欣赏》里说：

故事的原义，就是古人的事迹，如典故、掌故、轶事等。可是实际上故事发展到今日，这种说法，失之太狭，不能代表整个故事的内容。故事固然可以从过去的事迹取材，也可以从现实的生活中取材，又可以自由地思考、构思。不过无论材料来自何处，故事的本身必须有一个完整的结构。并且包含主题、角色活动、情节发展、背景安排与风格文体五个要素。（见康桥版，第 111 页）

综上各引，可见故事的定义有广义与狭义两种，试分述如下：

（一）广义的解释

广义的解释可说建立在"事件叙述"或"情节"的观念上，认为故事是"童话""神话""寓言""小说"等的总称。故事本身必须有一个完整的结构，它包含主题、角色、情节、背景、文体风格等要素。葛琳女士从广义立说，她认为故事范围极广，依其内容及写作方式，可分为三个类型、七种体裁：

1.现代创作。

①写实故事

②童话创作

2.应用传统的资料，赋予新风格形式的故事。

①民间故事

②神话

③寓言

3.应用历史资料编写的故事。

①历史故事

②传记文学（见康桥版葛琳《儿童文学——创作与欣赏》，第113页）

（二）狭义的解释

狭义的解释，即是一般所谓的"写实故事"。这种狭义的解释，不但要有内容的写实，同时也要有形式上的限制，否则一味就内容的写实立说，仍有失于空泛无当。福斯特在《小说面面观》第二章《故事》里说：

故事是一些按时间顺序排列的事件的叙述——早餐后中餐，星期一后星期二，死亡后腐烂等等。（见志文版，第23页）

"写实"是指内容，"按时间顺序排列的事件的叙述"是指其形式而言。又段芝于《中国神话》绪言里说：

一般而言，传说、神话可分为三种类别：神话、传说和故事。这三种类别大致有分别的标准，自然这种标准也不是很明确、很绝对的。大致说来，神话是指发生在远古且人类能力所不能做到的事件，对这些事件的流传多少带有点神圣的意思。传说则是指发生在较近的古代，而事件则属人类能力大都能做到的，这些事件虽不一定被视为神圣，但是多少是被人仰慕和钦佩的。至于故事则可以发生在任何时代和任何人身上，一般都富有传奇性和趣味性。（见地球版，第9页）

所谓传奇性和趣味性可作为内容写实的批注。林守为、许义宗两位先生所下的定义即采用狭义的解释。

申言之，一般所谓的"说故事""讲故事"，即是采用广义的解释。隋唐五代变文的讲唱及宋代的"说话人"亦即此义，这是一种涵盖式的说法。我们可以说小说、神话、传说、寓言都是故事，也就是说小说、神话、传说、寓言的基本面是"故事"。而所谓的"故事"即当以狭义的解释为主，这种故事是以事件本身为主，也就是说，它根据事实，有情节，富于趣味性，不管是几千年的古代，或是活生生的现实生活的故事。本文所称"儿童故事"即采用狭义的解释，这种儿童故事以叙述事件为主，它是适合低年级儿童阅读和欣赏的、篇幅短小的故事。它是口头文学的一种，它可以供儿童阅读，但更主要的是用来讲给儿童听的。所以在儿童故事中，图画和改编显得特别重要。

三、儿童故事的分类

儿童故事的分类，有时因人而异，有多种不同的分类，试以台湾地区为例：

（一）吴鼎先生的分类

吴鼎先生在《儿童文学研究》一书里将其分为十二类。他认为故事不仅限于以"人类日常生活的事件"为题材，其范围包括至广，如：

1. 以日常生活事件为题材的，称为"生活故事"；

2. 以神仙幻想为题材的，称作"神仙故事"；

3. 以科学或自然现象为题材的，称作"科学故事"；

4. 以历史的人物或事实为题材的，称作"历史故事"；

5. 以地理风景、名胜古迹为题材的，称作"地理故事"；

6. 以公共卫生或个人卫生等为题材的，称作"卫生故事"；

7. 以道德规范、名人嘉言懿行为题材的，称作"道德故事"；

8. 以民间传说为题材的，称作"民间故事"；

9. 以探险为题材的，称作"探险故事"；

10. 以艺术为题材的，称作"艺术故事"；

11. 以文学为题材的，称作"文学故事"；

12. 以圣经为题材的，称作"圣经故事"。

这是依照故事内容，可以归纳为上列十二类，虽然还有许多的名称，可依其质酌予归类。如"民族英雄故事"，可以归纳于历史故事范围之内，"昆虫故事"，可以归纳于科学故事范围之内，自毋须多列名目了。（见该书第257~258页）

（二）林守为先生的分类

林守为先生在《儿童文学》第五章《儿童故事》里，依内容将故事分为四大类。

1. 生活故事　以儿童为主角，叙述其实际生活的故事。
2. 自然故事　以自然物为主体，叙述其生活和特征的故事。
3. 历史故事　以史实作为根据，记人、记事或记物的故事。
4. 民间故事　是指流传于民间的口述故事。这类故事大多是根据传说而来，真实性大可怀疑，不过因为其离奇的情节和浓郁的趣味，如果慎加选择，仍可写给儿童阅读。（详见该书第84~85页）

（三）许义宗先生的分类

许义宗先生于《儿童文学论》第三章里认为，故事粗分起来可分为三种：

1. 生活故事　生活故事是以儿童为主角，叙述其日常生活美化后的故事，也就是儿童现实生活的写照。
2. 历史故事　历史故事是透过史实，与想象力严密交织在一起的故事，可分为记人、记事、记物。
3. 科学故事（包括自然故事）　科学是求真的，故事是求美的，因而科学故事的结构，必须实实在在有所根据。科学故事重在启发儿童对自然环境的关注和兴趣，培养儿童学习自然科学的正确态度和方法，以及发扬科学创造的精神。（详见该书第21~24页）

（四）葛琳女士的分类

葛琳女士在《师专儿童文学研究》及《儿童文学——创作与欣赏》中，均未作分类，但在师专印本里却有副题"生活的故事"。

综合以上四位学者的分类，其中吴鼎先生的分类似乎稍嫌琐碎，葛琳女士认定写实故事即生活故事，至于林守为先生与许义宗先生二人的分类则比较接近。这种分类的不同，是源于学者对"儿童故事"界说的不同。又其中较有意见的可能是民间故事，个人认为民间故事仍当归类于历史故事里，因为民间故事大多是根据传说而来，段芝于《中国神话》序言里曾有说明。又王秋桂先生于《中国民间传说论集》序里云：

所谓传说，我想可以解释为一种流行于民间的故事，这种故事的特点是没有定本，故事细节，甚至情节或主题，往往随时代、地域、社会、传诵者等因素而变。传说大部分是以口相传，这是它容易变化的原因之一，就是有人记录下来，这写本也没有绝对的权威或必然的影响力。不过，口说传说无法长久保存，在探讨传说源流和演变时，我们不得不依赖文字的记载，虽然这些记载往往是片段或残缺的，而不能代表传说的全貌。（见联经版，第1页）

申言之，民间故事的真实性，虽因时空的改变而会失真，但无可否认，民间故事仍以真实性为根据。何况所谓适合儿童阅读的民间故事，要皆以取材而言。我们认为儿童故事是以真实性为其特质，至于分类并非重要的课题。以下试折中各家所见分类如下：

1. 生活故事　叙述其实际生活的故事。儿童生活故事由于取材容易，背景现实，作者写起来也较得心应手；其内容为生活各方面的现象，如家庭、学校、运动、游戏、远足等各个方面，都蕴藏着极丰富的写作材料。生活故事有一种不可磨灭的吸引力，而且不仅是描写过去，更重要的是描写现在。这种儿童现实生活的写照，由于合乎儿童的兴趣，较易引起儿童的兴趣。

2. 科学故事　这是以自然界的科学现象为内容写出的故事。一般而言，科学事实总是较枯燥而严肃的，借着故事的方式与文学的笔调来表现，可以增加生动的气息，而使儿童加深印象，唤起其对科学探讨的兴趣。如今课本上的知识已不能够满足他们的好奇心，生活中的事事物物、点点滴滴，都成了他们探索的对象。借着故事中的对话或叙述，把儿童所要了解的科学概念表达出来，一方面达到了科学故事的使命，一方面也满足了儿童的好奇心。科学故事重在启发儿童对自然环境的关注和兴趣，培育儿童学习自然科学的正确态度和方法，以及发扬科学创造的精神。因而科学故事可以说是描写人类与自然之间的故事。

3. 历史故事　历史故事是以历史事实或民间流传的事迹作为根据，再加想象力而成的故事。历史是面镜子，可以看看自己，也可以照照别人；阅读历史故事，可以看到人类历史的某一时期的色彩、特点、思想、感情和古代重要事迹的缩影。历史故事的目的不在于教授历史，而在于使读者建立历史意识和了解过去。历史故事包括"记人的""记事的"与"记物的"。记人的历史故事是以"人"为主体，也就是以历史性的人物为主角，记叙有趣、感人的故事；读后可以鼓舞儿童向上、向善、向前的意志。而记事的历史故事，是以"事"为主体，记叙历史上特别事件的发生、经过和影响的故事；读后可以培养儿童判断的能力、勇敢的精神及热爱乡土的情感。至于记物的历史故事，是以"物"为主体，记叙人类生活中，某一专门的器物从古至今发展演进的故事，读后可以丰富儿童的知识。

4. 自然故事　自然故事是以自然为主体，叙述其生活和特征的事。其叙述方式有用拟人法，由自然物自己叙述；有假借某种人物，在他旅行过程中，把所见所闻有关自然的事件加以叙述；也有用对话式，从具体到抽象，从已知到未知，介绍自然物给儿童。

四、故事的源泉与构成因素

有关故事的界说虽有广义、狭义之分，但事实上两者是互为表里的。我们知道，故事的概念来自我们周遭的世界；世界是多彩多姿的，一桩微不足道的事件，一句信口而出的话语，一起意外事件，一幅报上所刊的照片，一次气候的突变，皆可能是故事。因此故事的泉源有许多种。麦纽尔·康洛尔（Manual Komre）在《长篇小说作法研究》第二章《故事》里，曾列述故事的源泉如下：

1. 个人的经验　生活中所遭逢的事件，可能就是故事。

2. 时事　报纸杂志上各种偶发事件，可能提供故事。

3. 人　人是故事的一个重要源泉。如一个乞丐、一个街头歌手、一个闹酒的水手，都能提供一个故事的胚胎。

4. 历史　历史能为作者提供一些暗示着故事的事件与人物。

5. 观念与理由　故事有时可能源自一种观念，而理由也可以用来作为小说的主题。（以上详见幼师版陈森译本，第6~12页，1975年）

故事的源泉已略述如上，以下说明故事内容的构成因素。我们知道，传播故事的是人，接收故事的也是人，因此传播的故事必须能感动人；要感动人，必须"攻击"人的弱点；换句话说，人类的弱点，就是人类的欲望。祝振华先生于《怎样讲故事说笑话》一书里曾引述专家学者们的研究，把人类最感兴趣的事归纳成以下七种：

1. 生命——由出生到老死，人人希望"一路平安"，因此，幼年时期希望发育正常，永远健康长寿，甚至于妄想长生不老，这可能是男女老幼一致希望的。而女子多半又加上青春永驻的希望，难怪生意经要强调"美容养颜"了。

2. 财产——绝大多数人都希望发财，因为"有钱能使鬼推磨"的观念已经深入人心，牢不可破。同时，与财产相关的生财之道，也是层出不穷，因此，发财的手段也跟着发财的欲望成了人们感兴趣的事。

3. 权势——中国传统上有一种哲学："大丈夫不可一日无

权"，由于这句话在许多生来就有领导欲的人心里徘徊不去，所以权势的获得以及接近权势的希望，早已成为这类人追求的目标之一。换句话说，权势也是引起兴趣的项目之一。

4. 情爱——无论人类的哪一种爱，甚至于一般动物的爱，都会引起人们的兴趣。自古以来的情爱，始终是人类向往与传播的主题，就是因为没有人不需要人爱，也没有人不需要爱人。

5. 享受——好逸恶劳，人之常情，难怪从洗涤到脱水一条龙服务的洗衣机最受欢迎了！有人打趣说，机器多半是"懒人"发明的，真是不无道理。因为这些聪明的"懒人"好逸恶劳，所以促进了工业的高度发达，结果就成了一切"自动化"。"自动化"大大地引起了人们的兴趣，因为它可以满足人类享受的欲望。

6. 情趣——即使人类进步到了高度工业化的程度，甚至于更进步到了欧美社会学学者所说的"后工业化社会"，人们仍然千方百计地增加一些情趣，以调剂过度忙碌的身心。也可以说，由于今天人类紧张的生活所迫，大家越发需要放松身心的生活情趣。在农业社会里，似乎人人都享有充分的闲散生活，那种"不慌不忙"的日子，简直就是广义的生活情趣。当然，具体的生活情趣，应当特指诸如业余活动、社交活动，包括聊天、运动、旅行、种花、养鸟、讲故事、说笑话在内。

7. 名誉——用"名誉是第二生命"这句话的标准去衡量，不难知道在许多人关心的东西里，名誉的地位仅次于生命。人们希望自己有个很好的名誉，因此，凡是关系到名誉的事，大半可以引起人们的兴趣。（详见黎明版，第4~6页）

以上所列举的七种欲望，都是人类最感兴趣的。这些东西一旦被用作故事的主题，都可能成为优良故事的基本条件。

第二节　儿童故事的特质

儿童故事的特点在于真实性。在欧洲文学史上有所谓写实主义（Realism），亦称为现实主义。在许多英法学者眼中，则把写实主义与自然主义（Naturalism）视为同义。其实，写实主义兴起于 19 世纪中叶，是为反对并且矫正浪漫主义夸大自我的恶习，所以主张将科学与艺术联合在一起，提出了客观的与非个人的艺术原则；然而也还是有"艺术为艺术"与"艺术为人生"之争辩，学者意见颇为不一致，于是就有了自然主义的出现。自然主义是由写实主义孕育而生，是继承写实主义的文艺原则，而复加以确切的解释。这是佐拉（Emil Zola，1840—1902）在 1880 年提出的一种推陈出新的主义，企图别有建树，另成一派。然而号称自然主义的作家，也未尝联合一致，严密遵守种种修订的原则。

佐拉的文学主张见于《实验小说论》（*Les Roman Expérimental*，1880）和《自然派小说家》（*Les Romanciers Naturalistes*，1881）两篇论文中。他的理论以纯粹的唯物观作出发点，认为人并不是灵性、精神性的东西，不过是一个机械而已，其物质现象或社会境遇，完全可以科学地测定。在法国，这一派重要作家除佐拉外，还有福楼拜（Gustave Flaubert，1827—1880）、莫泊桑（Guy de Maupassant，1850—1893）。在英国有狄更斯（Charles Dickens，1812—1870）、萨克雷（William Makepeace Thackeray，1811—1863）、哈代（Thomas Hardy，1840—1928）。在俄国则有屠格涅夫（lvan S. Turgeneve，1818—1883）、陀思妥耶夫斯基（Fyodor Dostoyevsky，1821—1881）、托尔斯泰（Leo Tolstoy，1828—1910）。

写实主义的产生，最初的目的是反抗浪漫主义空想、伤感、神奇的文学，而着重于人生真实性的探讨；他们把人世间一切事物都看为必然的结果，绝无奇异的地方，亦不作任何惊奇的赞赏。周伯乃先生于《论现实主义》一书里，曾说明其特色有三：

1. 客观的重视。

2. 科学精神的尊重。

3. 无感觉。（详见五洲版，第 29~36 页）

由此可知，所谓写实主义，他们对于人生的一切外界事物都是真正实在地临摹下来，而让人们对他们的作品有着真实的感觉。所以严格说起来，写实的思潮并不是 19 世纪后半期的产物，而是人类长久以来，开始懂得用形象来表达情感的时候，就有写实地描写外界事物的欲望。作为文学表达形式之一的故事，可说源远流长。而写实主义的出现，更增强了故事本身的内涵，同时也使文章本身更形象、繁复与精致。虽然今日的小说已不是讲故事而已，但故事的表达形式却历久而常新。这种常新即建立在它的真实性上，而这种真实性正是人性的光辉。这种真实的故事可以提供许多生活经验，刺激人们善用思考解决问题，帮助人们了解生活的意义，以及引导人们体验真正的生活艺术。

故事的特点在于真实性，而这种真实性，可就下列两个方面来说明：

1. 就内容而言，它必须具备人、时、地、事等的真实，林守为先生在《儿童文学》第五章《儿童故事》里有详细的说明，试引述如下：

儿童故事应是叙述真实的人或物在某一时间、某一地区内的动态，且这种动态是具有良好意义的。所谓真实的人或物，自不是虚构的、假借的，他或它的活动是切合人情物理的。所谓动态，意味着人物有某种的行为，不是静止的、滞留的。行为是由刺激而发生的反应，刺激是问题的来源，而反应是问题的应付或解决的方法，从刺激到反应，从发生到解决的过程，便构成一种事件。每一种事件，本身都有它某种的意义，但如

依客观标准加以衡量，只有能引发别人情绪（娱乐价值），启示别人思想（教育价值）的，才算有良好的意义。（见该书第8页）

2. 就形式而言，它是采用散文叙述的方式。我们仍引用林守为先生的说明如下：

就形式说，儿童故事是采用散文叙述的方式。叙述是偏重情节的发展，而且这种情节总是直线进行，较为单纯。在文字方面必须是优美的、活泼的。（见康桥版，第83页）

所谓直线进行，即是指依时间顺序排列的事件的叙述而言。这种直线进行的表达方式，是属于线性思维，其特色是单纯的、初级的，它有序可循，情节发展有始有终，符合儿童的思维状况。

第三节　儿童故事的写作原则

儿童故事吸引人的原因在于"事件"，也就是以叙事为主。能够有个动人的故事构架，即是成功的一半。而这种动人的故事，必须针对人类的原始的好奇心，这是写作儿童故事者首先要注意的事实。以下试以其特质为经，故事的构成要素为纬，说明儿童故事的写作原则。

一、把握真实性

因为儿童故事的特点是真实性，所以在写作儿童故事时，角色、事件、时间、地点要交代清楚。取材于历史或传说的作品，其故事虽然不必完全拘于史实，但至少故事发生的时代，人物生活的年代，前朝的历史是如何演绎而来，后朝的历史是怎样发展下去的，前后史实必须关联。

这种真实性，就取材方面而言，它是以"认识儿童的特征，适应儿童的需要"为基本原则，它的发展方向，葛琳女士在《儿童文学——创造与欣赏》一书里有说明如下：

1. 取自儿童最接近的环境与最熟悉的事物，以增进儿童对生活的体验。

2. 取自家庭及儿童所涉及的团体生活故事。

3. 以儿童在成长中，身心所遭受的问题作为探讨的中心。

4. 是针对后期儿童最开心的前途问题。（详见康桥版，第116~117页）

就组成要素而言，在儿童故事的角色里，动物是不会说人话的，即使你的角色是动物。总之，在儿童故事里，动物就是动物，不会是人，这是要把握的原则。角色必须有一个明确的形象，所谓明确的形象，并不是指强而有力的个性刻画；人物刻画，那是小说的职责。在故事里的角色，它需要的是真实的角色。首先，我们必须给他一个明确的姓名，如"林仙木"，而不是张三、李四，也不是小华、小英，用张三、李四这样概念的姓名，有失真实性。故事里的角色，需要的是角色的通性，而不是强而有力的个性，因为故事的重心，即是在故事的本身里。

至于背景的安排，要能增加故事的力量和效果。时间、地点、景物陪衬，要足以使人有"故事感"。当然对背景的安排，可以比真实的情况更好一点，但要做到情景相融，自然而不失真实。

二、把握直线进行的原则

儿童故事不同于小说、童话，不仅要重视趣味性，还要考虑真实性。因此，它是以"直线进行"作为它的表达形式。这种"直线进行"式是采用散文叙述方式；叙述是偏重于情节总是直线进行，较为单纯，也就是依时间顺序排列的事件的叙述。

申言之，儿童故事的篇幅短，重心又在故事本身，所表现的主题也较单纯。是以所谓"直线进行"式，可就下列几方面加以说明：

1. 就叙述观而言，它是以第三人称为主，第三人称，即是以"他"为主体。作者使用这种手法的好处，乃是其所欲描写的人、事、时、地、物都可以不受任何局限。这种手法虽然没有第一人称手法的真实感，却显得比较客观，这种手法即为以往说书者所惯用。

2. 就情节而言，儿童故事的重心在于故事本身，而故事则在于情节。情节将故事呈现给读者，并且是以时间的连续方式显示。这种直线进行的情节，不必做太多不必要的解释，末了也不必追根究底，否则便流于小说了。虽然他的情节发展是直线式，也是单线式，但这种直线式、单线式，并不意味着单调与缺乏变化。事实上它仍需要变化与统一性，一般而言，情节的法则有下列三点：

真实　真实性是故事本身的特点。

惊奇　惊奇是种满足，但以不动摇真实性为原则。

悬疑　好的情节必须有悬疑，悬疑能够在读者心中建立一种不确定的期待。（详见成文版《小说的分析》，第16~19页）

3. 就文体的应用而言，因为儿童故事是以散文叙述情节为主，再加上直线式的表达方式，所以在技巧上较为单纯。但文字需要优美、活泼，并以口语为主。至于对话的应用可说不多。

总之，儿童故事的特点是：篇幅短小、主题单纯、层次分明、题材广泛，并以叙事和口语化为主，而其特点都要不离真实性。

第四节　怎样说故事

说故事，或称讲故事。以今日的观念而言，它不是打发时间的方式之一，而是一种口头的传播。无论大人、小孩都喜欢听故事，这是不争的事实，且小孩比大人更爱听故事。

中国古代有"说话人"，"说话"是唐宋人的习惯用语，是宋代民间艺人讲故事的特殊名称，相当于后世的说书。说话、说书是以娱乐为目的的。

早在远古时代，人们就根据生活经验，创作了大量反映他们思想情感的故事。这种来自民间的说故事者的活动，是后来的"说话"的起源。在漫长的周、秦、汉、魏时代，俳优、侏儒是"说话"活动的代表，也是"说话"发展史上一个重要环节。在这个时期内，说话艺术职业化了，但在艺术的分类上还未独立。"说话"完全成为独立的职业化技艺，而且以民众为对象，那是城市经济繁荣，市民阶层壮大以后的事。说话者，为了取悦听众，向专业化与艺术性发展。在宋代，说话具有下列艺术特色：

1. 情节生动，语言通俗。

2. 声调铿锵，节奏多变。

3. 态度鲜明，感情饱满。（详见丹青版胡士莹《话本小说概论》，第78页）

可知当时说话人表演的艺术魅力已经达到动人心魄、移人性情的地步。而今天，很多的欧美大学课程中，都开有"说故事"的课，为公共图书馆或学校图书馆储备专业的说故事人才。学生除了要掌握技巧外（包括选材、环境、声调、情绪控制等），还必须具备丰富的儿童文学知识和高深的文学素养，这门课是非常慎重和严格的。可知说故事并非简单之事，除非是天生说故事能手，否则必须勤加练习，以下略述我们对说故事应有的认识与了解。

一、对说故事应有的认识

说故事犹如古代的说书人说书，它是一种口头的传播。它主要是靠一张嘴巴说话，外加妥当运用语调、表情和速度，再配上手势。如果是为加强效果，或是专业者，有时可利用各种可能的道具。

说故事是属于完整的语言行为：在近代语言学家的探讨之下，一个完整的语言行为，是包括"语言性的"及"超语言性的"成分。超语言性的成分，又可细分为主要是担任叙述的角色，而超语言性的部分（说话时的音色、高低、快慢及伴随的手势等）则流露着抒情的及社会性的品质。口头语言及书写语言实际上有基本的差异。除了在文法及词汇上两者有显著差异外，口头语言所伴随的超语言部分，即语音及手势等方面，只能在书写语言里用标点符号、斜体字或其他方法来粗略而不完整地代替。从这个角度来看，书写语言显然是一个不完整的语言行为，以其缺乏超语言的成分之故。因此说故事绝不能只按照书本上的文字朗读，而是要以优美的音色与超语言性的部分，去表现一个完整的语言行为。

说故事的内容在于事件本身：说故事的"故事"是属于广义的解释，也就是说，它是狭义的故事、童话、神话、寓言、小说等的总称。凡一切有人物、有情节的演述材料，只要具有故事体裁的，都可以作为说故事的内容；而其吸引人之处也就在内容事件的本身。这个事件的故事本身，必须有具体的、有趣的情节。因此说故事的结构是：简单的开头、有趣的事件本身和有意义的结尾。

说故事是采用直线进行的叙述方式：说故事由于说话者本身表达方式的局限，因此其叙述方式皆以直线进行，也就是依时间顺序排列的事件叙述方式。这种叙述方式比较尊重听众的口味，也体谅听众的弱点，因此较能引起听者的兴趣，进而使效果集中。英文汉声出版有限公司出版的《中国童话》，它的内容是广义的故事，而其叙述方式则采用狭义故事的直线进行，所以它是比较适合作为说故事的书写文学。

二、对儿童说故事的功能

口头传播就是说话。说话除了无线电广播、电视、录音和打电话等外，都是面对面的行为。面对面的传播是最有效的传播方式，其方式有：聊天、约谈、面试、讨论、辩论、演讲、传道、教书等。讲故事也是其中之一。

台湾地区小学语文课程标准有关说话的总目标说明：

四、指导儿童学习标准普通话，养成听话及说话的能力和态度。

（一）听话方面：凝神静听，把握中心，记取要点，发问谦和有礼。

（二）说话方面：发音正确，语调和谐，语句流利，态度自然和蔼。（见台湾地区小学生课程标准相关规定，第75页）

而分段目标里有关说话规定如下：

低年级目标：

（四）指导儿童养成注意听话的习惯和听话的礼貌。

（五）指导儿童养成用标准普通话讲述简短的话，发表自己的情感。

（六）指导儿童学习日常生活中应用的标准普通话，养成发音正确、语句流利的说话能力。

（七）指导儿童先练习口述作文，进而应用已认的语词和语句笔述简短的文句，使能以文字表达情意。（同上，第77~78页）

中年级目标：

（三）指导儿童能各自搜集和整理材料，运用语文有条理地发表自己的情意。

（四）指导儿童对于标准普通话，能听能说，发音正确，语句流利而和谐。（同上，第78页）

高年级目标：

（三）指导儿童独立思考，使思想清晰，内容丰富，充分发表自己的情意。

（四）指导儿童使用标准普通话，从事会话、报告、讨论、演说、辩论等等，均能礼貌周到，态度自然，发音正确，语调和谐流利。（同上，第79页）

又教材纲要"说话"部分有关"故事"的要求如下：

低年级教材纲要：

6. 简易故事的讲述。

（1）听讲故事。

（2）复讲故事。

（3）看图讲故事。（同上，第 82 页）

中年级教材纲要：

（3）故事演述。（同上，第 84 页）

高年级教材纲要：

（第五学年）故事讲述。

（第六学年）自编故事讲述。（同上，第 85 页）

　　从以上转录可知讲述故事与儿童之间的关系，而身为教师更当具备说故事的能力。台湾教育主管部门曾公布《台湾省立师范专科学校学生说故事能力抽测试行要点》，其目标是"加强语文教学，培养师专学生说故事的能力，以增进其专业技能"。由此更可确信讲故事对儿童是具有效用的。吴英长在《怎样跟小朋友讲故事》一文里认为，故事对儿童至少有下列六种功用：

　　1. 引发学童上课的兴趣　教师上课若能以讲故事的方式来进行教学，则较能提高学童上课的兴趣，进而能使他们更爱学习、更爱生活。

　　2. 消除师生间的距离　讲故事是一种面对面的传播，是最有效的传播方式，也是最能吸引人的传播方式。它提供了面对面的接触经验，儿童通过这种经验，感染了亲密而真挚的气氛，觉得特别愉快和兴奋。随着故事情节的发展，台上台下的距离消除，儿童不再畏惧老师，进而能达到师生之间良好的沟通效果。

　　3. 激发儿童的想象力　学童富有丰富的想象力，老师可以利用情节曲折、引人入胜的故事，来启发他们积极的思维。如此，可使儿童的想象力更加丰富而活泼，进而能培养儿童的创造能力。

4. 可以发展儿童的语言能力　一般而言，儿童的词汇不丰富，语法也常不完整，因此语言的表达能力不强。在讲述故事中，有各种不同的语调、表情、动作以及故事的气氛，可以使儿童增加语汇，并学到许多简单有用且又正确的词句，对于儿童语言文字的学习大有帮助。

5. 促进儿童对社会的适应　儿童从听故事中，可以充实许多知识，了解许多有趣的事物，能帮助他们认识环境，同时学会许多做人做事的道理，可以促进儿童社会化，亦即是增进适应社会的能力。

6. 矫正儿童的异常行为　1979 年，台湾大学医学院附设医院曾利用听故事来治疗儿童的异常行为。实验对象是台北市东门小学的小朋友，实验过程分成五个阶段，是以故事的不同内容来区分的，也就是先让小朋友听神仙故事，后依次为战争故事、历史故事、现代生活故事，最后是伟人故事。根据主导医师陈珠璋指出，中国孩子比西方孩子更喜欢听故事，使得这个效果良好的实验具有深层的意义。换句话说，讲故事还是一种行为治疗的有效方法。（详见《"国教之声"》，1979 年11 月 15 日十三卷第二期，第 1~5 页）

三、说故事的基本原则

想要把故事说得好，必先遵守一些基本的原则。以下转述祝振华先生在《怎样讲故事说笑话》一书里，所提到讲故事的八项基本原则：

1. 推己及人的原则　要能够设身处地为别人设想，也就是将人心比己心，推己及人。你可以就当时的情况和气氛，选择一个恰当的故事讲给大家听。

2. 乐观进取的原则　说故事给人听，其目的并不是光为了故事，而是要从故事中给予他们精神上的鼓励和安慰。对任何人来说，都应当讲一些内容以表现乐观与进取为主题的故事。

3.知识与道德原则　讲故事要先考虑到听故事的人，想从你的故事中得到一些知识的情况。任何的听众都不希望白听一场。一个人所讲的故事内容，跟他自己的为人是分不开的，更不可背道而驰。因此，在讲故事的原则上，知识与道德是相辅相成的。

4.准备充分的原则　讲故事要想成功，只有在事前进行充分的准备。只有准备充分的人，讲起故事来才有信心。至于准备的要点有如下：

①多阅读、多搜集故事，并分析故事的骨架。

②多观察人生众相，多思考人生的问题，尤其是与你的工作有关联的现象或问题。

③多研究听众的心理，发现他们的需要。

④不断学习别人讲故事的长处，逐渐消除自己讲话的缺点。

⑤勤查字典，注意字义和读音。

如果能按照上述五点踏实而持续不断地去做，自能成为说故事的能手。如果你只是照着书上的故事去讲的话，那一定得针对着这篇故事做准备，不可大意。

5.生动与新奇的原则　生动，就是活泼而具有生命的意思。又新奇与生动同等重要，可是新奇构成的因素，并非全新的。也就是说，故事的数据，并不是听众一无所知的，而是在原来为他们所熟悉的若干数据中，加入某些更新东西，使他们觉得"新"而"奇"。因为，与观众知识完全脱节的全新的知识，是无法引起他们的兴趣的。

6.雅俗共赏的原则　听众知识程度不一，因此说故事应当把握雅俗共赏的原则，才容易成功、收效。而把握雅俗共赏的要点有四：

①认清任何一个听众知识程度都有高低不同的可能。

②尽量把话说清楚，并且运用高雅而易懂的字句。

③使用最通俗的字句，说出相当高深的理论。

④记住：所谓"高雅"，并非咬文嚼字；所谓"通俗"，并非粗鲁或俗不可耐，更不是低级趣味。

7. 开门见山的原则　所谓开门见山，也就是一开始就说故事的本题，用不着开场白。万一非用开场白不可的话，最好简短一些，而且越短越好。开门见山的原则，就是用来加强讲故事的人的自信心，同时，也减少或消除听众因"迫不及待"所产生的厌烦情绪。所以，讲故事想要一举成功，最好开门见山。

8. 随机应变的原则　讲故事必须具备随机应变的能力，否则有时会不知所措。随机应变的能力并非天生，也不是人人具备的。只有凡事多加思索，并且多事联想，日子久了，成了习惯，自然可以养成随机应变的能力。不过最重要的是，一边思考现象及造成这种现象的因素，一边同时考虑解决问题的可行方法。（以上详见该书第13~25页）

四、说故事的方法

想把故事讲好，除了遵守基本原则之外，还要有实用的方法。试以祝振华先生在《怎样讲故事说笑话》一书里所提到的方法转述如下：

1. 紧睁眼、慢开口　紧睁眼，是指注视全场，善观听众的气色。登台的最初几分钟是听众最全神贯注的阶段，他们满怀希望，想着你会给他们讲一些有趣而且有用的东西。如果一开始吸引不住听众，因而失去听众们最宝贵的注意力的话，就是最大的损失。在听众还没有全神贯注的情况之下，如果立刻开始讲，那些注意力尚未集中的人，一定不会听得明白，也因此失去了兴趣。慢开口和低声调是暗示听众，讲故事的人是一位有经验的内行人，因为他们觉得这个人很沉着。沉着表示经验丰富，沉着表示准备充分，沉着表示信心坚强，沉着表示指挥若定。至于说话的速度以及之后的发挥方法是：开始声音低——前进慢——声音稍提高——再激昂——当听众深受感动的时候，自己特别沉着。

2. 先把故事要项交代清楚　讲故事能够先把故事中的主角以及故事发生的地点等密切相关的资料，交代得清清楚楚，自然可以一开始就引起听众的注意和兴趣，他们明白了这个故事的"来龙"之后，再去细说它的"去脉"，就不难把一个故事讲得动听。

3. 适当地使用"悬疑"法　悬疑法就是故弄玄虚，也就是吊听众的胃口的手法。讲故事要用悬疑法，强调某一点，或去故弄玄虚，格外引起听众的注意，最好就着故事的原文，利用特殊的语调、速度或表情，达到这个目的。

4. 说"像话"的话，不要咬文嚼字　初学讲故事的人容易受书写语言的束缚，时常流于咬文嚼字。讲故事是属于完整的语言行为，必须用口语化的口头语言说。怎样才能做到口语化？最好的方法是先把故事的大意、重点、层次记熟，然后用你自己的话讲出来；如果能够请教高者指正，那就更理想了。总之，用自己的话，讲自己的故事，乃是避免咬文嚼字，避免说不像话的话的最佳方法。

5. 不要带稿子或大纲　演讲是口头传播中最正式的方式，尚且不宜带稿子。而讲故事是口头传播中比较非正式的表达方式，更不能带稿子，也不要带大纲。不带稿子可以不受稿子的约束，表现得比较自然。如果带稿子，非但表示自己的记忆力差，同时表示自己没有信心，随时得请稿子支持。总之，讲故事因为不带稿子，而得到"自然"与"信心"两大支柱的话，保证一定成功。

6. 少讲著名的故事　因为凡是著名的故事，多半都是家喻户晓、人所共知的，不容易引起听众的兴趣。

7. 使用适当的语速　讲故事一开始的时候，应当慢一点，而在讲述的整个过程中，语速的快慢是应该有个原则的。讲到愉快、兴奋的情节，一般总是速度较快；讲到忧愁、哀伤的地方，一般多用较慢的语速。如果遇到有必须加以强调或是加强听众印象的地方，应当使用较慢的语速来表达，但是虽然慢，却不是暗示柔弱无力，相反地，却要强而有力，才可完成强调的使命。在引述一段原文的时候，可快可慢，其快慢的程度，应当依你的目的而定。

8. 把"紧张"视为"正常"现象　任何人做事或讲话，莫不是在"某种程度的紧张中"进行的，尤其是一开始的时候。因此初学讲故事的人，在心理上应当尽量放轻松些；随时记得最初的紧张，乃是聚精会神、具有充分的责任感以及求好心切的旺盛企图心所产生的正常心理现象，不但要接受它，而且要珍惜它。

9. 善用准备的方法　这是针对"近程的"准备而言，也就是在开始计划讲故事以后，才正式着手准备工作，也可以说是专为某一项讲话所作的准备。在准备讲故事的时候，首先要明了讲故事的对象和目的，知道了对象和目的，然后才能针对对象和目的去收集数据。也就是说因了解对象和目的，而后才能选择合适的故事，进而准备与实地演练。演练讲故事，犹如练功夫，只要功夫深，到头来一定成功。唯有充分的准备，才是你成功的保障。

10. 认识"远程的"准备，不断地准备　所谓"远程的准备"就是指长期的准备，也就是以"不断地"准备去完成的远程准备工作。长期的准备工作，实际上就是不断地以各种可行的方法吸收有价值的数据的工作。这些可行的方法有：阅读、访问、观察、思考、写作、聊天等。（以上详见黎明版，第25~74页，其中《记忆的方法》略而不论）

参 考 书 目

一

《怎样讲故事》　王玉川编著　国语日报社　1970 年

《怎样讲故事说笑话》　祝振华著　黎明文化公司　1974 年

《怎样对儿童讲故事》　徐飞华著　五洲出版社　1977 年

《台湾民谭探源》　施翠峰著　汉光文化公司　1985 年

《中国动物故事研究》　谭达先著　台湾商务印书馆　1988 年

《说故事的技巧》　陈淑琦指导　时报文化出版公司　1988 年

《林兰女史故事丛书三十种》　东方文化书局影印　1971 年

《中国童话十二册》　英文汉声出版社有限公司　1981 年

《中国传奇》（计八辑，每辑八册）　庄严出版社　1985 年

《中国民间故事全集》（计四十册）　远流出版公司　1989 年

二

《儿童从童话与故事中学习些什么》　黄坚厚　见《儿童读物研究》第二辑　1966 年

《怎样向幼儿讲故事》　见吴鼎编《故事与儿歌》附录页　新潮出版社　1968 年

《写儿童故事的几个原则》　周增祥　见中国语文月刊社《儿童文学研究》第一辑　1974年

《文学跟"故事"》　林良　见《浅语的艺术》　国语日报社　1976 年

《寻找一个故事》　林良　见《浅语的艺术》

《故事讲述术的研究》 松村武雄 见《童话与儿童研究》 新文本出版社 1978 年

《故事讲述的成败的诸因子的考察》 松村武雄 见《童话与儿童研究》

《谈为幼儿说故事》 曾妙容 见《儿童文学周刊》第一〇二期

《谈儿童故事的主题和形式》 罗悦玲 见《儿童文学周刊》第一七三期

《多写历史故事》 罗枝土 见《儿童文学周刊》第二一六期

《民间故事对儿童的影响》 黄晴美 见《儿童文学周刊》第二七四期

《民间故事的价值》 蓝溪 见《儿童文学周刊》第二八九期

《故事的开始》 知愚 见《儿童文学周刊》第四二〇期

《儿童故事概说》 陈艳瑜 见《"国教之声"》二二卷第二期

《怎样跟小朋友讲故事》 吴英长 见《"国教之声"》二二卷第二期

《讲故事的艺术》 葛琳 见台北市师专《"国教月刊"》二九卷一、二期

第三章　神话

　　神话最简单的说法，是神的故事，或一系列这类相关故事集成的神话志。就文学而言，它不是文学的体裁，而是内容。自近代科学出现之后，我们就把神话置于一旁，认为它是迷信和原始心智的产物。直到现代，我们才开始对神话在人类历史的性质和作用上，有一个较完整的认识。各方学者试图将这个被弃置的内容再加以精炼，反而使"神话"一词的意义层次更加复杂。利瓦伊斯陀（Claude L'evi-Strauss）在《神话与意义》里说：

　　我个人的感觉是现代科学并没有完全跟这些已经丧失的东西脱离，现代科学愈来愈企图在科学的解释上重新整合这两件事而成为一个整体。科学和我们为了方便起见称为神话的思考，真正产生距离而分家是在17、18世纪。在那个时代，培根、笛卡尔、牛顿等人，为了要使科学在古老的神话和神话思考中建立起来，这两者的分开是必需的。当时认为科学只能在背弃了看得见、闻得到、尝得出、感觉得到的感官世界之后才能存在。感性是一个虚无的世界，真正的世界是数理性的世界，只有知识分子才能捉摸得到，而且他跟感觉的伪证是相抵触的。这也许是他们必须采取的行动。经验告诉我们，由于这种分离，也可以说这种计谋，才使得科学的思考能继续下去。（见时报版，第21~22页）

　　另外，有些"神话偏执狂"甚至认为"神话的重建"不仅可以挽救艺术，而且至少能获得现代问题的治方与最后的拯救。美国著名的神话及仪式作家坎贝尔（Joseph Cambell），著有《神的面具》（*The Masks of Gods*，1964），及非常有影响力的《千面英雄》（*The Hero with A Thousand Faces*，1949）。一度向诽谤他的同僚及各界表示，大学的全部课程均可以包含在广义的神话一科里面。（以上详见东大版《从比较神话到文学》，第277~278页）

作为儿童文学的神话，其效用与受欢迎的程度，虽然不及童话，但神话本身仍有其"趣味"与"想象"，这种"想象的趣味"正是它吸引儿童的地方。下文将分述之。

第一节　神话的意义

一、神话的起源

或许我们可以说神话是源于先民对知识的追求，而对知识的追求，则始于无知的自觉。神话是先民对自然现象的解释，反映人类对自然的奋斗。先民为了表达他们对于社会生活的认识，通过幻想虚构成的神奇的口头故事，来解释自然现象，这也是当时生产力低下的人民企图支配自然的一种结果。

因此我们可以说，神话的产生有其现实的基础，同时我们也知道神话主要产生于原始社会。袁珂在《中国神话故事》的《前言》里，曾叙述神话的起源如下：

一般而言，神话乃是自然现象，是对自然的奋斗以及社会生活，在广大艺术概括中的反映。换句话说，神话的产生也是基于现实生活，而并不是出于人类头脑的空想，所以当我们研究神话的起源时，古代每一时期的神话所包含的特定意义以及诸如此类的问题的时候，都不能离开当时人类的现实生活而作凭空的推想。

神话的产生源于人们对于大自然所发生的各种现象，如风雨雷电的击搏、森林大火的燃烧、太阳和月亮的运行、虹霓云霞的幻变……产生了巨大惊奇的感觉。惊奇而得不到解释，于是认为这些都是有灵魂的东西，称其为神。他们不但把太阳、月亮等等当作神，还把各种各样的动物、植物，甚至于微小到像蚱蜢那样的生物，也都当作神来崇拜。这就是所谓万物有灵论。从这些蒙昧的观念中，产生了原始神话和原始宗教，而这些原始神话和原始宗教，正是先民从生活中发展起来日益聪明的头脑所创造出来的。先民长时期地被生存的困难和与自然作斗争的困难所迫害时，需要战胜这些困难，所以他们用激情而振奋的调子唱出了一些挣扎历程的颂歌。他们歌颂了用斧子开天辟地的盘古、创造人类和熬炼五色石子补天的女娲、钻木取火的燧人、发现药草的神农、驯养动物的王亥、教导人民种庄稼的后稷、治理洪水的鲧和禹……这些征服自然、改善人类生活的英雄，受到了人们的崇敬。他们是神，也是人。

此外，从神话里我们还可以见到诸神的著名子孙是怎样使用牛来耕田，怎样发明了农业上的劳作工具，怎样创造了车和船，怎样制造了抵御敌人的弓箭和其他的创造和发明，这些一再说明远古时代人们对于智慧和劳作的赞美。（见河洛版，第1~2页）

由上可知，神话所反映的范围，最初是自然现象；其后，随着人类社会向前发展，氏族制度逐渐形成，又扩大到社会现象中去。神话是在特定的历史条件下为鼓舞带动或为了生存而产生的。神话虽然由美丽的想象所组成，但不论它是多么离奇、不可思议，仍是当时人们的现实生活的折射。即使在想象中，进行了种种看来似乎滑稽、幼稚、可笑的描绘、叙述乃至解释，也绝不是荒谬不可知的。我们不宜把神话当作怪异荒谬的神怪故事看，而应该从中寻求先民们在奋斗创造的过程中所体认的痛苦经验。当人们为了生存去认识他身处的环境时，对于那些不了解的事物，他们必然会根据个人的经验予以想象。所以古代的神话虽然是那样充满了迷信的成分，缺乏科学的根据，但是由于它是从经验中建立起来的想象世界，我们仍然可以在其中了解到当时的人对于他们现实生活所作的体验。

我们今日所见的古代神话，产生于先民共同劳动生产的经验之中，同时也是经过多次的"变形"①，而后才定下的。它们能通过漫长历史过程的考验，必是由于它们已经成为这一团体之共同的精神与信仰，发展成为全民族共同的财产。也就是说，它们所以流传下来，并不是人们要透过那些故事来诉说个人的悲喜，而是借此来传达全民族的经验及其共同的感情与认识。因此，在古代神话中，我们不仅接触趣味的事物，更重要的是要从其中体验一个民族如何在艰辛中奋斗和成长。

二、神话的定义

神话最简单的说法，是神的故事，或一系列这类相关的故事集成的神话志。（详见东大版《从比较神话到文学》，第279页）也可以说是"关于宇宙起源，神灵英雄等的故事"，或是"关于自然界的历程或宇宙起源、宗教、风俗等的史谈"。（详见台湾商务版林惠祥著《神话论》，第1页）我们相信，神话是民族的梦，是古代人迷惑于有意识与无意识——梦与现实——之间的产物。因此简单而具体的神话定义是："神话是古代民众以超自然性威灵的意志活动为底基，而对于周围自然界及人文界诸事象所做的解释或说明的故事。"（详见联经版王孝廉著《中国神话与传说》，第1页）

20世纪，人类学、心理学、语言哲学等社会科学的发展，为研究神话的学者与有志于广泛了解文化、分析文化的人，提供了新的看法，因此也使"神话"一词的意义层次益加复杂。这些社会科学之中，人类学无疑对现代神话研究的热潮贡献最大。以下试引一个现代文学批评论集编者的意见，作为本节的结束：

首先，我们可以列举职业的创作神话学家所不接受，而且可能引起太多数人激烈反对的三种神话观念：（一）神话是捕风捉影的形式，是神仙故事，是寓言；（二）神话只是将稗史与远古时代的其人实事牵强附会，此亦即希腊哲学家乌荷米勒斯（Euhemerus）所谓神话是英雄人物史实的夸大叙述；（三）神话是一种原始科学，因人们试图解释自然现象而产生。那么，创造神话学家认可的界说有哪些？（一）神话是仪式的语言表征，也是仪式传播的媒介。（二）神话是想象力借以联系、组织根本心智意象的语言。（三）它是最终现实的启示与表现方式，因此，它指的是价值观而非事实。（四）神话的架构类似文学，而且像文学一样，是介乎前意识与潜意识之间而能令两者满足的一种唯美创作。（五）神话是一个故事，或叙事诗、文，论起源、性质，都是属于非理性的、直觉的，所以与推论的、合乎逻辑而有系统的事物不同，也比它们重要。（引自东大版《比较神话到文学》，第284页）

三、神话的分类

神话的分类，时因标准不同而有异，或依文野状态而分为文明神话、野蛮神话；或以民族为标准而分为希腊神话、埃及神话等；或依地域为标准而分为美洲神话、澳洲神话等。以下试引录三种分类。

《谈寓言》一书引萨拉斯替亚斯的分类如下：

神话的种类有五，每种都有例子。

神话有些是神学的，有些是肢体的，有些是精神的，有些是物质的，以及有些是由最后这两种混合起来的。神学的神话是指那些不用肢体的形态而只思考神之真正元素的神话，像吞掉自己孩子的克罗诺斯（Kronos）。既然上帝是有智慧的，而所有智慧回到它本身，这个神话就以寓言的方法表示了上帝的要素。

当神话表现了神们在世界上的行动时，它们可由肢体上来看：像以前的人都把克罗诺斯（Kronos）看成时间，而把部分时间称作他的儿子，说那些儿子被他父亲吞掉了。

精神上的神话是有关灵魂本身的行动：灵魂的思想行动虽然可以继续进行到别的物体上，但是他们仍然存在于他们生产者的内部。

物质的以及最后的一种神话是埃及人最常用的。由于他们的无知，所以相信物质的东西是真正的神，而也那样地称他们：像他们称地为"爱西斯"（Isis），湿气为"渥西里斯"（Osiris），热为"太风"（Typhon）。或再一次，水为"克罗诺斯"（Kronos），地上的水果为"阿多尼斯"（Adonis），酒为"戴奥尼莎士"（Diongsus）。

我们可以对明智的人说，这些东西像各种药草、石头、动物一样，对神而言是神圣的。可是说这些东西是神，就是疯子的观念——除非其意义就像在说：太阳的天体和从这天体出来的光，两者口头上都称作"太阳"。混合的太阳可以由许多例子中看出：比方说，人们说在一个诸神的宴会中，纷争女神厄里斯（Eris）投下一个金苹果，女神们来争夺它，而被宙斯（Zeus）送到巴利斯（Paris）那边去受裁决；巴利斯看到阿浮罗黛堤（Aphrodite）很漂亮，就给了她这个苹果。这里，那个宴会象征着聚神的超宇宙力量，那是他们聚集在一起的理由。那金苹果就是这世界，这个世界由于是由相对的东西形成的，所以当然可以说"被纷争女神投掷"。各个不同的神都赠给这个世界不同的礼物，所以说他们争夺这个苹果，而那按照理智生活的灵魂——巴利斯，就是那样由于除了美以外，在这世界上见不到其他力量，所以宣告那苹果是属于阿浮罗黛堤。

神学的神话适合于哲学家，肢体的和精神的适合于诗人，混合的适于宗教上引人进入一种信仰，因为每个引人进入信仰的行为，其目标都是要把人跟这世界和众神联合起来。（引自黎明版《谈寓言》，第21~23页）

又李达三先生于《神话的文学研究》一文里，则认为：

神话的种类很多：主要的有宇宙起源神话（关于开天辟地

各种说法），灭亡神话（eschatological myth，说明世界毁灭），生生不息神话（如四季更替，亦即诗人雪莱所说的"冬天来了，春天还会远吗？"），时间与永恒神话（人世间的时间观念与超越的永恒），救世主神话（或基督救主神话），富翁神话（新的乌托邦世界），甚至有人主张包括混沌神话（如欧立德《荒原》）。（见东大版《从比较神话到文学》，第281页）

至于林惠祥先生的《神话论》，则依神话的性质而将其分为：

1. 开辟神话：包括天地自然物人类的起源等神话。天地开辟以后，常有大洪水的降临及自然地理的重塑，故这种洪水神话也可算为开辟神话的一部分。

2. 自然神话：包括各种自然物及自然现象的神象的神话。这一类最常见者为日、月的神话。

3. 神怪神话：包括神与妖怪两种，他们同是超自然的东西，性质相近，无确切的界说。

4. 死亡、灵魂及冥界的神话：这三者是一串的。

5. 动植物神话：动植物的起源，常在开辟神话中述及。因此常与人类起源的神话合而为一。

6. 风俗神话：包括社会制度与生活技术两种。前者是精神方面的风俗，后者是物质方面的风俗。

7. 历史神话：历史和神话的界说，常很不分明，有些神话，实是根于历史的事实，不过加上神话的色彩，以至惝恍迷离，疑真疑假。

8. 英雄或传奇神话：属于这一类的是比较有传奇性的故事，叙述某个英雄的行为，这种英雄大都无历史的根据，但在民众中也常被信为实有的人物。（以上详见台湾商务版《神话论》，第21~31页）

四、中国神话述要

中国神话的创造与研究，素来不发达，一直到1925年才有玄珠的《中国神话研究》出现。古添洪先生于《中国神话研究书目提要》的前言里说：

国人对于神话一直有着很深的误解，以为神话仅是不经的荒诞之谈。孔子不语怪力乱神，《史记》对这些貌似荒诞的神话亦多付阙如，因此，神话的记录不多，且被有意排斥，故散失甚巨。后来国际间的文化交流中，国人方知希腊、埃及、巴比伦神话之丰盛，且构成其文化中的重要部分。对比之下，国人多以为中国神话仅存片段，实不足与希腊诸国相比，颇有自卑之感，但由于近百年来中国学者的努力，对神话资料之收集及整理，自玄珠的《中国神话研究》至袁珂的《中国古代神话》出版，方知中国神话实不如想象之片段零碎。（见东大版《从比较神话到文学》，第 380 页）

其实西方对神话的着力研究，亦只不过是一两百年的事而已，但其间学者辈出，理论很多，可谓成绩斐然。而中国神话则不然，鲁迅在《中国小说史略》里，引日本学者盐谷温之说，认为中国神话之仅呈零星者，其原因有二：一为地理环境使然，中国先民散居黄河流域，颇乏天惠，故重实际而黜玄想；二为孔子的理性主义使然，孔子不语怪力乱神，敬鬼神而远之，在此理性的重实用的风气影响下，神话就渐呈零落了。（详见风云时代版，第 23 页）其实中国在远古时代亦曾产生过大量美丽的神话，但从古代文献保存下来的数量看，却是不多，且缺乏系统整理，因此不能和希腊等国的神话媲美。

中国的零星片段神话，不少是有赖诗人和哲学家保存下来的。屈原《离骚》《九歌》《天问》《远游》……这些瑰丽的诗篇里，遗留给我们非常丰富的神话和传说的资料。尤其是《天问》一篇，陆离光怪，上天下地，无所不包。惜乎限于诗体的形式，又全是问话，索解为难。从一千八百年以前第一个注《楚辞》的王逸起，就已经不免望文生义，多凭臆说，后来的人更是聚讼纷纭，莫衷一是。不过如果我们下功夫去研究它，还是能够寻出大体的端绪的。哲学家保存神话传说，如《墨子》《庄子》《韩非子》《吕氏春秋》《淮南子》中都可以找出不少，《孟子》和《荀子》里也可以找出一些古代传说的片段。荀子《非相篇》里对于古代圣主贤臣（有些其实就是神）的形貌的记述就足以供研究神话做参考。当然，保存神话资料最多的，还是要算属于道家著作的《淮南子》和《列子》。《列子》虽是晋人伪作，可是晋代终是去古未远；当然《列子》所采录的神话，可能有修改，但是臆造则恐怕未必。（因为作伪书者也还是想要取信于时人，如果臆造，哪能使人完全相信呢？）所以我们应该相信《列子》里的神话资料仍是相当有价值的神话资料。

现在保存中国古代神话资料最多的著作是《山海经》与《穆天子传》。而《山海经》尤为珍贵，全书共分十八卷，原题为夏禹、伯益作，实际上却是无名氏的作品，而且不是一时期一人所作。其中《五藏山经》可信为东周时代的作品，《海内外经》八卷可能成于春秋战国时代，《荒经》四卷及《海内经》一卷当系汉初人作。里面所述神话，虽是零星片段，却还存本来面貌，极其珍贵。

《五藏山经》又简称《山经》，内容系记述中国名山大川的植物，兼及鬼神，大都根据传闻和想象。其所记述的种种现已多不可考，由于篇末每有祠神用雄鸡、用玉、用糈等话，又疑是巫师们所用的祈禳书。《海内外经》和《荒经》又简称《海经》，内容记述各种神怪变异和远国异人的状貌风俗，体制大抵同于《山经》而文字条理似乎没有《山经》的分明。为什么会有这种现象呢？可以从《山海经》的图画与文字的关系这一点上去寻求解释。

《海经》的部分，保存了很多中国古代神话资料，是研究中国古代神话的瑰宝，但因为是以图画为主而文字为辅的，就不免有散漫及疏略的缺点。先说散漫，除了海外各经较有条理外，从海内各经、荒经里面我们可以看出——

在昆仑虚北。有人曰太行伯，把戈……（《海内北经》）

东海之外大壑，少昊之国。少昊孺帝颛顼于此，弃其琴瑟。有甘山者，甘水出焉，生甘渊。大荒东南隅有山，名皮母地丘。东海之外，大荒之中，有山名曰大言，日月所出……（《大荒东经》）

确实是据图为文的文字，每条都可以单独成立，中间并没有机动的联系。最后一篇《海内经》，我们看它所经的地区，由东而西，由西而南，而北，次序也嫌零乱无章。

再说疏略，《海外南经》说："三苗国在赤水东，其为人相随。"我们就不知道"相随"的确切状态。《海外东经》说："蚕蚕在其北，各有两首"，我们也想象不出这种怪动物的形貌。《大荒东经》说："有五采之鸟，相乡弃沙，惟帝后下友"，也很费解。《大荒东经》说："有神名曰因因乎……处南极以出入风"，《大荒东经》说："有人名曰石夷……处西北隅以司日月之长短。"这两位的形容状态，我们也无法凭想象塑造它们出来。诸如此类的例子，还可以举出好些。在以文字说明图画而图画尚存的时代，这类疏略无关紧要，读者只要一看图画就都心里明白，无怪陶靖节先生有"流观山海图"的乐趣。可是在丧失了古图而单剩下说明文字的今天，就不免时或要遭遇到在黑暗中摸索的苦恼了。

虽这样说，《山海经》却是一部亟待研究的重要的保存神话资料的著作。以前也有人做过一些研究，但都偏于琐碎（虽然《山海经》的文字本身也很琐碎），还没有人专门从神话的角度提出若干重要的问题来加以精深的研究。而这种研究又是非常需要的，因为这对于整理中国古代神话有很大的帮助。不过话又说回来，《山海经》既是古籍当中比较难读的一部书，有时连文字都很费解，要想做精深的研究，自然更是困难。所以对这部书的校勘和训诂（尤其是《海经》部分）的工作，还是很值得好好去做的。现在通行的两种《山海经》的注本，毕沅的《山海经校本》和郝懿行的《山海经笺疏》，两种本子都保存着郭璞的古注，都很不错，后者更是时有犀利的见解。（以上详见袁珂著《中国神话故事》前言，第 3~7 页）

第二节　神话的特质

神话反映了先民对那一时期客观世界的理解，以现实生活作为基础。神话的真正铸模是社会而非自然。因此我们可以说神话的基本特性是社会的，而其整个原始心意则是前逻辑的或神秘的。也就是说神话所揭示的乃是"神本"观念，在这种"神本"观念的作品前，我们难免在超人神圣之前，自叹不如，自惭形秽，总觉得自己颇受鞭策和期许。又因神话涉及的多是千古不易的哲理，或玄妙难解的宇宙奥秘，大多是博大精深的，是以我们视之为"神奇性"。林惠祥先生认为各民族都有神话，神话虽极为浩繁且复杂，但都有共同的性质，其共同性质如下：

一、表面的通性

1. 神话是传承的（traditional），他们发生于远古的时代，即所谓的"神话时代"，在民众中一代一代地传下来，以至于遗失了他们的起源。

2. 是叙述的（narrative），神话像历史或故事一样叙述一件事情的始末。

3. 是实在的（substantially true），在民众中神话被信为确实的记事，不像寓言或小说那样属于假设。

二、内部的通性

1. 说明性（Aetiological），神话的发生是要说明宇宙间各种事物的起因与性质。

2. 人格化（Personification），神话中的主人公不论是神灵或动植物等，都是有人性的，其心理与行为都像人一样，这是由于作者对"生气主义"（Animism）的信仰，因信万物皆有精灵，故拟想其性格如人类。

3. 野蛮的要素（Savage Element），神话是原始心理的产物，文明人观之所含性质常觉不合理，其实他们都是原始社会生活的反映，不是没有理由的。（见台湾商务版《神话论》，第1~3页）

从其通性的说明，更可肯定地说，神话的特质在其"神奇性"。而这种神奇性具有下列的性质，略述如下：

1. 流动性　作为人类精神性文化形象的神话，不可能永远超越一般的时空而保持它固定的形态，神话是呈现一种不断流动变形的现象。今天我们直接读到的神话，大部分是由远古到今天经过多种流动变化的神话，因此为了探求神话的原始内容意义，必须以溯行方式穷追其原始样态，而这种流动"变形"，卡西勒认为是统御神话的律则。对神话我们必须力求了解它的内在生命，它的流动性与多变性以及它的生动原理。而促使神话变形的动因，王孝廉先生认为有下列因素：

①宗教观念及表象的发展变化。

②文化环境的变化。

③共通意识的变化以及个人意识的强大化。

④异族文化的接触。（详见联经版《中国的神话与传说》，第2~4页）

2. 感性　我们认为神话是非逻辑的，这种非逻辑并不是不合逻辑，而是指另一种异于逻辑的思想方式，或称为前逻辑思想。神话的真正基础不是思想而是感受。他们的条理多依赖感受的统一性，少依赖逻辑的法则。这种统一性是原始思想最有力也最深入的冲动之一。卡西勒于《人的哲学》里曾说：

我们可以说，神话有双重的面孔。它有一个概念的结构（a conceptual structure），也有一个感受的结构（a perceptual structure）。它不只是一堆混乱无条理的意念，它有赖于一个确切的感受样式。倘若神话不先按其特有的方式来感受世界，它也必不会按其特有的态度来判断或说明它。为了明白神话思想的特质，我们必须回顾一下这个比较不显著的感受层。就经验的思想而言，我们注意的是感受经验的种种恒常特色。我们在进行这种思考时，一定要弄清楚实质的与附带的、必然的与偶然的、不变的与常迁的。借着这种区别，我们就进入了一个由物理的客观所构成的世界，其中有种种确定不移的品质。但是这种区别必须有一个分析的过程，这是与神话感受或思想的基本结构不相合的。与讨论事物与性质、实质与偶然的理论世界比较，神话的世界就处于一个远为流质的与波动的阶段。为了领会及说明这个不同处，我们或许可以说：神话所感受的，不以客体为主，却以"表面特征"（physiognomic characters）为主。（见审美出版社杜若洲译本《人的哲学》，第122~123页）

原始思想的特色，不在其逻辑之有无，而在其对生命的全面感受。这种原始民族的思考方式，利瓦伊斯陀认为至少在许多情况下，一方面可以不受利益关系的影响，另一方面它是一种意识的思考方式（详见《神话与意义》，第30页）。利瓦伊斯陀引申说明如下：

我现在必须先铲除一个误解，当我说一种思考的方式是不受利害关系影响的，同时它是一种智识的思考方式，这绝不意味这种思考方式跟科学的思考是同等的。当然，在某一方面来看，两者是不相同的，在另一方面来看它是比科学的思考更为低等。这种差异继续存在的原因，是此种思考的方式是以走快捷路径而达到对宇宙一般性的了解。不但是一般性的，还是全盘的了解。那就是说，我们可以推想，沿用这种思考方式，如果你不了解所有的事务，那你就无法解释任何一件事。这完全跟科学的思考是相抵触的，科学的思考是一步一步地进步，企图了解很有限的现象，然后才继续解释其他现象，照这样按部就班地做下去。笛卡尔早已经指出科学的思考目标，是为了要解决一个难题，先得把这难题分解为很多小的问题。

所以野蛮人心中的这种专横的宏志跟科学思考的过程是很不一样的。当然，最大的差异在于野蛮人的志愿是绝不会成功的。经过科学地思考，我们能够达到控制自然的目的，这一点是很明显的，无须我们再引申说明了。虽然神话在给予人类物质力量去克服环境这方面是失败的，但非常重要的是，它赋予人类一种幻觉，使他自认为能够了解宇宙，且好像的确了解了宇宙。当然，幻觉终归是幻觉而已。然而，我们应该记住的是，作为一个科学的思想者，我们只运用了很有限的心智力量（mental power）。每个人只利用了各人在本行本业，或者其他特殊情形下，所涉及自己时所需要的心智力量。所以如果有人花二十多年研究神话和亲属制度怎样运作，那么他就只用这部分的心智能力。但是我们不能要求每一个人都对同样的事物有兴趣，所以每个人只用了他所需要的，或者对他有兴趣的那点儿心智力量。

跟过去比较，今天人类心智能力的应用时多时少，而且这种心智能力的性质也与过去不同。譬如说，跟以往相比，现代人类较少利用感官力量。当我在写神话逻辑《神话科学之导论》（Mythologiques, *Introduction to a Science of Mythology*）初版时，遇到一个相当神秘的问题，好像有这么一个部落，他们能够在白天看到金星。对我来说，这是不可思议和完全不可能的事。我向天文学家请教，他们给我的答案是：当然，我们是看不到金星的，然而等我们知道金星在白天所发散出的光时，有人能够在白天看得见金星，就并非完全不可思议了。后来，我在古老的西方航海志里读到，古时候航海者好像在白日里能够看到金星。如果我们有一对受过训练的眼睛，也许我们同样可以在白天看到金星。

我们对植物和动物的知识也是如此，没有文字的民族对他们的环境和资源的应用，具有令人惊异的准确认识。我们早已丧失了这种能力，但是我们并没有平白丢掉，换来的是，譬如，我们能够驾驶一辆汽车而不会随时有被撞毁的风险，或者一到夜晚打开电视和收音机。这种能力暗示着现代人类心智力量的一种训练，这是"原始"民族所没有的，因为他们无此需要。我认为以"原始"民族所拥有的潜在能力，他们心智的本质是可以更改的，他们之所以不更改，是因为他们的生活方式和他们跟自然界的关系无此需要。人类的心智能力不可能在一刹那之间完全发展出来。每个人只能使用局部的心智能力，由于文化不同，每一局部也因而不同，如此而已。（见时报版《神话与意义》，第30~32页）

3. 神秘性　神话的根本特性是社会的，但其基底中的整个原始思想却是前逻辑的或神秘的。他们用感性思考去了解宇宙，而事实上神话在给予人类物质力量克服环境这方面是失败的，然而非常重要的是它赋予人类一种幻觉，使他自认为能够了解宇宙，且好像的确了解了宇宙。其实幻觉终归是幻觉而已。因此我们可以说神话的主题便是生命的神秘莫测，设法为生命中神秘而难解的问题提供不完整的答案，也算是一种艺术上的挫折。而这种神秘难解的艺术挫折，比起其他方法，至少更具有挑战性，更能将我们带入生命中的基本问题——喜、怒、哀、乐、恐惧。

第三节　神话与文学

远古之初，神话的创作是被视为真实和信念的事实。由于对生命的本能热爱，和冥想到生命与它生存于其间的宇宙的休戚之情，原始人内心时时升起一种迫切的渴望，要想对他自己和生活周遭的物理世界及人文世界赋予丰富的意义。这是人类心灵发出的信号。自从有神话创作以来，人类就开始脱离茹毛饮血的动物性生存，而成为有理想的和有诗意的生灵，人类的生存才从匍匐于狭隘的平面，到有了精神的上升与下潜的幅度。因此古代神话的创作是人类从物质束缚中的解放，它表现的不单是智慧的运作，而且是热情的努力。神话在描述这个世界的时候，极尽其幻设的能事；它无视生存境遇里现实情理的阻碍，无限地展露着创造者的天真，而所谓艺术就由此产生。

就神话的流动性而言，它带给文学的影响有两个方面：

1. 神话内在的流动变化，使得主角、配角的形态逐渐地接近了人，人性的浓厚化趋向使神话获得更多艺术和文学的气氛与性质。

2. 神话外在的流动变化，使神的构成内容把异质神话诱导进了同质神话里面，增大了神话内容的多元性，使神话在艺术性的美感方面，由原来凝集简约的艺术美发展为缭乱错综的艺术美。（见联经版王孝廉著《中国的神话与传说》，第5~6页）

再就神话的感性而言，其与文学无异。至于神话的"生活的神秘莫测"主题，也更是文学作品所经常表现的主题。

引申地说，从神话到文学的原因有以下几种：

1. 随着民众智力的提高，民众对于无秩序的神话逐渐不满，于是在神话上加上若干的形式。

2. 随着社会集团的社会性、政治性组织的发展，民众产生了合理主义的要求，不再允许神话与政治社会相互杂糅。

3. 神话由口口相传而推移到成文记载的时候，记录者开始了整理这些堆积的神话的工作；许多民族在他们文字系统发达了之后，都开始记录自己的神话。神话由口诵文学进入文字阶段的时候，流动变化的情形相当大。（同上，第6~7页）

神话到文学的过程，不是突然飞跃而成的，它是逐渐完成的。王孝廉在《神话与诗》一文里曾论其过程如下：

神话到文学的过程，绝不是突然飞跃而成的，是经过若干必需的阶段而逐渐完成的，这些过程是：

第一，许多独立存在的个别神话在某种机缘或目的下被凝集成为若干有共同中心的神话群。但这些被凝集的各神话群之间，虽然有共同的中心，但并不一定是互相关联的，印度的吠陀神话，墨西哥和秘鲁的神话，就是停留在这个阶段。第二是联络这些中心相同的神话群，使他们之间产生某种程度的交集，进而把所有的神话统一成一个完整的建筑。希腊神话虽然是接近了这种统一的阶段，但尚彷徨在第一与第二阶段之间。北欧神话是较希腊神话更接近第二阶段的。中国古代的神话，或许应该是在上述第一阶段以前到第二阶段之间。神话从口传发展到成文文学的时候，一方面，神话本身是从个别文学形态转入体系文学形态里；另一方面，神话内在的非文学性逐渐稀薄，文学性浓厚了起来。于是本来探究自然本义，或解释历史发展，或实用祭仪效果等实用功利主义渐渐地从神话的内在中剥离消失，这是神话的"解消作用"。另外在艺术价值的效果上，文学作品上的鉴赏意义逐渐提高，这是神话的"纯化作用"。神话经过如此的解消和纯化之后，方才正式地进入了文学而成为成文文学，这对神话本身来说，是一种划阶段性的自我变形，进到纯文学范畴里面的神话，开始作为文学中艺术的冲举力量而活跃起来，神话从自我变形以后，从种种自我性的桎梏中解放出来，超脱了它本身的神圣性和秘密性而步入了以文学为主力的新大路。（同上，第7~8页）

神话是"臆论"与"艺术创造"的结合（见《人的哲学》，第22页），神话进入了文学以后，二者更显得相得益彰。

20世纪行为科学发达以前，一般人只把神话当作文学典故看待。在一些大师的作品中，神话典故仅止于文学作品中的运用，甚至有时候只被当作一种点缀。一般人认为神话在古代文明中，只是历史传统的一部分，因此文学继承的是神话的作用；而后经过人类学家、心理学家以及其他思想家的发现，自然能激发文学家将这些观念并入文学批评的理论与实际中。因此，创造神话者与人类学家、结构主义者不同的是，其兴趣不在于神话与仪式，而在于文学——视文学为神话与仪式在艺术中的最后体现，他们试图寻求的是"神话的重建"。他们认为神话能激发文学的想象，同时也能为文学带来更好的次序与形式。

第四节　神话的改写

袁珂在《中国神话故事》的前言里，曾说明为什么要研究神话的几点理由：

首先，神是人类社会童年时期的产物，一个大人固然不能再变成一个小孩子，可是一个小孩子的天真烂漫毕竟也还是令人高兴的。从神话里，我们可以看到古代人民的思想观念是怎样的：他们怎样设想世界的构成，怎样歌颂人们的英武，怎样希望生活过得更美好，怎样赞美生命的挣扎等等。研究神话，可以使我们更加懂得怎样热爱生活和热爱人类。

其次，神话本身就对于文学艺术有很大的影响，文学艺术靠它才更加显得美丽而年轻。例如我们所熟知的希腊古代精美绝伦的雕刻，就几乎全和神话有关。再如中国殷周时代的鼎彝，多用饕餮、夔、夔龙、夔凤、蛟、螭等奇禽异兽的铸像作为装饰，就很富于神话意味；大诗人屈原著的《离骚》《天问》《九歌》等，也都取材于神话，借此以抒写其对当时楚国昏庸腐败的政治的悲愤。又如埃及壁画、印度史诗都具有神话的因素。这都说明神话对文学艺术是起着丰美的作用的，研究神话，可以使我们对古代优美的文学艺术遗产有更深刻的认识。

再则，神话虽然不是历史，却可能是历史的影子，是历史上突出的片段的记录。要把神话中的人物都当作是一个实有的先古帝王看，固然是荒谬绝伦的，可是一概抹杀神话事迹所暗示的历史内容，也不妥当。例如昆仑山和西王母的故事，当暗示"诸夏"之族和"诸羌"之族的文化交流。所以我们研究神话，也能从神话的暗示中寻找历史的真相。

我们还应该注意到：神话又是民族性的反映，各国的神话都在一定的程度上反映出了各国民族的特性。（见河洛版《前言》，第11页）

神话最能够激发一个人内心中的民族感情，因此林良认为"神话精神的真正继承者就是儿童文学"（详见国语日报社版《浅语的艺术》，第155页）；而苏桦在《谈文学及其价值》一文里，也谈到神话对儿童教育有下列积极的影响：

1.神话对于各种事象离奇的解释，能够培养儿童的想象力。而想象力不但是文学创作的根源，还可以成为科学创造的动机。

2.神话的内容含有惊异的情节，这正是儿童文学中最令儿童感兴趣的成分，可以激发儿童的阅读兴趣。

3.可以使儿童从自古相传的神话中了解古史的轮廓。

4.可以辅导各科的学习。

5.神话可以培养儿童优良的德行。（详见《儿童文学周刊》第二一三期）

我们相信神话对儿童有积极的影响，只是现代人要创作新的神话是有困难，主要的原因之一是科学知识的普及。科学知识的普及相对地剥夺了神话的"流动性、感性与神秘性"的存在可能。神秘的消逝是无可奈何的事实，也可以说是人类文明进步的结果，尉天聪在《中国古代神话的精神》一文里，曾说明了这种无奈的事实：

及至人类的文明再向前进展，旧社会与旧秩序因无法适应新的现实而成为过去之时，人们由于已认识出旧事物的愚昧和可笑，因此原来由之而生的崇拜之情便变为嘲弄。如此，他们才能变悲剧的对象为喜剧的素材，并在这喜剧的讽嘲中对自己民族的幼稚愚昧，才能有一次愉快的诀别。发展到这个阶段的神话也是一样，例如战国时的河伯，在《史记》的记载中就是从神圣变为卑微可笑的——

　　魏文侯时，西门豹为邺令。豹往到邺，会长老，问之民所疾苦。长老曰："苦为河伯娶妇，以故贫。"豹问其故，对曰："邺三老、廷掾常岁赋敛百姓，收取其钱得数百万，用其二三十万为河伯娶妇，与祝巫共分其余钱持归。当其时，巫行视小家女好者，云'是当为河伯妇'。即聘取。洗沐之，为治新缯绮縠衣，闲居斋戒；为治斋宫河上，张缇绛帷，女居其中。为具牛酒饭食，行十余日。共粉饰之，如嫁女床席，令女居其上，浮之河中。始浮，行数十里乃没。其人家有好女者，恐大巫祝为河伯取之，以故多持女远逃亡。以故城中益空无人，又困贫，所从来久远矣。民人俗语曰'即不为河伯娶妇，水来漂没，溺其人民'云。"西门豹曰："至为河伯娶妇时，愿三老、巫祝、父老送女河上，幸来告语之，吾亦往送女。"皆曰："诺。"

　　至其时，西门豹往会之河上。三老、官属、豪长者、里父老皆会，以人民往观之者三二千人。其巫，老女子也，已年七十。从弟子女十人所，皆衣缯单衣，立大巫后。西门豹曰："呼河伯妇来，视其好丑。"即将女出帷中，来至前。豹视之，顾谓三老、巫祝、父老曰："是女子不好，烦大巫妪为入报河伯，得更求好女，后日送之。"即使吏卒共抱大巫妪投之河中。有顷，曰："巫妪何久也？弟子趣之！"复以弟子一人投河中。有顷，曰："弟子何久也？复使一人趣之！"复投一弟子河中。凡投三弟子。西门豹曰："巫妪、弟子是女子也，不能白事，烦三老为入白之。"复投三老河中。西门豹簪笔磬折，向河立待良久。长老、吏、旁观者皆惊恐。西门豹顾曰："巫妪、三老不来还，奈之何？"欲复使廷掾与豪长者一人入趣之。皆叩头，叩头且破，额血流地，色如死灰。西门豹曰："诺，且留待之须臾。"须臾，豹曰："延掾起矣。状河伯留客之久，若皆罢去归矣。"邺吏民大惊恐，从是以后，不敢复言为河伯娶妇。

而就在嘲笑之中，便宣告了神话时代的结束。有了这样结束，人们才能在不留连于"伤逝"的情怀中，开创一个新的未来。（见东大版《从比较神话到文学》，第250~251页）

新神话的创作愈困难，古代神话的不朽也就更确定。对于古代的民族神话，该怎么处理，林良先生在《神话跟儿童文学》一文里，曾表示他的意见如下：

我们对于传统的民族神话，该怎么处理？

答案是要活活泼泼地讲述，让孩子跟它接近。

"发掘民族神话"本身就是一件需要想象力的工作，古籍里所记载的民族神话，通常只不过几十个字。多读古籍的人以这本书及那本书互相印证，互相补足，也不过是多加几十个字，多加一点素材，求得同一神话的多种记载的共同之处。这种努力并不具备文学方面的意义，尽管这努力并非"无用"的。

我们更需要的，却是一个想象力非常丰富的讲述者，他能根据有限的资料，从事多彩多姿的讲述。他能创造自己的"神话世界"。换句话说，他不能只是一个"搬运骷髅"的人，他必须能"肉白骨"，使骷髅长肉，长血管，而且有自己的鲜血在那血管里运行。

他必须有胆识。在知识方面，他必须能吸收神话学者整理出来的资料，但是他仍然要有胆子，有担当，敢写，而且写得有自己的道理。他必须是一个好作家。《山海经》里有名的"夸父逐日"的故事，实际上只有很少的材料好用，夸父是一个神人或巨人或人间的英雄。他不自量力，要跟太阳竞走。他半路扔下的拐杖，后来繁殖成一片树林。他饿了，在一个地方用"鼎"做饭吃，架着鼎的三块石头，"品"字形排列开来，就成了夸父山。他走得很渴，喝完了大河的水还不够，想去喝西海的水，可是还没走到，就渴死了。"我们古籍里有很好的神话"，这句话是完全不能照字面去解释的。如果《山海经》里关于夸父的记载算是"很好的神话"，那么，它同时也是"写得很简陋的神话作品"。

一个好的作家可以在这里找到一个展露才华的创作领域。夸父应该是怎么样的一个"人"？他生存在一个有"鼎"的时代，那应该是什么时代？他能喝完大河的水，那么他应该有什么样的体形？"西海"要安置在什么地方？是不是可以借用现在的"青海"？他为什么会生出追太阳的念头？那是在发生了一件什么事情之后？他有没有家，有没有妻子、孩子？他是不是本来就是一个"跑将"，狮子、老虎、豹都曾经败在他的"脚下"？

一个好的作家会慢慢塑造他的夸父，而且赋给这故事一个深长的意义。

我们盼望儿童文学作家"发掘民族神话"，不正是盼望他这样做吗？

这就是神话的改写。这是值得儿童文学作家努力耕耘的园地。（见《浅语的艺术》，第157~158页）

另外林桐在《神话的改写》一文里，也提出了他的看法：

神话起源是人类的幼稚时期，虽然他的年代非常久远了，但是至今仍然给我们新鲜的、美妙的以及奇异和恐怖的感受。

著名的希腊神话叙述的是诸神和人类之间的关系，至于一般的神话，大都是古代的人为了解释生命和神秘的自然现象而产生的故事。古代的人没有科学知识，可是他们却为自然界的现象提出了许多发明！他们把自然的力量人格化了。譬如希腊人把雷说成宙斯的声音，咱们中国人说那是雷神的打鼓声。古代人把自然万象，看成跟自己一样的生物，自然的现象是神秘的，是人类的力量所无法比拟的，因此把它说成比人类更伟大的存在。

世界上各民族都有不同的神话。这些说明自然现象的故事被记录下来以后，人们就发现希腊神话充满想象的美，也洋溢着诗意。经过几千年，到了今日，它仍然具有震撼心灵的力量。

我们阅读神话，可以品赏世界"晨曦期"的奇异光景。因为神话发生于人类的幼年期，所以跟儿童的心理是相通的，凡是关心儿童文学的人，无不重视神话的改写。

可是有关神话的故事，都缺乏绵密的细部描写，因此改写者就需要多加描述、解释了。给儿童阅读的神话故事应该怎样改写呢？对于那古老的作品，改写者应该注入什么样的东西呢？我们发现过去的许多改写作品，只是把语言变成更浅近的白话而已，作者并没灌注精神去"再创作"，因此都是缺乏生命力的读物，换句话说，只是形式上描述着事件的内容而已。

要把神话"再创作"，作者必须对原来的故事有深入的了解，并且要有浓厚的感情。譬如查尔斯·金斯利（英国作家）在他改写的《英雄故事》的序文中说：

"我由衷地敬爱着古希腊的人们"。

一篇改写的神话要能吸引读者的兴趣，必须是作者全心全力把所有的爱灌注在那上面，然后才能产生有情感的作品。

改写者在执笔之前，不但要认识故事，也要设身处地，把自己融入当时的背景中，这样才能够深切地体会创造神话的人们，是怀着怎样的心情，运用怎样的思想，然后才能了解那一个民族特有的生活和思想。因为每个国家、每个民族的神话，都有它不同的特征，掌握了这一点，才能动手改写神话。（见《儿童文学周刊》第四五八期）。

【注释】

① 有关神话"变形说"，可参见《从比较神话到文学》一书所收录的乐蘅

军《中国原始变形神话试探》一文，及审美出版社卡西勒著、若洲译《人的哲学》第二部分第三节《神话与宗教》，第115~174页。卡西勒的"变形说"是采取文化哲学的观点，他认为神话是文化的最深层部分，是人类心灵的反映，神话应作字面的解释，因神话在原始人心中，是客观现实的呈现。

参 考 书 目

一

《神话论》　林惠祥著　台湾商务印书馆　1968 年

《从比较神话到文学》　古添洪、陈慧桦编著　东大图书公司 1977 年

《中国的神话与传说》　王孝廉著　联经出版公司　1977 年

《神话与文学》　威廉·怀特（William Righter）著　何文敬译　成文出版社　1979 年

《花与花神》　王孝廉著　洪范书店　1980 年

《神话与意义》　利瓦伊斯陀著　王维兰译　时报出版公司 1982 年

《中国神话研究》　玄珠著

《中国古代神话》　袁珂著

《中国神话研究》　谭达先著　以上三本书由里仁书局合印为：《中国神话甲编三种》　1982 年

《中国神话》　白川静著　王孝廉译　长安出版社　1983 年

《中国神话史》　袁珂著　时报出版公司　1987 年

《穆天子传》　郭璞注　中华四部备要本　1967 年

《神话与传说——夏朝以前》　远流出版公司　1978 年

《中国神话》　苏桦改写　国语日报社　1980 年

《西洋神话全集》　冯作民译著　星光出版社　1982 年

《中国神话》（事迹篇、人物篇）　王世祯编著　星光出版社 1982 年

《山海经校注》　袁珂注　里仁书局　1982 年

《古神话选释》　长安出版社　1982 年

《中国神话》　东方出版社　1983 年

二

《神话跟儿童文学》　林良　见《浅语的艺术》，第 149~158 页

《神话故事的分析》　徐绍林　见《儿童文学周刊》第九六期

《神话与传说》　黄明译　见《儿童文学周刊》第一一八期

《从神话说到中国神话》　苏桦　见《儿童文学周刊》第二二一期

《谈神话及其价值》　苏桦　见《儿童文学周刊》第二二二期

《神话的改写》　林桐　见《儿童文学周刊》第四五八期

第四章　寓言

寓言，在文学里是属于一种有特殊风格的体裁。据儿童读物专家的说法，寓言比神话、童话、故事、小说更不属于儿童，过去如此，现在也依然如此。虽然寓言不及童话深入童心，却也有它的贡献及价值，至少它告诉了儿童道德伦常的观念。以下分节概说寓言。

第一节　寓言的意义

一、寓言的起源

有关寓言的起源，至目前为止，仍未有周延的说法，但大致来说，自当与自然环境及人类的社会生活有极大的关系。葛琳女士在师专本《儿童文学研究》里说：

寓言的产生，多半是在有发达的古代文化的国家，如中国、印度、希腊等。大概由于古人接近自然、崇尚自然，同时生活安闲，富于幻想。所以他们能从自然的形形色色中体会一贯道理。这种道理如果纯粹以理论发挥便是哲学思想，若将这些道理用譬喻解说，便形成了寓言的存在。到了后来，国家的种种制度的建立，君民之间的地位悬殊，有些聪明而富有理想的人，他们对国家、社会、人生的种种问题，有独到的见解。但是碍于帝王的专制，及社会上没有说话的自由，只有借着其他的事物譬喻出来。以后辗转流传，便构成了寓言的主要来源。（见该书上册，第169页）

　　而约翰·麦昆（John Macqueen）于《谈寓言》一书中也说：

　　寓言的来源是哲学与神学，而非文学，尤其最可能的是宗教。可是，自从一开始，寓言就与故事有密切的关系。所有西方的宗教和许多东方的宗教都是在神话中表现得最完美。所谓神话，事实上就是一个故事或一连串的故事，这个故事可以说明最能从内心影响信徒的普遍现象，诸如时日、季节、收成、部落、城市、民族、出生、婚姻、死亡、道德法律、缺乏与失败的感觉、潜能的感觉等。后面所提到的这两种感觉事实上已表现了人类特征的大部分。（见黎明版，第1页）

　　申言之，寓言在早期只是靠口头或宗教仪式来传播，而后有了文字的记载，始渐脱离原始的形态，而成为一种文学的体裁。其产生的具体时间虽然很难确定，但无损于寓言本身。谭达先于《中国民间寓言研究》一书中，曾叙说中国民间寓言的产生，或许亦可视为寓言的起源说，试引录如下：

　　中国古代民间寓言产生和繁荣于先秦时代，这是由当时的社会历史和文学本身发展的规律所决定的。

　　从春秋战国的社会历史情况看，正是从奴隶制社会转变成封建社会的过渡时间。社会面貌发生激变，人类集团纷争尖锐，诸侯混战连年出现，人祸天灾时有所闻，因之人民生活在水深火热之中。人民针对奴隶社会的腐朽本质和统治者的可憎面目，创作了隐喻性寓言，进行了批判和讽刺，这就表示了人民的憎恨之情。寓言就成了直刺当时社会一切不合理现象的一把锐利的匕首。另一方面，随着当时社会和经济情况的激变，人民的思想有了一定程度的解放。这是因为奴隶制经济瓦解后，为旧制度服务的上层建筑动摇起来。人们既在生活中积累了不少经验教训，而在思想上的束缚又减少了，就更敢于做种种大胆的想象，这样，民间创作的寓言就成了他们传播种种经验的教科书。

　　再从文学本身发展的规律来看，民间文学是有它的继承关系的。在远古神话中，人类祖先想假借想象、幻想来征服自然、支配自然，因而产生了英雄人物。在许多作品中，存在着初民的万物有灵、人兽变形的思想观念，通过神话的故事形式，把人和自然表现得栩栩如生。这些作品，有的已是完整的故事，有的则是接近了寓言的雏形，这就不仅给先秦民间寓言供给了素材，也给寓言启发了拟人化的表现技巧。在远古的谚语民歌中，广泛地采用贴切的比喻和巧妙的夸张。例如《国语·周语》的谚语中，为了表示群众力量坚强而不可战胜，就引用了这样意义积极的谚语来比喻："众心成城，众口铄金。"《左传》僖公五年引谚有"辅车相依，唇亡齿寒"，是比喻彼此间密切的利害关系。民歌的，例如《诗经·魏风·硕鼠》，把贪得无厌的上层统治者说成大老鼠，是贴切的比喻，也是巧妙的夸张。就是这样，比喻和夸张赋予作品以简练性、通俗性，也增强了作品的思想性及说服力。寓言继承并发展了古代谚语、民歌中这两种艺术特点，就使具体事物的比喻，变为全篇是个故事性的比喻。可见，民间寓言正是从古代神话、谚语、民歌的基础上逐渐发展起来的。

　　古代民间寓言产生的具体时间很难确定，可以断定的是，它讲求要表现"寓意"和"教训性"，而且要讲求拟人化，因此，在人类社会发展的初期是不可能发生的。它的发生就需社会到了比较高的生产力发展阶段才有可能，最大的可能性是在神话产生后，在奴隶社会里——先秦进入了寓言创作的黄金时代。如《愚公移山》（《列子·汤问》）这篇古代寓言名作，赞扬了这个伟大的真理：集体的智慧和力量是无穷无尽的，人们依靠顽强的劳动，就可以征服自然，并改造世界。这个寓言，很可能产生于"人文神话"后，由于它既强调了人力伟大，也强调了劳动作用，就必然产生在发明了箭和采用金属之后，要不，人们是不会产生征服自然和改造世界的信心的。（见台湾商务版，第5~7页。）

二、寓言的定义

寓言是什么，外国文学对寓言（fable）曾经有过这样的定义：

寓言，是一则简短的故事，以散文或韵文为之，用以指示一种教训或寓意。故事中的角色大多为动物，但并非必然，有时，人类或是无生命的事物亦可以为故事中心。寓言的主要题材常取自民间传说（或民谣、民俗），而常与超自然及不平常的事件有关。最有名的寓言是《伊索寓言》。以动物为主角的寓言，系为牲畜寓言（beast fable），是每个文学史中为人熟知的一种形式，其主要的作用，在于讽刺人类的愚昧和不智。

将隐喻的运用，加以延伸，而使得人、物行为在一种叙述中能发挥意在言外的作用。叙述中所表现的事物，只是另一种事物的假面具，亦即在具体的意象中，表现在其抽象意义。叙述中的角色，大都是一种抽象化了的人格本性，而故事中所有的那些行为、道具，就是表现那些抽象本质间的关系。因此，故事可以表现宗教、道德、社会、个人或讽刺。（引自书评书目版《文学评论》第五集，汪惠敏《先秦寓言的考察》一文，第6页）

而台湾专家学者的定义如下：

1. 林守为先生于《儿童文学》里说：

寓言（fable）是什么？寓言是寄寓着高深意思的一种故事。所以就文体说，寓言属于叙述文，每一篇寓言都叙述着一个故事。但它的目的并不在叙述这个故事，而在借这个故事来表达某种高深的意思。（见该书第72页）

2. 吴鼎先生于《儿童文学研究》里说：

寓言的英文原名是 fable，和 allegory（寓言体）及 metaphor（隐语）等意义相似。不过从习惯上说，一般人称寓言，都是用 fable 一词的。所谓寓言，是一种寓有教训或含有新的启示的故事，其内容常把动物或无生物"拟人化"（personification），使之成为主角。如许多寓言中，常用到狐狸、鸡、乌鸦、山羊等动物，使它们"人格化"起来，能说能做，一切行为和人类差不多，使其成为故事中的主角，生动灵巧，活泼有趣，所以寓言是指一种不基于事实（fact），而是超自然的（supernatural）故事。（见该书第 277 页）

3. 葛琳女士于《儿童文学——创作与欣赏》里说：

寓言是寄寓着深远意义的一种简短紧凑的故事。但它的目的不止于是讲故事，而是借着故事来表达或暗示一种意义与真理。所以，寓言也可以说是一种含有启发性、积极性的假设故事。（见康桥版第 211 页）

4. 许义宗先生于《儿童文学论》里说：

就儿童而言，寓言（fable）是用浅近假托的故事，影射另一事件，来阐述人生哲理，表达道德教化的，含有启发性、积极性、教育性的简短故事。（见该书第 61 页）

由于以上各家的解说，我们可以知道中文里的寓言，一般是指 fable，而英文中可译为"寓言"者，尚有 allegory、parable、apologue。一般而言，fable 是指一种用来倡导某种有用的道理或概念的故事，尤其是那种让动物或者甚至连无生命物都会说话的故事。当然人类的角色却未必完全被屏弃于外。而 parable 是指利用一些常属虚构的、日常生活的故事（如野叟献曝）以帮助听者或读者了解某种议论。这两种故事通常皆为表达某种较单纯的或单一的思想。至于 allegory 原是成人文学的一种，如《天路历程》《格列佛游记》。除其篇幅较长、文字较深外，其结构也较为复杂，同时所欲表达的思想更是繁复而多元化。这种寓言，虽也能引起儿童的阅读兴趣，却必须经过改写。

罗马时期，寓言被视为一种语喻（trope）—— 一种修辞上附带的手法或点缀品。（详见黎明版《谈寓言》，第 62 页）

总结以上所述，寓言的界说当有广义、狭义两种：

广义的寓言，可说是一种表达方式，用"比"，相当于修辞中的"譬喻"。

狭义的寓言，可视为一种文体，假托其他事物，通过具体的故事来阐明事理。儿童文学的寓言，通常是指 fable、parable。这类寓言，通常皆为表达某种较单纯的或是单一的思想，落实地说，即是所谓"隐喻的故事"。

颜昆阳先生曾为西方寓言理出五项条件，试转录如下：

1. 寓言必须是一则简短的故事，有开端、发展、结尾，具备完整而有机的结构。

2. 其中角色包罗一切无生命物、动物、植物、仙魔、鬼怪、虚构的人物，无生命物与动物可使其拟人化，同样能有属于人的语言、动作。

3. 它的故事都属虚构。

4. 它的文体多为散文，偶尔亦用诗歌或戏剧。

5. 它的意义不在字面上作直接的解说，而在故事情节中作间接的暗示，透过寓言，必使读者得到教训或启示。但它和一般修辞上的隐喻不同，隐喻必有固定的喻依（作为比喻的材料）和喻体（被比喻的对象），所以它所产生的喻意也往往明确而固定。如伍举谏楚庄王，"大鸟不飞不鸣"是喻依，"楚庄王不出号令"是喻体，两者有固定的对等关系。但寓言并没有固定而对等的喻体，其意义也可自由推想和延伸。（见尚友版《庄子的寓言世界》，第211页）

三、寓言的分类

寓言的分类，时因观点不同而有所差异。如葛琳女士于《儿童文学——创作与欣赏》一书中，将其分为印度寓言、中国寓言及希腊寓言等三种主要的类型。（见康桥版，第221~218页）而《谈寓言》一书引用薄伽丘（Giovanni Boccaccio，1313—1375）的分类法分成四类：

寓言是一个不断的讲话，其外表像小说，其目的在举例或示范。它只有在去其小说的外壳后，始能泄露出作者的目的。于是，如果我们能在寓言之面罩下发现一些可口之物，则写作寓言当不为完全无用之举动。我相信寓言形成四种类别：

第一种寓言即当我们描写野兽或甚至于非动物相互谈话时——我认为完全缺乏真正的事情。在这类里，最重要的作者就是伊索（Aesop）。这位希腊人值得我们尊敬，并非只因为他是古典名人，而且也因为他有严肃的道德目的。虽然这本书绝大部分是供城市或乡村之野人阅读的，我们却必须记得亚里士多德（一个有超人能力的人，也是散步学派哲学家的泰斗）往往在他的书中毫不踌躇地提到他。

第二种寓言常常表面上看起来混合有虚构与事实。例如，好像我们叙述米尼亚斯（Minyas）的女儿怎样纺纱，怎样因为轻视酒神（Bacchus）的狂欢而被变成蝙蝠，以及水手阿谢斯提（Acestis）如何因为计谋诱拐酒神而被变成鱼。有史以来，那些最古的诗人便发明了那些传说，他们的工作就是将神与人的事情披上一层小说的外衣，此后一些较崇高的诗人便跟随他们而赞扬这种寓言。不过，我们也得承认，有少数的喜剧诗人贬抑了它，因为他们比较关心无知野人的掌声，而不顾他们的名声。

第三种比较像历史事实而不像寓言，有名的诗人都把它应用于许多不同的方面。无论史诗（epic）的作家如何按照事实来写作——像维吉尔（Virgil）叙述伊尼亚斯（Aeneus）在海上为暴风所摇荡，和荷马叙述尤里西斯（Ulysses）被绑到船桅上以免屈服于海妖的歌声——他们仍然晓得，在这面纱下隐藏着有某种东西与表面上的主题很不一样。同样地，那些较著名的喜剧诗人像浦劳塔斯（Plautus）和特伦斯（Terence）也将此用在他们的对话中，他们知晓那些话字面上的意义，可是却希望借他们的技巧来叙述各种不同的人的举止与言谈，同时又想借此教诲与警告其读者。因为这种寓言谈到世界的事情，所以即使这个故事没有真正的历史根据，它还是很可能的，或至少可能发生的。我们没有理由排斥这种形式的寓言，因为耶稣基督也常常在他的譬语（parables）中用到它。

第四种绝对不含表面或隐藏的事实，因为那是愚笨的老妇人所发明的。（见台湾商务版，第60~62页）

又谭达先于《中国民间寓言研究》里，从角色有无生命的特点看，将寓言分成四类：

1. 动物寓言。

2. 植物寓言。

3. 人事寓言。

4. 其他寓言。以上四类包括：主人公可能是风、云、江、湖等自然物，也可能是生活用品，甚至于人体某部分器官等。（见新儿童版，第3~4页）

至于林钟隆先生于《现代寓言》一书里（第11页），则分为"故事篇""智慧篇""品德篇""生活篇"。一般而言，寓言的分类似乎缺少真实的意义。

四、中国寓言概述

先秦时代，寓言这种体裁即已成熟，而其中尤以庄子为代表。中国寓言虽不是自庄子开始，但庄子却是其中的代表。"寓言"一词，首见于《庄子》一书，并有《寓言篇》。《寓言篇》说：

寓言十九，重言十七，卮言日出，和以天倪。寓言十九，藉外论之。亲父不为其子媒，亲父誉之，不若非其父者也。非吾罪也，人之罪也。与己同则应，不与己同则反，同于己为是之，异于己为非之。重言十七，所以已言也，是为耆艾。年先矣，而无经纬本末以期年者者，是非先也。人而无以先人，无人道也；人而无人道，是之谓陈人。卮言日出，和以天倪，因以曼衍，所以穷年。不言则齐，齐与言不齐，言与齐不齐也，故曰无言。（见三民版《新译庄子读本》，第317~318页）

寓言是庄子的语言艺术。所谓寓言，简单地说，寓就是寄，意在此而言寄于彼，故托虚设之人、物、事，以暗示己意，也就是所谓"藉外论之"。所谓重言，陆德明《庄子音义》说"为人所重之言"。为人所重者，便是权威人士，在古为往圣先贤，在今为先辈宿学，也就是庄子所谓的"耆艾"。至于"卮言"，卮是装酒的容器，成玄英《庄子注疏》说"夫卮满则倾，卮空则仰，空满任物，倾仰随人，无心之言，即卮言也"。因此，所谓"卮言"就是因任物理本然而立说。也就是无心之言，随物理本然而立说，自己没有一定的成见。

至于所谓"寓言十九，重言十七"，这"十九""十七"之数又怎么说呢？"十九"是十分之九，"十七"是十分之七，寓言占十分之九，重言占十分之七，但这样的比数似乎有问题。因此所谓"重言占十分之七"，当指重言又占全部寓言的十分之七。清朝姚鼐《庄子章义》说：

庄子之书凡托为人言者（即寓言），十有其九。就寓言中，其托为神农、黄帝、尧、孔、颜之类，言足为世重者，又十有其七。（据尚友版颜昆阳《庄子的寓言世界》，第116页）

依姚鼐的说法，"重言"也应该是寓言中的一部分。而"卮言"并不是有别于寓言的另一种言语，而是在说明寓言、重言的特质。胡远濬《庄子诠诂》说：

案卮言，通一不用而寓诸庸之言也，凡寓言、重言，皆卮言也。此所以终身言未尝言，终身不言未尝不言乎！（见台湾商务版，第237页）

寓言，虽首见于《庄子·寓言篇》，但庄子对于寓言这一体裁并未在形式上给予严密的界说，他只是说"藉外论之"，但什么是"藉外论之"呢？成玄英《庄子注疏》中讲道：

籍，假也，所以寄之也。人十言九信者，为假托外人论说之也。（见世界版《新编诸子集成》册三，第408页）

他们的概念中，寓言就是立言者将自己的思想观念，假托其他人物之口叙说出来，也就是将"叙述观点"从立言者自己转移到其他人物身上。而这些观点人物，可以是虚构的，也可以是真实的。

到了司马迁的《史记》，也只说"大抵率寓言也"。司马迁也没有进一步说明寓言是一种怎样的语言形式。《史记·庄子本传》说：

庄子者，蒙人也，名周。周尝为蒙漆园吏，与梁惠王、齐宣王同时。其学无所不窥，然其要本归于老子之言。故其著书十余万言，大抵率寓言也。作渔父、盗跖、胠箧，以诋訾孔子之徒，以明老子之术。畏累虚、亢桑子之属，皆空语无事实。然善属书离辞，指事类情，用剽剥儒、墨，虽当世宿学，不能自解免也。其言洸洋自恣以适己，故自王公大人不能器之。（见鼎文版《史记》册三，第2143~2144页）

从以上引语里，我们可以推想司马迁所谓的寓言，应该是假借一件虚构的故事（空语无事实），用以类喻自己的情意（指事类情），而唐朝司马贞的《史记索隐》说：

其书十余万言，率皆立主客，使之相对语，故云偶语。又音寓；寓，寄也。故《别录》云："作人姓名，使相与语，是寄辞于人，故庄子有寓言篇。"（见鼎文版《史记》册三，第2144页）

司马贞将"寓言"，解为"偶言"，就是一种主客对答的语言形式，但实在无法说明寓言的特性。所引刘向《别录》的话，则包含"偶言"与"寄言"两层意义，而且"作人姓名"也说明了其中人物是造作出来的，有虚构的成分。所以从《史记》以及解释《史记》的文字当中，我们可以整理出前人对寓言的概念是：假设人物，虚构故事，将自己的思想观念寄托在这些人物的言谈中，这种概念和庄子相差无几。

《庄子》《史记》之后，只有《文心雕龙》中曾提到一种特殊的文章体裁——谐隐。《文心雕龙·谐隐》篇：

谐之言皆也。辞浅会俗，皆悦笑也。（见明伦版《文心雕龙注》，第 270 页）

隐者，隐也。逐辞以隐意，谲譬以指事也。（同上，第 271 页）

"谐"就是使用浅俗而有趣的语言，在听者"皆悦笑"的情况下，达到发言目的。这种语言，典籍所载，多源于滑稽之流。至于隐语，刘勰说"逐辞以隐意，谲譬以指事也"。所谓"逐辞"是真意隐逐在言辞后面的话，所谓"谲譬"是诡谲奇特的譬喻。两者在形式上略有不同："逐辞"往往只是简单的词汇在意义上的隐示；谲譬则是用隐喻的方式，以一物喻另一物，或以一事喻一事，而两者之间的字义不必相关联。例如《史记·八楚世家》曾记载伍举谏楚王事：

庄王即位，三年不出号令，日夜为乐，令国中曰："有敢谏者死无故。"伍举入谏，庄王左抱郑姬，右抱越女，坐钟鼓之间，伍举曰："愿有进隐。"曰："有鸟在于阜，三年不蜚不鸣，是何鸟也？"庄王曰："三年不蜚，蜚将冲天；三年不鸣，鸣将惊人。举退矣，吾知之矣。"（见鼎文版《史记》册三，第 1700 页）

鸟与庄王之间，不必有字义上的关联，这就是"谲譬"，也就是隐喻的修辞技巧。就刘勰所举例子（伍举谏庄王事），其形式有些和庄子书中所谓的寓言相近。假如在不把寓言的界说厘清的情况下，谐隐是可以和寓言混淆在一起的。持此，《文心雕龙》论到谐隐，结果仍然没有为寓言理出一个清楚的界说。

总之，寓言在先秦时代里极为流行。究其原因，是因应战国时代政坛交际活动的需要，而其消极原因，是儒家文必雅正的文学观，还未对中国文学产生全面性的约束。而后由于在儒家文学观的透视下，寓言被视为"本体不雅，其流易弊"的文体，是以寓言在中国文学中，始终未能得到应有的地位。唐时，韩愈、柳宗元诸作家，颇有意于寓言的创作，而柳宗元尤为努力。至明代，则有刘基、马中锡、陆灼、刘元卿等人有寓言的作品，但皆无法促进中国寓言的发展。

今人汪惠敏于《先秦寓言的考察》一文里，参考先秦诸子对寓言的定义，曾为中国寓言下一界说：

寓言，为一个短小精悍的故事，用隐喻的技巧，以散文体书写，目的在举例或示范，借着飞禽、走兽、鱼鳖、昆虫、神仙、志怪的性质与行动，或是人物虚构的行为事述，以达到讽刺、教训、启示的正面效果。其寓意只有在读者去其故事性的外衣后，始能宣泄出来。（见书评书目版《文学评论》第 5 期，第 6 页）

第二节　寓言的特质

依前节所述，我们可以说，寓言不是叙事。叙事的文字，如史传、小说之类，是从事理正面说出，文意明显。而寓言则不然，它是意在言外，除正面的文字之外，别有含义，另有寄托。而且史传的内容，必为有凭借的史实，不能无中生有，寓言的内容则是虚构的故事，在故事之外，别有所指。

至于小说的人物、情节虽也多是虚构，但一般而言，小说家的责任，在于叙述一个故事，着重在情节的发展、人物的刻画。而寓言则是以故事为辅，故事的本身并非作者的唯一目的，它是另有"居心"。

又寓言也不是譬语。譬语是利用比喻的技巧，以说明事理的一种体裁。比喻是为了帮助说明事理，而借彼喻此的一种修辞法，也就是"以所知喻其所不知"，利用旧经验，引起新经验；或是以易知说难知，以具体说明抽象。一般而言，比喻辞格，是由"喻体""喻依""喻词"三者配合而成的。所谓"喻体"是所要说明的事物主体，而所谓"喻依"是用来比方说明此一主体的另一事物，所谓"喻词"是联接"喻体"和"喻依"

的语词。凡三者具备的比喻，称为明喻，如"手如柔荑，肤如凝脂，领如蝤蛴，齿如瓠犀"（见《诗经·卫风·硕人》）；至于"喻词"由系词如"是""为"等代替者，则称为暗喻。当然暗喻的技巧比明喻复杂，不像明喻表面上即可见出所比事物的对应关系，暗喻是采取一种暗示的手法，表面上是一件事，其实所指的却又是另一件事。如《韩非子·内储说·七术》：

　　齐人有谓齐王曰："河伯，大神也。王何不试与之遇乎？臣请使王遇之。"乃为坛场大水之上，而与王立之焉。有间，大鱼动，因曰："此河伯也。"（见世界版《新编诸子集成》册五，第162~163页）

　　这段叙述表面看来，是叙述齐王见河伯的一段故事；而其本意，则诚如韩非子所说的"直信一人，故有此弊"。此寓意，虽然构成寓言有寄托的条件，可是没有完整的故事结构，有开端、发展，而无结尾。只可以说是以一段隐喻技巧的叙述，来讽刺人迷信邪说，而不能列为寓言。因此从寓言的结构和形态来说，此种采取隐喻技巧的譬喻，也可以说是"未完成的寓言"。

　　申言之，寓言是将暗喻的应用加以延伸，使一段故事中的人物言行，在一种叙述中，具有"意在言外"的作用。因此叙述中所表现的形态，仅为另一种事物的假面具，也就是说在具体的意象中表达抽象的意义，而叙述中的角色多为抽象化后的人物个性。

　　总之，比喻只是一种写作技巧，而寓言则是一种文学体裁，利用隐喻的写作技巧，来达到寓言的主旨，二者不可混为一谈。（以上详见书评书目版《文学评论》第五集，第2~4页）

　　持此可知，寓言的特质即在于它的寓意，也就是说在于有严肃性的主题。申言之，它的寓意，时常是讽刺性的教训，因此，讽刺和嘲笑是寓言显明的特征。每篇寓言都叙述着一个故事，并且借这个故事来表达某种意思。这种意思，无论其性质是事理的阐明，是道德的启示，是人生的讽刺，是一种明智的看法，是一种宝贵的经验，还是一种苦乐的感受，即为寓言之所以成为寓言的主要条件。我们无意说寓言是寓意深远的故事，事实上，童话、神话等类作品中，含义常较寓言更深更远。作为文学体裁之一的寓言，它是比喻的最高形式，由三言两语的比喻，发展为一个完整的故事。这种文学体裁最初出现的时候，并不单独存在，而是散见于前人作品里，被引用为帮助说理的工具。作者虚构一个故事，或借以寄托寓言，或帮助说理，所寓之意、所论之理才是作者的目的。以下就其寓意的特质，归纳其特征如下：

1. 采用喻譬的形式，其中贯穿着一个极其明显的寓意。

2. 含有教训。在全篇中，教训性最为重要，趣味性次之。

3. 一般而言，作品形式比较简短。（见台湾商务版谭达先《中国民间寓言研究》，第1页）

第三节　寓言的写作原则

汪惠敏先生于《先秦寓言的考察》一文里，曾归纳构成寓言的要件如下：

1. 以性质言，寓言必须是一则短小精悍的故事。故事求其简短明白，除人、物的必要动作和对话可稍详尽外，对故事的背景、人物形态的描写，都可采取简略的写法。

2. 以结构言，寓言必须有完整的故事性结构。所谓完整的故事性，是指一段有开端、发展、结尾，且具有有机结构的叙述性文字。因此，完整的故事必须是结构完整、紧凑而不可支离。

3. 以技巧言，寓意采用隐喻的方式，因此读者必须透过文字去寻求意外之意，始能推出作者的本意。

4. 以文体言，寓言以散文体书写。

5. 以题材言，寓言采用虚构性的题材。

6. 以功效言，透过寓言，必须使读者受到教训、启示、讽刺的正面效果。（见《文学新编》第五集，第6~7页）

而沈谦先生于《寓言与极短篇》一文里，则认为寓言这种文体，至少应具备三项条件：

1. 寓言必须是一则故事，有开端、发展、结束，首尾贯穿，可以完整而独立。

2. 寓言的作用是寄托寓意，帮助说理，以达成教训、讽刺、启益的效果。

3. 寓言的主角可以是人，也可以是动物、植物或鬼神。题材多为作者设想虚构的故事，也间杂神话、民间传说，或改良前人已有的故事。（见1981年4月29日《联合报》副刊）

又谭达先《中国民间寓言研究》一书中，曾介绍寓言的几个最主要的艺术特点如下：

1. 抓住有特征意义的矛盾现象，通过短小的故事形式、生动的角色形象、巧妙的艺术构思来表现某种深意。往往通过失败的结局来表达它的思想效果，即把失败的结局和作者否定或批判的思想行为巧妙地联系在一起。

2. 进行有目的的虚构、丰富的想象和合理的夸张，并把现实生活中的事物与虚构中的幻想艺术地统一起来，更好表现事物的本质。

3. 寓言创作手法上最重要的特点是拟人化。这就把自然界的动植物或别的人工物、自然物等给予人的语言、思想、性格，灵活而巧妙地把种种物类的特性和人的社会性统一起来，从而更好地表现了人的某种思想风貌。

4. 寓言的故事具有鲜明的比喻作用。

5. 不少寓言，常在结尾处发点议论或说出主题思想所在。这种艺术特点，有助于把全篇的最重要的思想意义给予点明。（见台湾商务版，第56~61页）

综合以上的看法，我们认为寓言的构成，是用一个故事，阐发一个道理，用譬喻或暗示的方法表达独到的思想与见解。以下略述寓言的写作原则：

1. 寓言的主题　寓言的特质在于有寓意。所谓寓意，是指要有明确的主题，这种寄托的寓意，可以帮助说理，以达成教训、讽刺、启示的效果。申言之，寓言的主题，多用来表现真理及一个明智的看法、一种宝贵的经验和一种苦乐的感受。主题虽然简单，但范围却极为广阔，归纳其思想内容，不外是讽刺性与说教性。讽刺的对象主要是坏人，通过讽刺，使人们对他们有更深刻的认识，并有所警惕，不至上当。而说教是指启示读者在自我教育中，提升自己的道德修养。

至于寓言的表达方式，亦可分为两种：一种是借故事以寓理，采取暗示的方式，作者的旨意，在故事中并不点破，留给读者自行体会。另一种是作者借故事以说理，采取明喻的方式，也就是说，在故事的末尾，作者现身说法，将故事背后的主旨点出，或表明作者的感想。

2. 故事　故事是寓言的基本构架，且以虚构为主。缺乏故事，则不成寓言，因此寓言必须是一则故事，有开端、发展、结束，首尾贯穿，可以完整而独立。

又所谓基本构架，是因为寓言的目的是表现真理和经验，所以故事的情节比较单纯，只要清楚地交代一件事的过程，就可以达成目的。但是目前这种寓言，显然不受欢迎。因此，现代寓言除了表现有内涵、有深度的真理思想外，还要从情节发展、角色活动中，创造若干情节，以增加故事的趣味。

3. 角色　由于寓言的结构比较简短，因此角色的活动也比较单纯。每个角色的个性极为明确，善恶智愚的表现，多与一般人的行为相符，所以多有暗示和象征的作用。

又寓言的角色，以虚构为主。申言之，寓言的角色可以是虚构的人物作为故事的主角，借他们的行为、言语，以寓托作者的旨意。也可以借我们熟悉的人物，作为虚构故事的主角，但并没有事实为根据，即故事表面混杂有虚构与事实。并可采用拟人化的角色，可以是动物、是植物，也可以是风、雨、铜铁、江河等自然物，同时也可以是生活用品，甚至于人体某些器官等。但不论作者采用何种角色，要皆以喻于理为目标。

4. 文体的应用　寓言的文体，有直叙式、问答式及童话式三种。直叙式的寓言，简短紧凑，如《伊索寓言》；问答式的寓言，角色活动与语言表现，有逼真之感；至于童话式的寓言，内容比较曲折，并已摆脱古代寓言形式，完全以现代童话写作方式表现出来，此种方式是最受欢迎的形式。

5. 语言处理　一般而言，寓言的篇幅较短，在叙述和描写时，很少用烦冗松散之笔，语言非常准确、精练又生动。总之，不管篇幅长短怎样安排，语言技巧怎样运用，都是以巧妙地表达主题思想的寓意为主。

有关寓言的写作原则，已如上述，以下试引林钟隆先生对"现代寓言"的十二项要求，作为本节的结束。

1. 故事必须有肉：如果故事本身没有趣味，只有"意义"，那就偏重教训，失掉出之以启示的寓言的本质。古时的寓言偏重意义，忽略形式上之文学效果的太多。

2. 意义与趣味必须兼而有之：有意义，是生硬的哲学，有趣味才是文学。现代寓言必须更"文学化"。

3. 寓意不可道出。在伊索的寓言里，有不少是在最后才把寓意说出来的，这不能不说是创作的失败。寓言，必须设法用故事来表达，而不必在故事之外，另用文字说明。没有说明，又可感，故事才算编得成功。

4. 角色的关系必须合乎本性和常情。角色违背常情，只重意义，对现代寓言来说是不足取法的。

5. 要以现代知识为题材，寓灌输知识于无形。

6. 寓意应采积极的提示。寓意消极，启发性弱，教育效果更差，就是写消极的题材，也应使之产生积极的效果。

7. 寓意必须正确。

8. 寓意必须明确。

9. 寓意必须充分表现出来。

10. 寓意必须对人生有意义。

11. 寓意要合乎现代观念。

12. 现代观念的发掘。希望把现代生活中应有的观念编成新寓言。（见新儿童版《现代寓言》，第5~9页）

参 考 书 目

一

《谈寓言》 约翰·麦昆（John Macqueen）著 董崇选译 黎明文化公司 1976 年

《中国古代寓言史》 陈蒲清著 骆驼出版社 1987 年

《中国民间寓言研究》 谭达先著 台湾商务印书馆 1988 年

《中国历代寓言选集》 李奕定选 台湾商务印书馆 1966 年

《中国寓言选辑》 张用寰著 远东图书公司 1971 年

《现代寓言》 林钟隆等著 新儿童出版社 1974 年

《伊索寓言》 林海音译 国语日报社 1976 年

《寓言故事》 河洛图书公司 1979 年

《中国寓言三百字篇》 杨泰声编 佩文图书有限公司 1983 年

《中国古代寓言三六五篇》 朱汉臣编著 武陵出版社 1984 年

《白话中国寓言》 冯作民译述 星光出版社 1985 年

《伊索寓言》 沈吾泉译 志文出版社 1985 年

《庄子的寓言世界》 颜昆阳著 尚友出版社 1982 年

二

《让儿童写寓言》 冯俊明 见《儿童文学周刊》第四六期

《论寓言》 黄明译 见《儿童文学周刊》第八七期

《谈寓言的改编》 曾金木 见《儿童文学周刊》第一六三期

《寓言、神话和史话》 叶咏琍 见《儿童文学周刊》第三〇六期

　　《先秦寓言的考察》　汪惠敏　见《文学评论》第五期
　　《寓言与极短篇》（上、下）　沈谦　见《联合报》副刊
1981年4月29日

第五章　童话

　　童话是儿童文学的主流，它可说是集神话、寓言两者之长处。如果说神话、寓言是属于成人的世界的，那么童话是成人特别为儿童讲述的故事。在童话里，神本的观念被"人本"思想所取代；在童话里，道德上的义理，留待他日讲述。童话的世界是一片纯真的想象世界，童话所描写的不仅限于人的社会，而是反映了一个天地万物的社会，并由此发掘出万物的人性。童话之所以能吸引人，主要的原因就在这里。

第一节　童话的意义

　　中国究竟何时出现"童话"这个名词？到目前为止，就可见资料而言，似乎是始自孙毓修的《童话》丛书。孙毓修编撰的《童话》，出版时间是 1909 年 3 月，即清末宣统元年，出版社是商务印书馆，"童话"的第一篇作品是《无猫国》。

　　而流行的说法，则认为"童话"这个专有名词的使用，是源于日本。其缘起，则是根据周作人的一段话。周氏说：

　　童话这个名称，据我知道，是从日本来的。中国唐朝的《诺皋记》里虽然记录着很好的童话，却没有什么特别的名称。十八世纪中期，日本小说家山东京传在《骨董集》里才用童话这两个字，曲亭马琴在《燕石杂志》及《玄同放言》中又发表许多童话的考证，于是这名称可说已完全确定了。（见少年儿童出版社《一九二一——一九四九儿童文学论文选集》，

第 43 页）

周作人这段话，有人名、书名的根据。在当时，未见有人提出相反的意见，也没有人写文章来证实这件事。

又周作人所说"中国唐朝的《诺皋记》里虽然记录着很好的童话"，即指唐朝段成式《酉阳杂俎》一书而言。周氏在《古童话释义》一文里，曾列举段书《吴洞》《旁㐌》两文（见《儿童文学小论》，第 39~47 页）。段成式，字柯古，祖籍山东滨州邹平，生平不详，约生于唐德宗贞元十九年（803 年）或稍后，卒于懿宗咸通四年（863 年），享年六十左右。《酉阳杂俎》二十卷、续集十卷，它是把志怪、传奇、杂录、琐闻、考证诸体汇集成编。《吴洞》《旁㐌》即见于《酉阳杂俎续集》卷一《支诺皋》上的第一篇与第三篇（见《酉阳杂俎》，第 199~201 页）。其中《吴洞》一文，其女主角叶限故事的情节，与流行世界各地的"灰姑娘"故事大同小异。它是现存"灰姑娘"故事中最早见于记载的一则童话。可知中国古代的一些文学记载中，虽找不出"童话"这个用词，但切实是有童话的存在。所谓"童言鸟语"，文人虽不屑收集，却是自古存在的。是以洪汛涛在梳理童话来历之后，曾有如下的结论：

现在，我们中国的所谓"童话"，是我们中国唯一的、独有的。我们中国的童话，由于一代一代的童话作家们，用自己的实践，不断创作、研究，形成了今天的一套独特的童话的概念。我们的童话，完全是中国式的，是我们中国所始创的。

再拿"童话"这两个字的字面来说，不管它是从日本搬过来也好，是中国首创也好，这可说完全是中国式的名词。

第一，中国自古即有"童谣"之名，那是韵文体，散文体不称"谣"，称"话"。有"童谣"，必定有"童话"，童谣、童话，一谣、一话，同为儿童之作品，只是韵文、散文的区别。

第二，中国古小说称为"评话"或"话本"，童话，即儿童之评话、话本。

第三，从中国早期那些稍做"童话"的作品来看，可说都是沿用宋元评话、话本的写法的，前面一大段楔子式的评语，而后始进入故事正文。

这恐怕就是"童话"这两个字的来历吧！（见安徽少年儿童出版社《童话学讲稿》，第18~19页）

一、童话的起源

关于童话的起源，有人认为童话是由神话演变而来的，先有神话，再演变成为传说，然后演变为童话。他们认为童话是从神话退化而来的，所谓"神话的渣滓说"就是。

还有一种分支说，认为童话的起源，是民间传说的分支。其实，这也就是演变论，抛弃了神话变为传说这一段，而只是说了传说演变为童话这一段。

这两种说法颇为流行，因此有许多民俗学家也认为，童话是由神话、寓言、传说和民间故事演变而来。民俗学的范围，包括游戏、诗歌、谣曲、传说、神话和民间故事，尤其以民间故事在18世纪发展得最快，19世纪到达高潮。

近代的民俗学家大致认为，神话、寓言、传说和民间故事是人类文化初期由多数人产生的。在历史上，它的要素包括过去的宗教、仪式、迷信或者过去的事件；在心理上，它是满足人类基本情绪的需要；在伦理方面，它是社会的凝聚力，有加强信仰和道德的作用。

所谓"童话是由神话、寓言、传说和民间故事"而来，还可从历史发展上加以考察。就以欧洲而言，收集民间故事的主要国家有四个：法国、德国、挪威和英国。法国的贝洛（Charles Perrault，1628—1703）不仅是最早收集民间故事者之一，而且是第一个加以改编、改写，专供儿童阅读的童话作家。他的民间故事集——《鹅妈妈童谣》于1697年出版，也可说是童话集。

德国的格林兄弟，把民间故事当作科学研究，他们本身都是专门研究语言的大学教授。他们收集民俗数据，本来是想研究德国语言的起源和发展，后来对民间故事特别感兴趣，就专心致力于这方面的研究，他们把德国的古老传说或民间故事加以改编而成《格林童话》。

至于挪威、英国也都有所谓民间故事的童话集子出版。（以上参见《童话研究专辑》中朱传誉《童话的演进》一文，第35~48页）

这些民间故事集的童话，一般称之为"纯正的童话"。这种"纯正的童话"，从民俗学的观点来看，乃根据各地人民礼俗而产生，其中多少带有"传说"的意味。

这种"纯正的童话"大半是自原始社会流传下来或者由后世传说转变而成的。吴鼎先生在《童话与儿童文学》一文里认为其特质有二：

一为代表原始思想，想象其种种神灵变化之时，遇到有难以解决之问题则以神仙为之解决；此种思想与人类幼儿时代之思想极为接近，所谓幼儿想象为童话世界，即是此意。一为代表民间习俗，就是民间传说，内容离奇变幻，视若荒唐，但确有其原始社会礼俗所根据的。（见小学生版《童话研究专辑》，第1~2页）

由此可知，所谓纯正的童话，其渊源大多数出于原始社会的风俗习惯，历代相传，各地相传，由于年代久远，风俗迥异，遂衍生出种种不同的童话。

上述的说法，似乎也不能真正说明童话的起源，只能证明神话、传说、童话三者之间并非单纯的演变关系。然而，他们皆否定太古时代有童话的存在。有关童话起源问题的理论探讨，历来的童话研究者虽有各种不同的说法，但其共识则是：肯定了童话是以神话、传说、民间故事等民间文学为母题，从神话、传说、民间故事中产生。对于童话是如何产生的，我们无意深究，可是，基于教育与娱乐之需要，我们认为人类有儿童、有语言开始，就有童话存在。因此，我们认为童话是来自儿童的生活。

在民俗学的范畴中，没有文字或虽有文字而不善于应用的民族，常发挥其智力于故事、歌谣、谚语、谜语等方面。这种口传的民间文学之所以受到民族学或民俗学家们的重视，是因为它们所表现的是人类初期的推理、幻想、记忆、联想、理想等，也非常显著地反映着他们所生活时代的社会形态和生活意识。

其中，传袭的故事，略可分为神话、传说与民话（民谈），而一般统称之为民间故事。这三者各有不同的发生背景与显著的特性。其中民话自包含有童话的成分在，因此，我们可以说，儿童文学的成长与独立，自然是归功于民俗学的发展，以及儿童学的独立。所以，与其说童话是从神话、传说演变而来，不如说童话的发源地是每个人的"纯真的心境"。每个人如果稍稍摆脱生活里的现实，追求生活里较有永恒性的真实，那么，纯真的心境就会出现，而童话也就在他的心中产生。以下试引录苏尚耀先生在《中国童话》一文里的一段话作为本小节的结束：

研究童话的学者，探求童话的渊源所自，认为童话和神话及传说差不多是同时发生的。上古时代，文明未启，先民的知识有限，他们对于生活周遭所接触的自然物如日月山川，自然现象如四季循环、阴雨雷电，常常怀着敬畏和惊异，更常将变化莫测的自然现象，比拟作不可捉摸也难以接近的精灵。于是用了自己种种的经验去揣摩、去想象，创造出种种幻想怪诞的故事，这就成了自然童话。童话的生命，就是这样渐渐地启发、培养起来的。后来由于人类生活的发展和社会的进化，又产生了一种英雄童话。自然童话与英雄童话可以说是依附于神话和传说而存在的。最初人们讲述故事，大都看作是一种娱乐和知识的来源。老年人之所以对于儿童及少年讲述故事，并不由于他们喜欢，也并非完全由于听的人有趣味，乃是由于他们觉得部落中各分子应当知道这些故事而把它看作是教育的一部分。

唯初民既无童话、神话、传说等的分别，我们也无法严格区分究竟这些古老的故事，孰是自然童话，孰是神话，或孰是英雄童话，孰是传说。直到后来，人们的生活逐渐进步，时间有了余裕，便将神话与传说的内容，依据孩子的年龄与生活经验，选择一些适宜于孩子听讲和接受的故事，省略其中繁杂难记的材料与特殊的人名和地名，或者依照讲者和听者的环境，近取诸身的材料，用孩子容易领会的事物贯穿着情节，并用平易的语言讲述出来。所谓"童话"，我以为就是这样循序发展、逐渐形成的。（见小学生版《童话研究专辑》，第121~122页）

二、童话的定义

中国早期的童话理论，认为童话是原始社会的文学，是原始人自己表现的东西。因此，研究童话当以民俗学为依据，认为童话的本质与神话、传说实为一体。

那时候把童话只看成是原始社会中，原始人类根据自己的思想和礼俗所表现的东西，和神话、传说是同一的东西。这只是看到童话的来源和存在的一方面。当时，有赵景深致力于童话的研究，就马景贤先生在《儿童文学论著索引》一书中所录，可见赵景深有关童话的论述有：

《童话评论》　　新文化书社

《童话概要》　　北新书局

《童话论集》　　开明书店

《童话学 ABC》　　世界书局

（以上见书评书目版，第26~27页）

其中《童话评论》一书是编集而成的，收录了周作人、赵景深两人发表于《晨报》副刊上的童话讨论书信。

而后，童话从民俗学的范畴中走出，但仍时常与"儿童文学"混同。就现有资料来看，"童话"这个词，比"儿童文学"

一词早出现，先有"童话"一词，而后才出现"儿童文学"的用词。所以那时候，凡是写给儿童看的一切作品，都可称之为童话。孙毓修宣统元年三月《童话序》有云：

　　……以应学校之需，顾教科书之体，宜作庄语，谐语则不典；宜作文言，俚语则不雅。典与雅，非儿童之所喜也。故以明师在先，保母在后，且又鳃鳃焉，虞其不学，欲其家居之日，游戏之余，仍与庄严之教科书相对，固已难矣，即复于校外强之，亦恐非儿童之脑力所能任。至于荒唐无稽之小说，固父兄之所深戒，达人之所痛恶者，识字之儿童，则甘之如寝食，秘之于筐箧。纵威以夏楚，亦仍阳奉而阴违之，决勿甘弃其鸿宝焉。盖小说之所言者，皆本于人情，中于世故，又往往故作奇诡，以耸听闻。其辞也，浅而不文，率而不迂，固不特儿童喜之，而儿童为尤甚。西哲有言：儿童之爱听故事，自天性而然。诚知言哉欧美人之研究此事者，知理想过高、卷帙过繁之说部书，不尽儿童之程度也。乃推本其心理之所宜，而盛作儿童小说以迎之，说事虽多怪诞，而要轨于正则，使闻者不懈而几于道，其感人之速，行事之远，反倍于教科书。附庸之部，蔚为大国，此之谓欤。即未尝问字之儿童，其父母亦乐购此书，灯前茶后，儿女团坐，为之照本风诵，听者已如坐狙邱而议稷下，诚家庭之乐事也。吾国之旧小说，既不足为学问之助，乃剌取旧事，与欧美诸国之所流行者，成童话若干集，集分若干编。意欲假此以为群学之先导，后生之良友，不仅小道，可观而已。书中所述，以寓言、逸事、科学三类为多。假物托事，言近旨远，其辞则妇孺知之，其理则圣人有所不能尽，此寓言之用也。里巷琐事，而或史策陈言，传信、传疑，事皆可观，闻者足戒，此述事之用也，鸟兽草木之奇，风雨水火之用，亦假伊索之体，以为稗官之料，此科学之用也。神话幽怪之谈，易启人疑，今皆不录。文字之浅深，卷帙之多寡，随集而异，盖随儿童之进步，以为吾书之进步焉，并加图画，以益其趣。每成一编，辄

质诸长乐高子……（据台湾商务印书馆影印本《教育杂志》第一年第二期，第9~10页）

考"童话"一词，英文是 fairy tale、nursery tale 或 folk tale。其中 fairy tale 较为国人所熟悉，但是并不十分传神，而 fairy 是小神仙、小仙子，所以直译为神仙故事。又所谓 fairy，是专指爱尔兰塞尔特族的小神仙，这种小神仙是下凡的天使或者地神。据爱尔兰考古学者的研究，这类小神仙，是爱尔兰奉行异教时代的神，后来基督教传入，神格降低，变成了可怜的小家伙。格林童话里也有小神仙，但是无论在形态上或特质上，跟爱尔兰的小神仙都不相同。前者贪而自私，后者美丽而仁慈，实际上，前者往往被称为侏儒或小矮子，而不是小神仙。

当年格林兄弟并非先对"童话"一词下个定义，然后在此范围内来收集，而是先着手收集自古流传下来的故事、民间传说，随后才阐述"童话"这个名词所代表的意义。他们从1806 年左右开始收集童话，可是对于童话的说明是出现在初版第一卷（1812 年）及第二卷（1815 年）中；尤其是《有关童话本质的解说》这篇颇长的后记，迟至 1819 年再度修订的再版第一卷中才发表。根据格林兄弟的解释：童话，可以比喻为停留于小小树叶上的一滴露珠，在清新的朝阳下发出晶莹的光芒；也可以比喻为孩子脸上那双清澈没有污染、黑白分明的眼眸。又说清澄的幻想，是保护童话的树篱，它既是不染尘俗的儿童故事，又是天真未泯的家庭童话。总之，童话就是以童心为基础的故事。

综合以上各种说法，波尔帝、玻利夫加在第五卷的《格林童话注释》中认为，童话是凭借如诗的想象而创造出来的故事。由于童话中多半是魔法的世界，因此丝毫不受现实生活的拘束，这些不可思议的故事，虽然任谁都不相信真有那么一回事，然而，各阶层无论男女老少都喜欢看。（以上详见将军版《格林童话》第一册《关于格林童话集》一文，第 373~374 页）

　　以上的解释，由于时代的演进及童话领域不断的扩张，并不易为人所接受。当然，要为童话下个妥当的定义，也确实不易，以下试转录台湾专家学者的意见。

　　1. 吴鼎先生在《儿童文学研究》第十二章里说：

　　实际上童话是儿童文学的一种体裁，是和小说、故事一样的具有组织、含有趣味的情节，虽然有些地方要借重于自然的力量，但也都是"近"于事实、"合"于人情的。其内容则充满兴趣，能启发儿童想象力，增进儿童思考力。这里面有真、有善、有美，对于儿童的观念、感情，具有一种潜移默化的功用。使儿童在不知不觉之间，受其感化，影响于日常生活行为，所以童话在教育上是具有很高的价值。（见该书第 241 页）

　　2. 林守为先生在《儿童文学》第二章《童话》里说：

　　童话是根据儿童的生活和心理，凭借作者的想象和技巧，通过多变的情节、美丽的描写以及奇妙的造境来写的富有兴味与意义的游戏故事。（见该书第 47 页）

　　3. 苏尚耀先生在《童话写作研究》一文里说：

　　童话是讲给儿童听或写给儿童看的，而为儿童所喜听乐读的凭空结构的故事。（见《研习丛刊》第三集《语文及儿童文学研究》一文，第 105 页）

　　4. 朱传誉先生在《童话的演进》一文里说：

　　最简音的解释应该是，专为儿童编写、适合儿童阅读并受儿童欢迎的虚构故事，叫童话。（见小学生版《童话研究专辑》，第 36 页）

　　5. 张剑鸣先生在《童话的涵义》一文里说：

　　根据狄奥雷和艾布斯诺特两人对"童话"的分析，我们可以知道童话就是"具有传奇性和完美性的幻想故事，它的特色是情节的安排和人物的造型都非常奇特"。虽然它是不合逻辑的、不真实的，但是诗意化的风格和故事中所贯穿的"公正""仁爱"，却表现了童话的主旨是在追求"至善之美"。（同上，

第 73 页）

6. 严友梅女士在《关于童话》一文里说：

我对童话的简单的解释："用一个以艺术雕琢的故事，通过诗的情感，表现精深的哲理，其中包含着趣味的情节、美丽的描写及教育儿童的意义。"（同上，第 278 页）

7. 林良先生在《童话的特质》一文里说：

童话是什么？

最粗略的说法：

"童话"是描绘"童话世界"的文学创作。

比较详细的说法：

"童话"是作家透过儿童的"意识世界"和"语言世界"去描绘"童话世界"的文学创作。

最详细的说法，也是这篇文章的最主要观念：

"童话"，是作家透过"儿童的意识世界和语言世界"去描绘"经由'透过'儿童的'意识世界'审视'现实世界'得到的'童话世界'"的文学创作。

换句话说，作家透过儿童的"意识世界"审视"现实世界"，得来一个值得描绘的"童话世界"；然后，他从里面走出来，透过儿童的"意识世界"和"语言世界"，向儿童描绘，或叙述给儿童听，这种的文学创作，就是"童话"。用另一种方式说：

一个作家，先把自己当小孩子，用小孩子那样纯洁的心，那样天真的眼光，去看现实的世界。他细心体会，忽然领悟出孩子会有怎样的想法和看法，忽然触动灵意，获得了一个"童话世界"，或把现实世界换成一个"童话世界"，他拿这个"世界"做描绘的对象，用孩子体会得到的观念，欣赏得到的语文，依自己"特殊的方式"，说给孩子听。这样的文学创作，就是"童话"。（同上，第 21~22 页）

8. 许义完先生在《儿童文学论》一书里说：

用儿童纯洁的心地、天真的眼光，专为儿童编写，而能适合儿童阅读兴趣、能力，并为儿童所喜爱，使儿童得到满足的想象故事。（见该书第25页）

通过以上各家的解说，或许能有一个较为清晰的概念。所谓童话，用现代的观点来说，即是指专为儿童设计的一种超越时空的想象性的故事。这种想象性的故事，它的艺术特点在于"异常性"，它是以想象、夸张、拟人、假设为表现的特征。它的想象来源是生活，而又超越生活，还能遥望未来。一般而言，我们把这种为儿童设计的想象性的故事，也就是像安徒生那样写法的故事叫作"童话"。如果想进一步的了解，或许可以借助于童话世界的特质，只有能具体地把握童话世界的特质，始能真正明了童话是什么。

三、童话的分类

早期的童话寄生于民俗学，后来由于时代的改变以及教育观念的演进，童话的范围与内涵皆有所不同。因此，稍注意儿童文学发展的人，会发现早期所谓的童话，现已被归入民间故事。又早期由于时代的限制，致使童话与儿童文学混同，于是有所谓广义界说的"童话"出现。在孙毓修的观念里，凡供应儿童阅读的故事都是童话；而日本人松村武雄也认为"给予儿童的故事——即童话"（详见小学生版《童话与儿童研究》第五章，第55~107页）。目前仍有汉声杂志社《中国童话》的流行，这套书的范围包括传说、节日、伟人故事、神话、宗教故事、寓言等，而统称之为童话。

其实，今日的童话与从前的童话，实在有很大的区别。因此有人或就演进、或依主题、或依结构形态为标准，而作各种不同的分类。以下试举台湾专家学者的分类如下：

1. 吴鼎先生在《童话与儿童文学》一文里分为：

（1）纯正的童话。

（2）创作的童话。（同上，第1~5页）

2. 朱传誉先生在《童话的演进》一文里分为:

（1）旧童话（或古典童话）。

（2）现代童话。（同上，第48~52页）

3. 张剑鸣先生在《童话的涵义》一文里，则从童话的基本结构来分类:

（1）仙子故事，这一类故事又包括动物故事和无生命而有思想的故事两种。

（2）幽默的故事。

（3）重叠的故事。

（4）传奇和冒险故事。（同上，第74~75页）

4. 林守为先生在《儿童文学》一书里，依日本芦谷重常所分者为准，分为三类:

（1）古典童话（即口述童话）。

（2）现代童话（即艺术童话）。

（3）科学童话。（详见该书第52页）

5. 葛琳女士在《儿童文学——创作与欣赏》一书里，分为三类:

（1）古典童话。

（2）艺术童话（或文学的童话）。

（3）现代童话。（详见该书第138~144页）

6. 许义宗先生在《儿童文学论》一书里，依童话的内容、发展、写作技巧及特殊风格而分为:

（1）古典童话。

（2）现代童话。（详见该书第25~40页）

综观以上各家的分类，可知大都是沿用欧美或日本的分类法，只是用词稍有不同而已。日本早期儿童文学理论家芦谷重常在《世界童话研究》（1929年）里，把童话分为：古典童话、口述童话、艺术童话等三部分。古典童话包括印度故事、希腊神话、天方夜谭、伊索寓言，亦即指古代神话而言。而口述童话，则包括格林童话、英格兰童话等，实际是指民间传说。至于艺术童话，则包括贝洛尔童话、安徒生童话、王尔德童话，亦即是创作童话，芦谷重常的分法自有其理论性与权威性。不过，如口述童话，即是指"经过长久岁月口传至今"，事实上这只是站在民俗学的立场而言，就儿童欣赏的立场来说是毫无意义的。又艺术童话，也缺少周延性，试问之，古典童话就不是艺术？又科学童话、现代童话两个用词，亦有斟酌处：用"科学"一词，徒增分类的困扰；至于"现代"一词，有其特定的含义，如机械文明、现代生活和教育，及它所表现的东西与方法；现代童话当是指现代内涵和现代技巧而言，但是在这个时代的作品中，并非所有的童话都是现代童话。个人认为童话的分类，自以内容、发展、写作技巧及风格为依据，则可分为古典童话与创作童话两类，试略述如下：

1. 古典童话

所谓古典童话，其"古典"兼指内容与时代。本文的古典童话，兼含芦谷重常的口述童话。因此，所谓的古典童话，是指那些流传于民间的神话、传说或民间故事。他们没有明确的作者，只是由人口述，一代代地传下来，而后经人加以收集整编而成，并且是适合于儿童阅读的，其间以《格林童话》和《天方夜谭》最为有名。此外，亦包括历代经典文学作品中，有童话特征的，适合儿童阅读的作品。古典童话有一定的结构，通常是分成引言、发展和结尾三部分。朱传誉先生在《童话的演进》一文里，认为古典童话的形式有下列五种：

（1）累积性故事或者重复性故事。这里所说的重复，是情节重复，而不是故事重复。这类故事情节很简单，多重复，但是每重复一次，都有一点变化，逐渐走向高潮。

（2）说话的鸟兽。小一点的小孩子最喜欢这一类故事。

（3）幽默故事。这些故事没有内容，但是很受儿童的欢迎。

（4）爱情故事。通常关于男女之间的爱情故事是不适合儿童阅读的，但是经过处理的爱情故事，仍很受儿童的欢迎。

（5）魔术故事。这是民间故事，也是童话内容的中心。（以上详见小学生版《童话研究专辑》，第48~49页）

2. 创作童话

所谓创作童话是指为儿童设计的一种超越时空的想象性的故事，其目的是供儿童阅读，其价值在于提高儿童的思考力，丰富儿童的想象力，培养儿童的道德意识，提高儿童的生活能力。创作童话与古典童话最大的区别是：古典童话在实质上是民间故事，读者对象包括大人，而创作童话专以儿童为对象。又所谓创作童话，其取材并不屏除民间故事。它也包括那些以神话、民间传说为材料，发展创作而成的新童话，甚至于仿神话、仿民间传说写成的新作品。重要的是它必须富有创造性，有新的内容，同时充满着丰富的想象。最早从事这种工作的是法国的贝洛，他把民间故事改编、改写，供儿童阅读，因此他被认为是童话之祖。而对童话创作有最大贡献的，则是丹麦的安徒生，安徒生可说是童话之王。

又创作童话必须有时代意识，亦即是要有现代的概念。所谓现代，它不指题材，也不仅仅指处理题材的技巧，而是指渗透整个创作活动的那种新鲜的、令人动心的"现代人意识"。葛琳女士在《儿童文学——创作与欣赏》一书里，曾分析现代童话有五种特色，葛琳女士所谓的现代童话，即是创作童话，试引录如下：

（1）现代童话是随着世界文艺发展的趋势而演进的，它融汇了浪漫和写实的写作特点，将许多幻想的故事，用现代生活的方式表现出来。换句话说，现代童话的最大特色是"故事的情节是想象的，而创作的手法是写实的"，如怀特的《蜘蛛与小猪》一文是在朴实的农村中发展出来的。

（2）现代童话为了健全儿童心理，启发思考能力，故事的情节都有启发和暗示的作用。

（3）现代童话为了适应时代的潮流、生活环境的改变以及儿童学习兴趣的启发，科学童话、科幻童话成了现代童话中的主力军。

（4）由于科学的发展和社会的繁荣，人们的生活兴趣越来越广泛，生活思想越来越复杂，因此童话在形式结构方面，变化越来越大，内容方面也有向长篇发展的趋向，并且对本国以外的各国文学，也有益渐浓厚的趣味。

（5）现代童话由于印刷的精美、设计和插图艺术气质浓厚，成为最受儿童欢迎的一种文学形式。（详见康桥版第142~144页）

第二节　童话的特质

有许多学者把童话直接称为"想象的故事"，于此可见童话的特质所在。童话在儿童文学的天地里是相当独特的，简言之，童话的特质在于想象性，也就是说童话是想象的产物。它的根本特征是表现超自然的力量、超人间的存在，可以不受现实性的规范，是以童话挟其想象，或辅以某种"实物"，或透过夸张、假设与拟人手法，使其进入超越自然界的"童话世界"。林良先生在《童话的特质》一文里，曾给"童话世界"做了一个详尽的描绘和分析，他说"童话的建筑物"，最常用的"积木"有五种：

1. 第一种积木是"物我关系的混乱"。

孩子和树叶说话，孩子替蜗牛在墙脚找庇荫所。这种"物我关系的混乱"，跟诗人的"明月几时有，把酒问青天"是一个类型，是一种文学艺术上的美。

2. 第二种积木是"一切的一切都是人"。

在"童话世界"里，猫骂老鼠，丑小鸭受家禽的排斥，燕子安慰悲伤的王子……这种把一切的一切都看成人，并且还安排了这个"人"和那个"人"的关系，是这种积木的特色，亦是拟人化。

3. 第三种积木是"时空观念的解体"。

现实世界里，时间与空间是记录事件发生的良好工具，具备高度的真实性。但是"童话世界"里，那种"只有爱尔兰的古代居民才能亲眼看到的小仙人"，会在"有一天晚上"，轻轻落在电视机上面，跟安安说起话来；魔豆一夜之间就能由地面长到天上，由此可看出"时空观念"在童话里已然解体。

4. 第四种积木是"超自然主义"。

童话里的许多安排，常常是常识上的"不可能"，是自然法则所不能接受的。彼得·潘遗失自己的影子，是一个例子；小女孩替他把影子缝回去，又是一个例子。我们知道一个真实的事件，并不一定能引起读者的兴趣；在童话里，脱离了自然界的规律性、逻辑性，而重新塑造了超自然的合理性；这种超自然的特性，是经过想象而始完成。在童话世界里，有国王受骗脱光衣服上街游行，有撒一次谎就长长的鼻子，这些都形成了新的"理性世界"；虽然有时荒谬不合理，但看完后，不得不欣赏其美感和风趣。

5. 第五种积木是"夸张的'观念人物'的塑造"。

人是复杂的，人的言行常常受现实生活的修正，所以在"现实世界"里，并没有"单一观念"的人物。好吃的人，不会一天到晚狼吞虎咽；好撒谎的人，不会一天到晚信口开河。但是在童话里，塑造的往往都是"单一观念"的人物。这种观念人物，是只有个性、没有理性，只有观念、没有思想的活宝。在他由一位童话作家写活了的时候，不论成人小孩，都会为他那种迷人的"喜剧味"而倾倒。这种人物的产生，是透过儿童的"意识世界"去观察"现实世界"的必然结果。（以上详见小学生版《童话研究专辑》，第10~15页）

这种童话世界的构筑，事实上就是想象力的创造。萧承思在《儿童心理学》一书中，《儿童之想象》一文中有如下论述：

想象的作用，乃感觉的经验与知觉的经验之再现。儿童之想象，系关乎感觉器官之是否健全与经验之多寡。知觉之起作用，必有刺激物存在，想象则不然，其作用之初，不必有何物刺激其器官，此想象之所以别于知觉，而亦想象所扰于知觉也。儿童之想象，有系重演过去之经验者，亦有系综合过去之经验而产生新情况、新事物者。儿童因经验缺乏，故富于产生想象，遇事夸大其词，且因见闻之错误，与夫所见或所闻中间之冲突，每作荒谬之论。此荒谬之论，成人每误认为谎言。初期之婴孩，仅承受感觉的印象，而无想象之自由。三岁以后，身心始不完全为感觉所支配，于是渐有活泼之想象，特皆游移不定，无目的、无系统耳。想象之发达，其始为回忆，继而忆想，再进而为构想，青年期儿童之想象，则可别为职业的、理想的、梦想的、冒险的、发明的与浪漫的。

儿童与成人想象之不同，可自三方面述之：（一）影像种类之不同；（二）影像鲜明之程度不同；（三）影像之数目不同。儿童时期中，所揣想之范围特大，唯其所意会者，为具体的与实物的，故儿童之思想多以物为代。例如儿童思及花草树木时，其脑中必有花草树木之影像，念及葡萄仙子时，必咏葡萄仙子之曲。成人之思想，多以字为代，思想及于某事或某物时，某事物之影像，不必出没其意识中，此种文字的或声音的想象，于艺术文学之创作，有莫大之价值。三岁以内之儿童，其想象多为模仿的，亦即所谓无想象之自由。自三岁至七八岁间之想象，多为自创的，凡稗官野史之所传，均信以为真，其玄想、幻想，有若成人之梦。自十岁至十三岁，儿童之想象，渐趋实际化，凡与常理相悖者，皆渐知其不可能，一至青年期，则因情绪之冲动大，而恢复此前想象之性质，唯想象之内容不同，以前之想象为故事式的，至此则变为所谓"日间梦想"之想象，对于将来之事业，颇有宏大之计划，此亦为最危险、最难应付之期。青年期以后，则又一变其幻想之情绪，而为实际之想象。儿童对于一切事物之影像，俱鲜明强烈，唯其鲜明强烈，故儿童每不能分别何者为记忆之影像，何者为想象之影像，其甚者，至成人之年，于知觉与影像，独不能辨别，此之谓错觉。错觉之影像，每能使儿童造作谎语，前文已述及之，有时亦能使儿童畏惧，例如儿童独自玩乐时，忽猝然靠至父母之怀，或啼哭不止，若有物蹑迹其后者，有时儿童独自嬉戏时，辄闻其自笑自谈，盖儿童之想象中实若具有同伴者在其左右也。儿童之影像，较成人为多，其大部分之精神生活为想象，且其所想象者，多为具体的、实物的，故于思想上应有之意义、关系及判断，皆形缺乏。（见台湾商务版，第90~91页）

儿童本身因为富有想象力，所以他们会喜欢想象的故事。我们知道智力需要运用始可获得增强，正如同我们身体需要经常锻炼。因此我们应把我们的"想象力的机器"，视同我们精神上的肌肉，我们更知道所谓的"人力开发的需要"，亦即人才的培养，已成为教育的重点。而所谓人才的培养，尤其是强调创造性的想象力的培养，所谓创造性的想象力，通常的说法是：

能够创造个人独特见解的能力。

能够创造出新事物的能力。

虽然儿童有异于成人，同时也未必真有积极性的创造力，但是我们知道一个成熟学者创造力的思考过程，与儿童探求未知事物的过程比较，虽然有程度上的差异，但过程是相同的。因此可以肯定地说：明日那些有创造力的工程师、科学家、文学家，以及未来世界的塑造者，正是今日那些能够想象，能够有奇异想法的孩子。申言之，我们知道教育的目的，是在于"保存"人类宝贵的文化遗产，将此累积之文化结晶传递延续给生生不息的下一代；并进而以已有的文化基础，开创出更丰富、更进步的新文化，以求文化之日新月异。际此知识爆炸、变迁急速的现代社会，教育的开创功能也益显重要。杜佛勒（Alvin Toffler）在《未来的冲击》（见志文版蔡仲章译本，1971 年）里，指出未来的社会将具有三个特色：

新奇性

多样性

暂时性

由于新的知识与新的发明正在以惊人的速度累积，我们的社会将充满各种新产品、新观念。新的产品与新的观念不断地推陈出新，原有的器物、生活形态、价值观念等，都将很快地被新的事物所取代。所以今日社会中唯一不变的事实是：世界上没有不变的事实。因此，让学生学习如何面对未来变动不安的社会，把握解决问题与创造革新的方法，乃成为一个人生活中极为重要的能力。这种解决问题及创造性能力的培养，已成为今日教育的重点。朱傅誉先生在《童话的演进》一文里，曾说童话对儿童有以下六点好处：

第一，启发儿童的想象，加深他们的情绪经验。

第二，满足儿童自我表现的需要。

第三，培养有益儿童身心的幽默感。

第四，使儿童不自觉地接受道德的教训。

第五，培养他们欣赏文学的兴趣。

第六，扩展他们心智的领域，给他们吸收其他国家的风味和空气的机会。（见小学生版《童话研究专辑》，第 69 页）

由此可见童话之所以独特以及被重视的理由所在。申言之，会吸引一个儿童注意的故事，必须具有娱乐性，又能引起好奇心。而一篇能够充实儿童生活的故事，应该足以激起他的想象力，有助于儿童心智的成长与情感的净化，配合他的焦虑与企盼，体现他的各种困难，同时更隐隐指出解决困扰着他的难题之道。总之，这故事必须一边关系到儿童人格的每一体、每一面，同时更促使他对自我和前途充满信心。在所有的儿童文学类目中，源自民俗的童话，最能发挥此等功能。

因此我们相信，想象力创造了人类的文明。我们也知道所谓想象，并不是空想，也不是幻想。以下试再就艺术的立场，说明想象的特质。我们相信，任何一件艺术品必然是一件创造品，是因为它通过了艺术家的想象的缘故。它不只是意象的召回或经验的再现，它包含了艺术家个人的更为复杂而深邃的心灵作用：这种心灵作用，一般称为创造的想象。举一个浅近的例子：苏东坡说"画竹必先得成竹于胸中"。也就是说必先具备对于竹的完整的想象，然后把这一想象表达出来。虽然任何一个见过竹子的人几乎都可以构成一株胸中之竹的意象，但这只是单纯经验的召回，唯有艺术家的胸中之竹多少有点特殊，这便是通过他的"创造的想象"的缘故。因此想象力是一个艺术家必须具备的最基本的能力。姚一苇先生于《论想象》一文里，认为艺术家的想象或创造的想象，具有下列的意义：

第一，想象活动是一种意识的活动，一种思维的活动，但是它虽是意识的活动却不排斥潜意识。因为艺术家的创造不是创造资料，而是创造秩序。因此一个艺术家的工作是如何收集资料，以及如何裁剪、组织、整理这些资料，并组织而成一个全新的秩序。潜意识的作用在此可能提供某些资料和形成创作的某种动机，而裁剪、组织、整理资料的工作，则全属意识界阈内的活动，是思维的活动。

第二，想象的作用为二重的。一方面为知的作用，另一方面为感的作用。由于资料系来自真实的世界，须凭借吾人的感官来把握，是所谓感的作用。又由于吾人须裁剪、组织、综合、演绎这些资料，整理成为一定的秩序，是所谓知的作用。

第三，想象的活动因此不能脱离知识与经验，盖一个人的知性或理性系来自知识，来自逻辑，而吾人感官所收集的则为经验，是故一个艺术家不能脱离知识与经验，知识与经验不仅

可以丰富他的想象的能力，同时可以增长他的表现的能力。（以上详见开明版《艺术的奥秘》，第36~37页）

综合以上三者，我们知道，所谓想象绝非胡思乱想或任意堆砌。它表现为一种有组织的设计，系将一些平凡、肤浅、人人所知道的现象转变为一种美妙的、神奇的故事，是化腐朽为神奇的工作。所以艺术家的想象力系指化用这些平凡、生糙的数据能力，亦即创造一个全新的秩序的能力。

第三节　童话的写作原则

童话在内容上，是运用想象构成的一种神秘性的游戏故事。童话运用了美丽的想象，跨越了时空的限制，将不可思议的想法带入了现实世界，使它在适当的场合出现。这是基于人类喜爱想象的天性。因为想象的世界比真实的世界更美，尤其是儿童时期，由于憧憬未来，想象力更为丰富，当然他们非常喜爱超越现实的想象故事。

叶可玉先生在《台湾省儿童阅读兴趣发展之调查研究》一文里（见台湾《政治大学学报》第十六期，第304~361页），曾依儿童读物的类别，调查儿童喜欢与不喜欢的项目，其中各年级对童话一项表示喜欢的，其百分比如下：

三年级67.93%，居第三位。

四年级70.50%，居第二位。

五年级70.70%，居第三位。

六年级72.94%，居第二位。（同上，第330~331页）

儿童喜欢童话的原因，据叶氏调查分析结果为：

1. 故事精彩。

2. 喜欢童话里的仙境。

3. 有趣味。（同上，第353页）

不论从儿童喜欢童话的原因来说，还是从童话如何适应儿童的阅读兴趣来说，童话创作的基本原则乃在于想象性的发挥。以下试就事件、人物、背景、结局等四个方面加以说明：

一、事件

我们知道，童话的重心不在人物，而是事件，又事件必须依靠情节。在童话里，情节的发展必须要有动感、有高潮、有曲折、有变化，亦即是必须自始至终不松口气。主角要不断地学习事物、成长并改变，情节要能随时有曲折变化，方能吸引读者。在事件、情节方面，必须具有下列的条件，方能说是具有想象性。

1. 惊奇性　一般人都喜欢意外的惊奇，而富有好奇心的儿童尤其如此。凡事前未曾料到的发展与结局，及未曾料到的人物出现，都会提高儿童的兴味和愉快之感。

2. 活动性　儿童本身少不了运动，如果他们停留在静默的状态中，无异于囚犯幽禁在铁窗之中一般，必然无法忍受。不过所谓活动性，究竟是指儿童本身在动呢？还是看其他人物在动呢？两者之中，何者令儿童感到愉快呢？答案是：不管谁在动，有活动的总比缺少活动的来得好。因此童话中常以连续而有变化的动作，来贯穿故事。

3. 滑稽性　叶可玉先生在调查研究中指出，儿童最喜欢的读物是笑话，笑话之所以能得到儿童强烈的喜爱，自因其中充满了滑稽诙谐的趣味。除笑话外，童话也富有此特质。

4. 夸张性　夸张对儿童有特别的魅力。而在童话里，夸张性的表现更为强烈。

5. 亲切性　儿童的经验比成人的少，因此，他们对于已经获得的经验比成人重视得多。当他们碰到曾接触过的东西，或是某种现象再度呈现时，换句话，就是当他们所熟悉的事物或现象再度呈现时，他们内心会因亲切而有很大的快感。童话的写作原是依据儿童的生活与身心发展，所以作品中处处给予儿童亲切的感觉，而在这种亲切的感觉中，必须让他有出乎意料的愉快感。

6. 动物生活　童话中以动物生活作为题材。一方面是满足儿童的好奇心，同时也可促进儿童的人格的发展，并且可增长儿童的知识及经验；另一方面则是有助于想象性的发挥。

7. 想象要素　儿童有丰富的想象力，正是儿童时期的一种特征。凡是能激发儿童想象力的读物，可使他们在心灵的自由驰骋中，有无穷的趣味和快乐，有无限的爱慕和向往，因而儿童对这种读物感到喜爱和重视。读物中越具有想象力，就越能引起儿童浓厚的趣味。在各类儿童读物中，童话可说是最富有想象力的。（以上详见林守为《童话研究》，第29~32页）

二、人物

童话中的人物，真是包罗万象。所谓人物，既不限于人，也不限于动植物，不论其体积大或小，生命的有或无，都可在童话中作为人物出现。我们也知道，童话的重心并不在于人物，因此童话里的人物，即是所谓夸张的"观念人物"。但虽是夸张的观念人物，写作时仍须先把握住各种角色各具的特性，此外，尚须注意以下各点：

1. 直接性　说明事理，不如提示事物；描写心理，不如提示形态。

2. 单纯性　复杂的人物造型，不是儿童所能接受的，童话中的人物，可就某一点加以肯定，或善或恶、或智或愚，不容作钟摆式的不定。

3. 简明性　这点与单纯性有关，单纯性系就人物某一特点来写。而简明性是说就上述这一点来写时，也不必着笔过多，渲染过甚，只要在合适表现的场合中着力刻画几笔，或是在以后的场合中，再予以反复便够。如此简明却强烈的描写，更易造成显明的印象。

4. 感觉性　感觉性即指感官的印象而言。所谓感官的印象，是指作品中的描写应直接诉之于人的感觉器官，造成一种印象，好似用眼睛可看到的，或用耳朵可听到的，或用鼻子可嗅到的，或用手可触到的一样。

5. 夸张性　在童话中，为引起儿童的兴趣，其人物不论是英勇的、正直的、勤劳的、仁爱的，总含有多少的夸张，使它较为突出、较为奇特。而夸张又可分静态与动态两种，静态的是指对人物静止状态的夸张描写，如"长尾猫"；而动态的是指对人物的动作言语的夸张描写，也就是把夸张性表现在整个人物的活动上面。（以上详见林守为《童话研究》，第193~197页）

创作童话，如能把握以上要点，则不难塑造出夸张的"观念人物"。

三、背景

背景是指时空而言。在童话中时空观念是被解体的，童话里没有时间与地点的明确指示，其人物常常可以在任何时间出现在任何地方。又童话的开头，常用"从前""很久以前""在遥远的地方"，其目的非止于时空的解体，亦是企图立刻引导读者进入一个一切都可能发生的梦想世界。故事发生的地点，通常只说明在一条路上、一座桥上、一所皇宫、一片森林……对装饰、风景不作任何描写，儿童都很性急，等不及你慢慢去描绘。因此在开头时要简短，很快地转入故事中心，接触到故事本身，于此可见童话的重心在于事件本身。

一个作家，在不受时空观念限制的情况下写作，是一种极大的自由。从另外一个角度看，在这种情况下写作，一点也没有依据和凭借，也许更需要了不起的才华。

四、结局

在童话的写作中，其结局不外乎成功、脱险、回家等等，也就是所谓的"圆满的""喜剧的"，亦即是善和恶给安排了应得的结果。这种结局，非但体现了同情心，亦体现了正义感，更是符合儿童成长中在心理、生理与社会等方面的需要。童话里不会有惊魂摄魄的事件，儿童知道人物遭遇的是有趣的危险，所以他们不害怕，无神仙或魔术师也能转危为安。真实的人生、矛盾的现实，那是儿童故事与儿童小说的范畴，属于童话的是一片纯真的想象世界。在纯真的想象世界里，远离现实生活，常驻的是永恒的想象。

　　总之，所谓童话，就是使事实长上翅膀。这种长翅膀的事实，它是可圈可点的、胡说八道的，也是入情入理的荒诞无稽。也就是说童话是想象的产物，它的根本特征是表现超自然的力量，超人间的存在，可以不受现实性和可能性之规范。这种存在称为"异常"的艺术要素，只要在环境背景、人物形象、故事情节中的任何一个或几个方面中存在着这种异常性，就可以构成童话。

参 考 书 目

一

《童话研究专辑》 小学生杂志社 1966 年
《童话研究》 林守为著 自印本 1970 年
《童话与儿童研究》 松村武雄著 新文丰出版公司 1978 年
《创造思考与情意的教学》 陈英豪等编著 复文书局 1985 年
《童话理论与作品赏析》 陈正治著 台北市立师范学院
1988 年
《中国民间童话研究》 谭达先著 台湾商务印书馆 1988 年
《童话学》 洪汛涛著 富春文化公司 1989 年
《童话写作研究》 陈正治著 五南图书出版公司 1990 年

二

《童谣写作研究》 苏尚耀 见台中师专《研究业刊第三集》
《一个纯真的世界——谈童话》 林良 见《浅语的艺术》
《童话从哪里来？》 林良 见《浅语的艺术》
《安徒生的童话原则》 苏桦 见《儿童文学周刊》第三期
《童话的创新》 曾信雄 见《儿童文学周刊》第四期
《童话的教育价值》 苏桦 见《儿童文学周刊》第一九期
《科学童话的写作》 曾门 见《儿童文学周刊》第六一期
《美感经验与童话写作》 独孤恕龙 见《儿童文学周刊》第
八八期

《教儿童写童话》　曾信雄　见《儿童文学周刊》第九二期

《童话与故事》　林容　见《儿童文学周刊》第一五八期

《谈科学童话》　徐正平　见《儿童文学周刊》第一六一期

《科学童话的特质》　徐正平　见《儿童文学周刊》第一六四期

《我的童话观》　平田让治作　林钟隆译　见《儿童文学周刊》第二一〇期

《童话的改写方式》　野渡　见《儿童文学周刊》第二一九期

《童话》　叶咏琍译　见《儿童文学周刊》第二九一期

《漫谈传承童话》　林桐　见《儿童文学周刊》第三一一期

《认识童话结构》　野渡　见《儿童文学周刊》第三四〇期

《童话的新方向》　曾妙容　见《儿童文学周刊》第三四三期

《谈童话中丑角的运用》　邱阿涂　见《儿童文学周刊》第三九二期

《新闻童话故事的写作》　刘正盛　见《儿童文学周刊》第四〇一期

《认识童话高潮》　野渡　见《儿童文学周刊》第四〇一期

《认识童话尾声》　野渡　见《儿童文学周刊》第四一一期

《童话的人物刻画》　野渡　见《儿童文学周刊》第四四〇期

《认识童话的特质》　野渡　见《儿童文学周刊》第四四二期

《童话的重述和改写》　野渡　见《儿童文学周刊》第四四四期

《认识童话结局》　野渡　见《儿童文学周刊》第四五五期

《认识童话的技巧》　野渡　见《儿童文学周刊》第四七四期

《谈童话中的鸟言兽语》　陈正治　见《儿童文学周刊》第四七五期

《谈童话的开头》　野渡　见《儿童文学周刊》第四八七期

《童话的背景设计》　野渡　见《儿童文学周刊》第四八九期

《谈童话的写作》　陈正治　见台北市立师专《国教月刊》三三卷第一、二期

附录

试说中国古代童话

第一节　前言

中国童话，就发展观点而言，自当就以清代孙毓修编撰《童话》集为分水岭。之前统称之为古童话或古代童话，之后则是现代童话的开始。

在清末，童话依附民俗学随着列强的坚船利炮来到中国。因此，中国古代没有"童话"的这种说法颇为流行。

在中国，"童话"这个名词的出现始于孙毓修编撰的《童话》，出版时间是1909年3月，即清末宣统元年，至今已有百余年。但比起世界上第一本童话集《鹅妈妈童谣》（贝洛，1697年），大约晚了二百年。所以，严格说起来，中国童话的历史似乎很短。但是从世界童话发展的历史去观察，"童话"名词出现得晚，并不表示我们从前就没有"童话"。依据人类学、民俗学的说法，童话也是民间文学的一部分，如果我们不把"童话"的解释局限于现代童话部分的话，我们便可以发现，中国童话实则有着悠久的历史。

申言之，童话乃是缘于教育与娱乐之需要，它的发源地是每个人的"纯真的心境"。人类从有儿童、有语言开始，就有童话。童话的历史，就是儿童的历史，那时候虽不叫童话，但是已经产生了童话。

所以要谈中国的童话历史，决不能把它说成是有了"童话"这个名称以后才开始有童话。中国童话的显现与兴起，虽然是受到外来力量的刺激。但我们确信，中国是个有丰富童话宝藏的国家。

第二节　古代童话概要

在中国古代的文献资料中，找不到"童话"这个词，但也没有"神话""传说"这些词，那时候它们是不分的。

而后，由于人类学、民俗学的兴起，始有神话、传说、民话之分，又由于儿童学的成立，始有儿童文学、童话等出现。我们知道，童话的发源地是每个人的"纯真的心境"。童话与儿童之关系，乃是缘于教育与娱乐之需要。因此，自有人类、有儿童、有语言开始，就会有童话存在，童话是儿童的生活，也是儿童的历史。然而，在我们的观念里却有"童言鸟语，百无禁忌"的谚语，人们看轻童言，也害怕童言。所以，把它和鸟语列在一起，说明它不足为训，自然也就少有人去加以收集。

所谓古代没有童话，这是不了解与不探究儿童历史所致。至于古书中缺乏童话记载与童话概念的认识，则是时代与民族的限制，以及"语文不一"使然。鲁迅在《中国小说史略》里认为，中国神话之仅呈零星者其原因有二：

中国神话之所以仅存零星者，说者谓有二故：一者华土之民，先居黄河流域，颇乏天惠，其生也勤，故重实际而黜玄想，不更能集古传以成大文。二者孔子出，以修身齐家治国平天下等实用为教，不欲言鬼神，太古荒唐之说，俱为儒者所不道，故其后不特无所光大而又有散亡。（见风云时代版第23页）

其实，不只是神话，是凡脱离"原道""征圣""宗经"的故事性叙事文类，皆有自生自灭的命运，其中，寓言可说是唯一的变量。并不是中国人不善想象，一言以蔽之，乃雅俗观念使然。申言之，中国的古书中，所记载的童话不多，也没有一本较为完整的童话著作流传下来，这是有原因的。我们知道，历代的封建帝王皆崇尚实用主义的儒家，童话这种富于想象的故事，是被斥为玄学的。儒家不但避开不谈，而且尽一切可能，把这种想象性的故事，或斥骂为异端邪说，或将他们改变成历史。加上封建统治者历来轻视儿童，儿童在社会与家庭中，都没有地位。对于为儿童所喜爱的童话，更是忽略无视，再加上古代口语和书面语差异很大，所以古代童话文字记载是不多的。而今，只要我们肯去加以收集与整理，自能发现有无穷的宝藏存在。

民国初期，由于文献不足，未敢论断当时的收集与整理的成果。但是他们的研究能以民俗学为据，则是正确不移的方向。反观目前，则不知民俗学为何物。如此缺乏过去的基础，而却奢言"中国本土化"，岂非缘木求鱼？

环视当前，较能关心古代童话者，亦似乎仅有苏尚耀先生一人而已，而他最主要的文章是《中国童话》，该文收录于1966年5月小学生杂志社《童话研究专辑》（第121~129页）。

所谓中国古代童话，依芦谷重常的分法，即指"古典童话"与"口述童话"。古典童话，是指中国历代文学作品中，有童话特质者，本文称之为典籍里的童话；而口述童话，即指民间童话，它包括中国各地广泛流传的且具有童话特质的作品。

童话的特质在于想象性。具体地说，童话是想象的产物，而这种想象又是来自生活。它的根本特征是表现超自然的力量，超人间的存在，可以不受现实性和可能性的规范。总之，它是超越时空的，它是万物有灵的，它也是变形的。童话这种想象皆要以夸张和拟人为表现的特征，而以"异常性"为艺术特点。

以下依此特质，分典籍里的童话与民间童话两节，概述中国古代童话之一二。

一、典籍里的童话

典籍里的童话，顾名思义是指我国历代文学作品中，有文字记载的古童话作品。其中，有些虽已被称做神话、传奇、小说、寓言、笔记、掌故，但这些作品也可以被视为童话。

　　缘于道统与雅俗观念的关系，虽然在正统的古文里，关于童话的记载并不多，然而，我们仍可以从文学史与小说史上发掘出童话的宝藏。

　　我们可以说，在文学里的遣兴作品中，时常可见纯真想象的故事；在小说史里的纾解性作品中，更是到处可见想象的童话。因此，本文试以小说史为据。

　　"小说"一词，最早见于《庄子·外物》。所谓"饰小说以干县令，其于大达亦远矣。""小说"与"大达"对举，指的是一些浅俗琐碎的言论。这种浅俗琐碎的言论，或许具有娱乐的意义。到了东汉，桓谭在他的《新论》中说："若其小说家合残丛小语，近取譬喻，以作短书，治家理事，有可观之辞。"（据李善注《昭明文选》卷三十一，江淹诗《李都尉》李善注引，第692页）而班固在《汉书·艺文志》中则说："小说家者流，盖出于稗官。街谈巷语，道听途说者之所造也。"所谓"街谈巷语，道听途说"是说它们大都来自民间口头传说。这种口头传说者流，其旨不在经国济民，要皆不离遣兴志怪。试引录几种序跋，以见不入流的小说之特征所在：

　　《山海经》郭璞序：

　　世之览《山海经》者，皆以其闳诞迂夸，多奇怪俶傥之言，莫不疑焉。（据文镜版《历代小说序跋选注》，第7页）

　　《搜神记》序：

　　今粗取足以演八略之旨，成其微说而已。幸将来好事之士录其根体，有以游心寓目而无尤焉。（同上，第10页）

　　汤显祖《点校虞初志》序：

　　《虞初》一书，罗唐人传记百十家，中略引梁沈约十数则，以奇僻荒诞，若灭若没，可喜可愕之事，读之使人心开神释，骨飞眉舞。虽雄高不如《史》《汉》，简澹不如《世说》，而婉缛流丽，洵小说家之珍珠船也。其述飞仙盗贼，则曼倩之滑稽；志佳冶窈窕，则季长之绛纱；一切花妖木魅，牛鬼蛇神，则曼卿之野饮。意有所荡激，语有所托归，律之风流之罪人，彼固歉然不辞矣。使呫呫读古，而不知此味，即日垂衣执笏，陈宝列俎，终是三馆画手，一堂木偶耳，何所讨真趣哉！余暇日特为点校之，以借世之奇隽沉丽者。（同上，第81~82页）

李日华《广谐史》序：

良卿手所汇《广谐史》一编，阅余关曰：子史功适竟乎？失史职记载而其神骏在，描绘物情，宛然若睹，然而可悲可愉，可诧可愕，未必尽可按也，以人往而笔留也，笔之幻化，令蕉有弹文，花有锡命，管城有封邑，铜铠门有拜表，于是滑稽于艺林者史裁悉具，又宁独才局意度与其际用之微，可藉形以托，即阀阅谱绪，爵里徵拜，建树谥诔，人间矗矗之故，悉在楮墨出之，若天造然，是则反若有可按者。嗟乎！从古王侯将相，博伟男子，所灼烁照耀寰区者，靡不与枯杨白草俱尽，所留者仅仅史氏数行墨耳！而滑稽者又令群物得媲而同之，不亦悉归幻化而无一可擅者耶。嗟乎！可以悟矣！且也因记载而可思者，实也；而未必一一可按者，不能不属之虚。借形以托者，虚也；而反若一一可按者，不能不属之实。古至人之治心，虚者实之，实者虚之。实者虚之故不系，虚者实之故不脱，不脱不系，生机灵趣泼泼然，以坐挥万象将无忘筌蹄之极，而向所雠校研摩之未尝有者耶。余跃然曰：然！然则是编也，不徒广谐，亦可广史；不徒广史，亦可广读史者之心。子命吾矣！（同上，第105~106页）

无碍居士《警世通言》叙：

人不必有其事，事不必丽其人。（同上，第134页）

所谓"闳诞迂夸，多奇怪俶傥""游心寓目""奇僻荒诞""笔之幻化""人不必有其事，事不必丽其人"，即是指想象、夸张、拟人之特质。以下试依小说史为主，以见典籍里的童话。

上古时代的神话、传说，是人类创造的最早的艺术形式之一，而中国古代的小说，也可以说是从神话传说演化而来的。

（一）先秦的神话

中国古代的神话、传说，内容丰富，有着浓厚的浪漫主义色彩。它表现出人类童年时期的天真可爱，更表现出人类初期，在征服自然过程中所表现出来的力量、美德和理想。而在神话、传说、童话不分的先秦神话时期，其实，此中有不少的古童话。以今天的观点视之，神话的主角多是天神，传说的主角却多是有神性的人，而童话的主角则是不具神性的凡人。有时虽具非凡的智慧或才能，乃至奇特的状貌和神力，但皆不离人性之本位。这些古童话，散见于先秦的经、史、子、集等古籍中。如《诗经·大雅·生民》写后稷的诞生，最初家人把他丢在小巷里，有牛羊来喂养他；再把他丢在树林里，正巧有樵夫来砍柴；后来把他丢在寒冰上，又有飞鸟来翼护他；他长大以后，种豆、种瓜、种麻、种禾，都有很奇妙的结果，都很具有童话趣味。《庄子·应帝王》的儵、忽和浑沌以及《秋水》篇的埳井之蛙，虽是寓言，也可以当作童话的材料来处理。此外，《山海经》《穆天子传》《诸子书》《吕氏春秋》《楚辞》等，其蕴藏之丰，更是有目共睹。在古籍中，有的援引一段故事，而这类故事大多取自民间，有时也是很好的童话作品。我们可以想象，那时候诸子百家争鸣，所以常在文章中引用一些故事作为依据，想借此说服对方。这些故事，以现在看来，有历史、有神话、有寓言、有传说，也不乏童话作品；这些故事有的采撷自民间，有的也可能是作者自编。而这种故事，现在能看到的却只是一些零星的片段，它们散落在各种古籍中，记载还常常是矛盾而杂乱的。而其中《山海经》保存了丰富的古代神话资料。在先秦古籍中，《山海经》是一部具有丰富内容和独特风貌的书。全书虽仅三万一千多字，但它不仅是史地之权舆，更是神话之渊府。其中《海经》部分，保存神话之资料最多，可作为研究神话之入门，除《楚辞》《天问》，他书均无法与之相提并论。有关《山海经》这本书的作者与时代，袁珂在《〈山海经〉写作的时地及篇目考》一文说：

> 总的说来《山海经》的著作时代，是从战国中年到汉代初年，著作地方是战国时代的楚国和汉代初年的楚地，作者是楚国和楚地的人。《山海经》篇目古本为三十四篇；刘向《七略》以《五藏山经》五篇加《海外》《海内经》八篇为十三篇，《汉志》因之。刘秀校书，乃分《五藏山经》为十篇而定为十八篇；郭璞注此书复于十八篇外收入"逸在外"的《荒经》以下五篇为二十三篇，即《隋志》所本；《旧唐书》的《经籍志》复将刘秀原本所分的《五藏山经》十篇合为五篇，加《海内外经》八篇、《荒经》五篇为十八篇，求符刘秀表文所定篇目，即今本。（见里仁版《山海经校注》，第521页）

《山海经》是一本想象力丰富的作品。如卷二的《鼓》（本文以里仁书局版袁珂《山海经校注》为据，第42页），这是一种人面兽身的怪物。而卷五的《神计蒙》（第153页），则是龙首人身。这些奇怪的造型，当是根据真实的生活想象而成。

又卷六的《羽民国》（第187页），其人全身生羽，两手为翼；《长臂国》（第202页），其人两手由肩垂下，可抵地面。又有双脚长过三丈的《长股国》（卷七，第227页）；以及其人矮小只有九寸的《小人国》（卷十四，第342页）。又状如白犬，黑面长角，能飞行的《天马》（卷三，第86页）；形如狐，背上有角，乘之寿有二千岁的《乘黄》（卷七，第225页）；有状如牛，苍身而无角，一足，出入必有风雨的《夔》（卷十四，第361页）。

这些异物或实物，在《山海经》里只记述了几行字。很可能是由于当时刻书不易，未能将整个故事记载下来。这些故事，有可能会是有趣的童话作品。

再如《烛阴》（卷八，第230页），讲的则是一个地道的童话人物，所谓"钟山之神，名曰烛阴，视为昼，瞑为夜，吹为冬，呼为夏，不饮，不食，不息，息为风。身长千里，在无启之东。其为物，人面蛇身，赤色，居钟山下。"可说想象奇异。而"发鸠之山的精卫"（卷三，第92页），也是一个上好的童话故事。至于"追日的夸父"，更是一则精美的童话。

我们知道，《山海经》中有地理、历史、生活等方面的知识，有神话、有传说，也有一些童话。《山海经》有文有图，在那没有儿童文学书籍出版，儿童还没有书可读的时候，他们怎么会不喜欢这样一本图文并茂又富于想象的读物呢？

今人对神话研究最有成果者，首推袁珂，试提供参考：

《中国神话选》　袁珂编选　长安出版社　1982年再版

《中国神话传说辞典》　袁珂编著　华世出版社　1987年

《中国神话传说》（上、下）　袁珂著　《骆驼丛刊》（十二）1987年

中国神话里，童话材料可说是俯拾即得，端视个人之采掘与应用。

（二）汉魏六朝的笔记小说

秦始皇、汉武帝等人好长生不老之术，再加上东汉以来的频繁战乱，社会动荡不安，佛教、道教广泛流传，于是宗教迷雾笼罩了整个社会。在这种情况下，民间产生了大量的神怪故事。正如鲁迅在《中国小说史略》中说：

中国本信巫，秦汉以来，神仙之说盛行。汉末又大畅巫风，而鬼道愈炽，会小乘佛教亦入中土，渐见流传。凡此，皆张皇鬼神，称道灵异，故自晋讫隋，特多鬼神志怪之书。其书有出于文人者，有出于教徒者。文人之作，虽非如释道二家，意在自神其教，然亦非有意为小说，盖当时以为幽明虽殊途，而人鬼乃皆实有，故其叙述异事，与记载人间常事，自视固无诚妄之别矣。（见风云时代版，第49页）

然而，现存所谓的汉人小说，无一本真出于汉人。因

此，我们要找童话材料，可在《淮南子》《论衡》或史传等书里去找。

从魏晋到南北朝时期大量出现的小说，我们称之为笔记小说。它是继承先秦神话、传说的系统，又受其本身的时代、社会的影响演变而成。

所谓"笔记"二字，本指执笔记叙。由于南北朝时期崇尚骈俪之文，一般人称注重辞藻、声韵、对偶的文章为"文"，称信笔记录的散行文章为"笔"；所以后人就总称魏晋南北朝以来"残丛小语"式的故事集为"笔记小说"。笔记小说包括谈鬼神说怪异的"志怪"和记载人物琐事轶闻的"志人"。这种笔记小说始魏晋迄明清，历代皆有之。中国的笔记小说，超现实的志怪传奇，取材之广博，想象力之高超，正与童话无异。

魏晋的志怪书，有题为魏文帝曹丕撰的《列异传》、晋张华的《博物志》、干宝的《搜神记》、祖冲之的《述异记》、托名陶潜的《搜神后记》、晋祖台之的《志怪》、荀氏的《灵鬼志》、戴祚的《甄异记》等。除《博物志》《搜神记》《搜神后记》外，现全都失传。南北朝的志怪书，有南朝刘敬叔的《异苑》、刘义庆的《幽明录》、东阳无疑的《齐谐记》、南齐王琰的《冥祥记》、北齐颜之推的《冤魂志》、梁吴均的《续齐谐记》，以及题为晋王嘉实为六朝人所撰的《拾遗记》等。

与志怪小说并行的志人小说，如三国时代魏邯郸淳的《笑林》、东晋葛洪的《西京杂记》、裴启的《语林》、郭澄之的《郭子》、宋刘义庆的《世说新语》、梁沈约的《俗说》、殷芸的《小说》等。但是，除《西京杂记》和《世说新语》外，其他各书均已散失。

一般而言，魏晋南北朝笔记小说以志怪小说为主。它以接近口语的散文写成，随笔记叙，不重辞采，是中国小说发展史上的雏形阶段。大多数作品仍属短小的故事，只可说粗陈梗概、略具规模，还谈不上更多的写作技巧。但它不再依附历史人物、事件，也不单为说明哲理；其中有些优秀作品，还可看出作者有意透过故事来反映生活，表现自己的思想感情和道德情操。

魏晋南北朝时期的志怪小说，数量相当可观，可惜已经遗失不少，如今只是零星见存于《太平广记》等书之中。《太平广记》于宋太宗太平兴国二年（公元977年）三月敕撰，命取道、释、两藏及野史小说集为五百卷。而《太平广记》的价值亦即是在于能博采野史、传记、小说等诸家。广记所存古籍，重在野史轶闻之小说，而凡此典藏自始即为我先哲所不屑经心者，今反赖以之为存考之取材。故《四库全书总目》卷一百四十二云："古来轶闻琐事、僻笈遗文咸在焉。卷帙轻者往往全部收录，盖小说之渊海也……又唐以前书，世所不传者，断简残篇尚间存其什一，尤足贵也。"（见艺文印书馆册五，第2800~2801页）民国初年，鲁迅讲授中国小说史略，乃潜心爬梳，从《太平广记》等书之中辑古小说凡三十六种，书名《古小说钩沉》。虽属残篇断简，却有助于唐以前志怪小说之研究。其实，收集故事编辑成书的，当首推明代王蓥编集的一部《群书类编故事》（见《笔记小说》三编三册，第1949~2063页），凡二十四卷。王氏将该书分编为十六类，每类各包涵故事若干篇，其材料的来源，包括各类的古籍。这是一部收集丰富的好书。又就志怪而言，下列两书可为参考：

《汉魏六朝鬼怪小说》　业庆炳编译　河洛图书公司1976年

《唐前志怪小说辑释》　李剑国辑释　文史哲出版社1987年再版

在笔记志怪小说中，要以《搜神记》《搜神后记》《异苑》《幽明录》《续齐谐记》等书较为著名，以下试从小说中列举出童话的好材料。

《搜神记》辑录两汉流传下来的一些故事和魏晋民间传说，也采辑史传与早出的志怪书的材料，其中保存了一部分有意义的古神话和富于现实性的民间传说。而通过想象的奇异情节来表现生活中的愿望，此皆为童话的好材料。如《董永》（本文以李剑国辑本《唐前志怪小说辑释》为据，第216~217页）、《天上玉女》（第221~223页）、《海孝妇》（第242页）、《韩凭夫妇》（第246~247页）、《范式张劭》（第252~253页）、《蚕马》（第265~266页）、《李寄》（第307~308页）。其中《李寄》写一个贫家少女奋不顾身为民除害，机智勇敢地杀死一条吃人的大蛇，全文结构完整，情节紧张，是一篇优秀的童话。

《列异传》里的《望夫石》（同上，第147页）、《宋定伯》（第157~158页），《搜神后记》的《白水素女》（第433~434页）、《杨生狗》（第445页）等，皆是童话的好材料。

至于《宣验记》的《鹦鹉》（第498~499页）一篇，该文记一只鹦鹉飞进山里，当地禽兽都对它很好。后来山内大火，鹦鹉入水沾湿羽毛在空中洒水救火，因此感动天神，为它将火熄灭。这个故事充满人情味，赞扬了竭尽微力以报德的至诚，全文以物拟人的写法，已近似现代的童话。

又如《续齐谐记》的《杨宝》（同上，第596~597页）、《阳羡书生》（第601~602页）可说奇诡之至，更是童话现成的好材料。至于《金楼子志怪篇》的《优师木人》（第636页），是关于机器人的奇妙想象，已似科学性的童话。

总之，志怪小说之所以流传久远，一直为大家所喜爱，主要是在于它们保存了许多优秀的神话、传说。因此，志怪小说对后世的影响很大，自唐以后，小说中始终有志怪一类，可以说是魏晋志怪小说的继续和发展。尤其是唐朝段成式的《酉阳杂俎》和清朝蒲松龄的《聊斋志异》，都有现成的童话材料。

（三）唐传奇

唐代传奇，是唐代文人的文言短篇小说。它是在汉魏六朝志人、志怪小说的基础上发展起来，在内容上虽还未能完全摆脱志怪的痕迹，富于传奇色彩，却是有意创作的开始。胡应麟认为"凡变异之谈，盛于六朝，然多是传录舛讹，未必尽幻设语。至唐人乃作意好奇，假小说寄笔端"。（见世界书局《读书笔记丛刊》（第二集）《少室山房笔丛》卷三十六，第486页）是以鲁迅亦云：

> 传奇者流，源盖出于志怪，然施之藻绘，扩其波澜，故所成就乃特异，其间虽亦或托讽喻以抒牢愁，谈祸福以寓惩劝，而大归则究在文采与意想，与昔之传鬼神明因果而外无他意者，甚异其趣矣。（见《中国小说史略》，第86页）

所谓"变异之谈""作意好奇""扩其波澜"，正是童话所重视的。

现在保存下来的唐传奇，大部分收在《太平广记》一书里，其他如《太平御览》《全唐文》等总集中也有一些。鲁迅编校的《唐宋传奇集》，精审可靠。又下列之书，参阅亦颇为简便：

《唐人小说》　王之正编　远东图书公司　1956年

《唐宋传奇小说》　叶庆炳编译　河洛图书公司　1976年

《唐人小说校释》（上、下）　王梦鸥校释　正中书局1982年，1985年

唐传奇在内容上，依性质与主题，约可分为四大类：神怪与灵异、侠义与公案、历史与轶闻、爱情与世态。其中前两类适合儿童阅读，尤其是第一类，似与童话无异。我们谈童话，最重视"变异之谈"和"作意好奇"；而此二者正是唐传奇之特征，甚且又"扩其波澜"。所以唐人小说中，童话材料最可采，也最可观。其中如王度《古镜记》、佚名《补江总白猿传》、谷神子《敬元颖》、薛渔思《板桥三娘子》、常沂《崔书生》、沈既济《枕中记》、李朝威《柳毅》、李公佐《南柯太守传》、李复言《杜子春》和《张老》、裴铏《聂隐娘》和《昆仑奴》、杜光庭《虬髯客传》等，情节多幻变，篇构也极完整，取材至

为方便。

此外，变文中亦有童话材料。

变文湮没了很久，几十年前才在敦煌石窟里被发现。它的起源与佛教有密切的关联，是属于讲唱的民间文学。这种讲唱故事是缘于佛教传入之后，为了传教而产生了俗讲，俗讲后有讲经文，讲经文之后有讲佛经故事的变文，然后有讲历史故事的变文。

最后有话本和通俗小说。现存变文作品之撰写时代，始于盛唐，终于后梁末帝贞明七年（公元921年）。

我们先人自古也喜欢说故事，在变文发生的时代称之为"说话"。而故事的内容，以民间的传说、寓言、笑话为主，对于经、史、诸子，则侧重于忠实地阐释。由于受到讲佛经、变文的影响，于是又有了取材于经、史、百家的变文，如此就为后来的通俗文学开辟了一条大道，这是变文受到重视的原因。

今王重民《敦煌变文集》（1980年5月六版，世界书局易名为《敦煌变文》，上、下两册），其中第三编最具有童话的特质。第三编包括：《孔子项托相问书》《晏子赋》《燕子赋》（一、二）、《茶酒论》《下女夫词》。

潘重规先生有《敦煌变文新书》（上、下）（1983年文化中文研究所出版），除校订篇缺失外，又新增八篇，全书凡八十六篇。

（四）宋元话本

唐代以前，国境常乱，经济失调，民间通俗艺术还未能入流。唐宋以来，俗讲、说话出现。更由于商业的发展，城市的繁荣，市民阶层不断扩大，相应需求的文化娱乐活动，亦空前活跃。于是民间俗文学汇集成流。

话本的"话"，也叫"说话"，就是"讲故事"的意思。话本是民间说话艺人讲唱故事的底本。随着民间"说话"技艺的发展，到了宋元时代，话本就广泛地流传起来，它是民间艺人和书会文人集体智慧的产物。

说话大致可分为四家：小说、说经、讲史、合生，其中以小说、讲史最受欢迎。据《醉翁谈录》书首《舌耕叙引》里《小说引子》和《小说开辟》两篇记载，当时的小说名目有一百多种，但是今天能见到的宋人小说话本，据胡士莹在《话本小说概论》里所论，至多不超过四十种（详见 1983 年 5 月丹青版第七章，第 200~234 页）。而这些现存话本主要是收录于《京本通俗小说》《清平山堂话本》以及《三言》中。至于诗话，可以断定是宋人作品的，只有《大唐三藏取经诗话》一种。

民间说话，是百姓的主要娱乐之一，也是儿童的娱乐。《东坡志林》云：

王彭尝云：涂巷中小儿薄劣，其家所厌苦，辄与钱，令聚坐听古话。至说三国事，闻到玄德败，频眉蹙，有出涕者；闻曹操败，即喜唱快……（见新兴版《笔记小说大观》二十二编册二，第 900 页）

因此可见宋代说话的发达，以及儿童对于听说话的兴趣和说话对儿童的影响。尤其是小说类的灵怪、传奇、神仙三项，和童话的性质最近，是可供写童话的材料。至于后来的拟话本，虽不再是说话用，但其性质亦与话本相近。

话本小说集，要以冯梦龙的《三言》和凌濛初的《二拍》为主。而抱瓮老人的《今古奇观》则是《三言两拍》的选辑本。其中如《白娘子永镇雷峰塔》《王安石三难苏学士》《转运汉巧遇洞庭红》《灌园叟晚逢仙女》等，皆具童话的情趣，也很富童话的色彩。

目前较为简要的话本小说选集有：

《宋人小说》　李华卿编　远东图书公司　1956 年

《宋元话本小说》　叶庆炳编译　河洛图书公司　1976 年

《古代白话短篇小说选集》　何满子选注　木铎出版社 1983 年

　　此外，沿袭唐传奇的文言小说，亦有可观之处，如刘斧的《青琐高议别集》，其中《王榭》（见《笔记小说大观》九编册五，第3163~3167页），便是一篇值得注意的童话材料。苏尚耀先生曾改写为《王榭的奇遇》一文。（收存于小学生版《小黄雀》，第43~54页，1966年）

（五）明清小说

　　明清小说中，如李汝珍的《镜花缘》等文言小说，或许仲琳的《封神传》等通俗小说，都有童话的章节，而其中最具童话特质的自当是《西游记》和《聊斋志异》。吴承恩的《西游记》虽为神怪小说，但想象美妙，文字活泼，虽不能算是一部纯粹的童话，却也不能拒绝将其与童话相关联。

　　至于蒲松龄的《聊斋志异》，虽然是文言短篇小说集，却也是素描、奇谈、寓言和神怪故事的合集。这些故事中的一部分，数百年来在民间非常流行，娄子匡曾有《台湾俗文学与聊斋志异》一文（详见东方文化书局影印本，北大民俗丛书第五十二种《台湾俗文学丛话》，第103~154页），讨论台湾民间故事与《聊斋志异》相互雷同的篇章。聊斋的故事是人们冬日向阳、夏夜纳凉时最乐于谈述的故事，因此，它与童话颇有关系。这本书的编集与格林兄弟的童话，实在有极相类似的地方。有关故事的来源和内容，蒲松龄自志云：

　　披萝带荔，三闾氏感而为骚；牛鬼蛇神，长爪郎吟而成癖。自鸣天籁，不择好音，有由然矣。

　　松落落秋萤之火，魑魅争光；逐逐野马之尘，魍魉见笑。才非干宝，雅爱搜神；情类黄州，喜人谈鬼，闻则命笔，遂以成编。久之，四方同人又以邮筒相寄，因而物以好聚，所积益夥。甚者，人非化外，事或奇于断发之乡；睫在眼前，怪有过于飞头之国：遄飞逸兴，狂固难辞；永托旷怀，痴且不讳。展如之人，得毋向我胡卢耶？（见汉京版《聊斋志异》，第1~2页）

　　就童话的情趣而言，聊斋志异中的《考城隍》《王六郎》

《种梨》《崂山道士》《狐嫁女》（以上见张友鹤辑校本卷一）；
《聂小倩》《水莽草》《酒友》《阿宝》（卷二）；《汪士秀》
《雷曹》《翩翩》（卷三）；《促织》《雨钱》（卷四）；《赵
城虎》《农人》《堪舆》（卷五）；《考弊司》《向杲》（卷
六）；《牛癀》《颠道人》（卷七）；《画马》《放蝶》《医
术》（卷八）；《鸟语》（卷九）；《瑞云》《申氏》（卷十）；
《黄英》《书痴》《竹青》（卷十一）等，都是最富童话色彩，
不必费太多的周折就可以写成古典的童话。张友鹤辑校的《聊
斋志异》（1984 年汉京版）颇为详尽，可供参阅。

其他各种典籍亦有许多童话宝藏，如《谐史》《广谐史》
等书。《谐史》是明神宗万历七年（公元 1579 年）武进徐敬
修所刻。这本书所收文章，都是将木石、禽兽以至服食器用等，
以拟人化的手法，各自敷衍成一篇完整的传论文字，计收 72 篇。
后来，陈邦杰花了二十年时间，在《谐史》的基础上，广询博
访，将散见在各文集、类书或私坊刻中类似的文章，收录濡选，
增加到 242 篇，取名《广谐史》。这类文章，各抒才情，游戏
翰墨，穷工极变，可谓幻化之至。这种极变与幻化，正是童话
的特征所在。

又如清云间子的《草木春秋演义》（乐山人纂、清最乐堂
绣像刊本），把草药都当成人来写，分为好人、坏人两大阵营，
互相打来打去。这本书虽然用草药的药名来作人名，却没有好
好根据草药的形状和性能来写这些人物的性格和作用，所以这
本书没有被孩子当成童话来读，也没有被大夫们当作药物常识
课本来教授学生，它的拟人手法却值得我们注意。

其他历代文人的文集，亦有不少精彩的童话素材。

总之，仍有许多古童话被湮没在浩瀚的典籍里，等待着我
们去挖掘。

二、民间童话

儿童文学原本就是属于民俗学，后来虽然独立门户，然而

就研究的角度视之，两者关系仍是密切，尤其是童话，更是与民间故事纠缠不清。

我们认为童话是来自儿童的生活。当然，我们也相信自有人类、有语言、有儿童始，也就有了童话。申言之，无论在未开化或是文明社会中，都有着古老的信仰、习俗与故事，它均为没有文字记载时代的遗物。这些未开化民族或开化的先民，所遗留的言语或行为，不论发生在何地，都必定有其共通的性质。而其所以能被承认或继续保存，不是由文字的记载或科学的证明，而是由于习俗与传袭而连绵不断，传至后代。现代的民俗学，逐渐开始采用科学的观点与方法，研究这些传袭的事物，加以观察与归纳的推论。

在民俗学的范畴中，没有文字或虽有文字而不善于应用的民族，常发挥其智力于故事、歌谣、谚语、谜语等方面，这种口传的东西，通称为民间文学。人类学者、民俗学者们都特别加以重视，因为它们所表现的是人类初期的推理、幻想、记忆、联想、理想等，也非常显著地反映着他们所生活时代的社会形态与生活意识。

这种传袭的民间文学，是民间百姓的娱乐，也是他们教育后辈的素材。

其中，传袭的故事，略可分为神话、传说与民谭（民话）。从民俗学观点言之，这三者各有不同的发生背景与显著的特性，而我们一般统称之为"民间故事"。而本文所谓的民间童话，自是包含在民谭（民话）里，这种统称的民间故事，是广义的解释。至于狭义的民间故事，即是指与神话、传说并存的民谭（民话）而言。这种狭义的民间故事，可包含魔法故事、动物故事、生活故事、笑话等四种，前二者想象性较强，后二者想象因素少。申言之，魔法故事又称魔术故事，过去也通称之为民间童话。而动物故事也是富于想象内容的民间故事，过去又被称作自然童话，动物故事是把人类社会生活、社会关系等投射到动物身上加以想象虚构成的故事。这些故事中，活动角色几乎全都是动物，这些动物都和人一样进行各项活动，有思想、有人类的心理状态和性格特征，但在一定程度上，这些性格特征又与动物本身的习性特点相接近，这种动物故事，其中有寓言、有童话。至于生活故事与笑话，则不属于童话的范畴。是以所谓民间童话，谭达先的说法是：

在六十年代，年轻的民间文学研究者张紫晨在《民间文学知识讲话》一书里，则把"民间故事中幻想成分最浓的一种，儿童们最喜欢"的，当作民间童话，也称作魔法故事或魔术故事。我认为，如果要说的确切点、扼要点，可以这么说：具有幻想、怪异、虚构占优势的民间故事，才可以称为"民间童话"，这是一种民间所创作、流传的口传的童话。（见台湾商务版《中国民间童话研究》，第2页）

一般而言，民间童话与神话、传说之区别在于人物。申言之，神话的主角多属天神，这种天神的事迹，是对抗自然以及社会生活在广大的艺术概括中的反映。因此，神话是一种艺术形式，它产生于现实生活，不是出自空想。而传说的主角多是有神性的人，传说是神话的演变。随着社会的进步，现实生活也不断丰富，人们的认识能力、自信力逐步提高，神话的主人公也就更具有人性，故事也就更具有现实性，而这些叙述古代勇武英雄的故事，则被称为传说。至于民话或童话的人物，则是生活中的百姓，他们没有英勇的事迹，他们不全是现实生活的反映，他们的来源虽是生活，而又超越了生活，并且面向未来。也就是说，童话的形成动机含有娱乐的成分，已非现实生活直接的反映。童话主角虽是凡人，但作者却凭其想象，并辅以各式各样的实物，如"隐身帽""仙丹""聚宝盆"等奇异之物。透过夸张与拟人的手法，使主角变成超自然性质的人物，而情节也超越了自然，于是构成"异常性"的艺术特点。这种超越自然的人物、宝物、情节，都是产生于民间无名作者积极的浪漫主义的美丽幻想，也是现实社会中根本不可能的事物，但又使听者感到合乎情理，易于理解。

中国有着优秀丰富的民间童话遗产。产生于原始社会时期的作品有哪些的问题，由于古代雅俗观念与语文不一致的限制，有关记载不多，难以具体考证。试以"螺娘型"民间童话为例，说明其文字记录与流传的情形。有关螺娘型故事，民初前贤已有很多人讨论过。其中以时人谢明勋《唐人小说白螺精故事源流考论》（见《中国书目季刊》二二卷一期，第26~32页）较为详尽。

目前可见最早有文字记录的"螺娘型"民间童话，是西晋束晳的《发蒙记》。原文：

侯官谢端，曾于海中得一大螺，中有美女，云："我天汉中白水素女，天矜卿贫，令我为卿妻。"（见鼎文书局再版《初学记》卷八，《素女》条，第192页）

又托名晋人陶潜所记《搜神后记》中有《白水素女》：

晋安侯官人谢端，少丧父母，无有亲属，为邻人所养。至年十七八，恭谨自守，不履非法。始出居，未有妻，邻人共愍念之，规为娶妇，未得。端夜卧早起，躬耕力作，不舍昼夜。后于邑下得一大螺，如三升壶，以为异物，取以归，贮瓮中。畜之十数日，端每早至野还，见其户中有饭饮汤火，如有人为者。端谓邻人为之惠也，数日如此，便往谢邻人。邻人曰："吾初不为是，何见谢也？"端又以邻人不喻其意。然数尔如此，后更实问，邻人笑曰："卿已自取妇，密着室中炊爨，而言吾为之炊耶？"端默然心疑，不知其故。

后以鸡鸣出去，平早潜归，于篱外窃窥其家中，见一少女从瓮中出，至灶下燃火。端便入门，径至瓮所视螺，但见壳。乃到灶下问之曰："新妇从何所来，而相为炊？"女大惶惑，欲还瓮中，不能得去，答曰："我天汉中白水素女也。天帝哀卿少孤，恭慎自守，故使我权为守舍炊烹。十年之中，使卿居富，得妇，自当还去。而卿无故窃相窥掩，吾形已见，不宜复留，当相委去。虽然，尔后自当少差，勤于田作，渔采治生。留此壳去，以贮米谷，常可不乏。"端请留，终不肯。时天忽风雨，翕然而去。

端为立神座，时节祭祀。居常饶足，不致大富耳。于是乡人以女妻之，后仕至令长云。今道中素女祠是也。（见文史哲版《唐前志怪小说辑释》，第 433~434 页）

这个故事，在旧题梁任昉撰《述异记》卷上也有记录，主人公也是谢端，但事情不同，原文是：

晋安郡有一书生谢端，为性介洁，不禁声色。尝于海岸观涛，得一大螺，大如一石米斛。割之，中有美女，曰："予天汉中白水素女，天帝矜卿纯正，令为君作妇。"端以为妖，呵责遣之。

女叹息升云而去。（见台湾商务印书馆影印本《四库全书》册一〇四七，第 621 页）

从上述三篇故事的文字记录看，前两篇记于晋，后篇记于梁，而民间的流传要比这三者还早。也就是说，早在一千多年前，田螺娘童话已在民间流传。至唐代，又有"白螺精"的记载，《太平广记》卷八十三《吴堪》（引自唐皇甫氏《原化记》）云：

常州义兴县，有鳏夫吴堪，少孤无兄弟。为县吏，性恭顺。其家临荆溪，常于门前，以物遮护溪水，不曾秽污。每县归，则临水看玩，敬而爱之。积数年，忽于水滨得一白螺，遂拾归，以水养。自县归，见家中饮食已备，乃食之。如是十余日，然堪为邻母哀其寡独，故为之执爨，乃卑谢邻母。母曰："何必辞？君近得佳丽修事，何谢老身？"堪曰："无。"因问其母。母曰："子每入县后，便见一女子，可十七八，容颜端丽，衣服轻艳，具馔讫，即却入房。"堪意疑白螺所为，乃密言于母曰："堪明日当称入县，请于母家自隙窥之，可乎？"母曰："可。"明旦诈出。乃见女自堪房出，入厨理爨。堪自门而入，其女遂归房不得。堪拜之。女曰："天知君敬护泉源，力勤小职，哀君鳏独，敕余以奉馈，幸君垂悉，无致疑阻。"堪敬而谢之，自此弥将敬洽，闾里传之，颇增骇异。时县宰豪士闻堪美妻，因欲图之。堪为吏恭谨，不犯答责。宰谓堪曰："君熟于吏能久矣！今要虾蟆毛及鬼臂二物，晚衙须纳。不应此物，罪责非轻。"堪唯而走出。度人间无此物，求不可得，颜色惨沮，归述于妻。乃曰："吾今夕殒矣！"妻笑曰："君忧余物，不敢闻命，二物之求，妾能致矣！"堪闻言，忧色稍解。妻曰："辞出取之，少顷而到。"堪得以纳令。令视二物，微笑曰："且出。"然终欲害之。后一日，又召堪曰："我要蜗斗一枚，君宜速觅此，若不至，祸在君矣！"堪承命奔归，又以告妻。妻曰："吾家有之，取不难也。"乃为取之。良久，牵一兽至，大如犬，形亦类之，曰："此蜗斗也。"堪曰："何能？"妻曰："能食火。奇兽也，君速送。"堪将此兽上宰，宰见之怒曰："吾索蜗斗，此乃犬也。"又曰："必何所能？"曰："食火，其粪火。"宰遂索炭烧之，遣食。食讫，粪之于地，皆火也。宰怒曰："用此物奚为？"令除火埽粪，方欲害堪。吏以物及粪，应手洞然，火飙暴起，焚热墙宇，烟焰四合，弥亘城门。宰身及一家，皆为煨烬。乃失吴堪及妻。其县遂迁于西数步，今之城是也。（见明伦出版社版再版，册一，第538~539页）

皇甫氏之《原化记》，可说总结六朝的传闻，而益之以新义。这则故事，较诸前代《白水素女》之单一情节，算是繁复了许多。冯梦龙《情史》卷十九"情疑类"《白螺天女》条（见1981年8月广文书局影印本）。及清人程麟《此中人语》卷二《田螺妖》条（见新兴版《笔记小说大观初篇》，第3648~3649页）所记，大抵均未能超出前代之范围。在后来的流传里，此则故事由最先之简单结构，又吸收不少助增血肉的材料，是以整个故事的内容便愈来愈趋于复杂。直到近代，许多地方仍有田螺娘的童话流传下来。如福建的《螺女江》，除《中国民间童话研究》引录者外（见第 13~15 页），又《福建传说》（北大民俗丛书第二二八册，东方文化书局有影印本）亦收录有《福州螺女江的神话》：

　　福州南门外环抱螺洲的那条大江，俗称螺女江，又名螺江。螺江在侯官十三都石岳对面，上接囷溪，下入闽江；螺洲居虎头山北面，对外往来方便。关于这条螺女江得名的由来，民间流传着一段美丽动人的神话。

　　很久很久以前，福州有个勤苦纯朴的佃农，姓谢名端。谢端小时候就死了父亲，家里仅有一个双目失明的老母，他每天既要下田耕作，又要烧饭煮菜养活母亲。

　　一天傍晚，他从田里回家，照例走到江边洗濯手脚，忽然看见泥滩上有一只螺，又大又好看，便捡起带回家，放在水缸里养着。第二天中午，谢端从田间回家要烧午饭，一进门却见饭菜都已煮好放在膳桌上，热腾腾地像是刚从锅里倒出来。他以为是双目失明的老母做出来的，母亲却说不是，谢端又以为一定是邻居来帮他烧的。可是一连几天都是这样，而且肴馔越来越丰盛了。他心里很感激，又很纳闷，想不出是那个好心肠的邻家送来的，饭后他四处找那烧饭人去道谢。谁知跑遍四邻，大家都说没有给他做过饭，他愈是疑惑，究竟这些饭菜谁做的呢？

　　第二天，他又照常出门下田，但心头这个疙瘩解不开，哪有心思到田里工作，不到一刻工夫，谢端荷上锄头，偷偷地摸到家门外厨房窗口窥望，一看大吃一惊，原来有一个美艳无比的女郎，从水缸中跨出来，在灶前淘米切菜，动手给他烧饭。他又惊又喜，连忙推门进去，一个箭步闯入厨房，问道：

　　"小姐究竟是谁家女儿？素不相识，不敢请你做饭。"

　　那女郎一时闪避不及，只好据实告诉他，说自己是那个大螺变的，因为同情他勤劳忠厚，清贫有孝，所以来帮助他。

　　从此，女郎便在谢端家里帮助，不久，邻居们给他做媒，结为夫妻，谢端和螺女一同劳动，过着恩爱和睦的好日子。

不久，这件美事传到螺洲地主耳中，地主垂涎螺女姿色，很想夺占这位美人儿。他想了想，便将谢端积欠的租粮，七加八翻的，弄出了个大数字，派人向谢端迫还，期限三天，逾期不还，就要将他妻子抵押。

谢端又气又恼，终日愁眉苦脸，长吁短叹，螺女瞧在眼里，闷在心里，几次追问他，总是吞吞吐吐不肯说明白。交租期限只一天了，谢端只好把原委一一告诉螺女，螺女听了笑说：

"欠租粮，我设法还他就是了。"

当晚，螺女施展法术，把地主家谷仓中的存谷，暗运到谢端家里。第三天，地主的爪牙来迫租，满以为可把螺女抢到手，却不料谢端拿谷子还了债。地主见迫租的计策失败了，很不甘心，便去勾结官府，诬告谢端盗窃。谢端夫妻被衙门差役逮捕了。乡里邻居们都愤怒地跟着他们走，一同来到公堂上。贪官早收了贿赂，一开堂不由分说，立刻判处谢端死刑，妻归地主。堂下乡人闻判大哗，就在这一刹那，忽然天昏地暗，日月无光，空中降下神火，把贪官和地主俩活活烧死。衙门吏役惊惶失色，连忙释放谢端夫妇回家。从此再也没有人敢来欺侮他们了。夫妻俩日出而作，日入而息，夫耕妇织，过着恩爱的好日子。后人为了纪念螺女，就将他们所居住的地方称为螺洲，立庙祀奉。环绕螺洲的那条江水称为螺女江，简名螺江。（见该书第54~57页）

此外，吴瀛涛的《台湾民俗》，也收有《蚬女》一文：

有个穷农夫，没有钱娶妻，过着独身的生活。他家有一只祖先时代就传下来的老蚬。一日，这只蚬里化出来一个美女，趁农夫去耕作不在的时候，就替他炊好了饭，洗好了衣服。农夫回家，当然不知其理由，心里感觉很奇怪。这样一连过了几天，农夫要知究竟，有一天，就假装着去耕作，却躲在屋后窥视。看到了蚬从水缸里爬出来，并变出一个美女。农夫就赶快将蚬壳藏匿怀中，且向那个美女要求做他的妻子，美女不得已答应了，以后生了几个孩子。一日，农夫不慎，竟对孩子说出了母亲是蚬变的，孩子就问母亲有没有这种事。以后母亲就去责问丈夫说："你怎么知道我是蚬怪呢？"丈夫一被她这样追问就答说："当然知道的。"说着就将平日很要紧地藏于怀的蚬壳拿出给她看。她一看到蚬壳，就趁丈夫不注意时，夺了回去，又复变回了从前的一只蚬，走入水缸去了。（见众文图书公司《台湾民俗》，第 452~453 页）

这篇民间童话的最原始的作品，是否在晋代才产生呢？按民间文学作品的成文惯例，故事总是在经过一段时间的流传之后，才引起学者的注意以及写定。由此可知，田螺娘的童话，在晋代以前早已流传，到了晋代才第一次写定，又经过一段时期，到了梁代再一次被写录。后来，经过一千多年的流传、发展，到了近代，终于产生了各种流变与异体。就以林兰编辑的《民间故事》而论（东方文化书局有影印本）。其中《金田鸡》中有《九天玄女》（第 45~51 页）；《怪兄弟》中有《河蚌精》（第 86~88 页）；《独脚的孩子》中有《田螺精》（第 39~42 页）；《鬼哥哥》中有《田螺娘》（第 90~92 页）；皆属"螺娘型"的民间童话。

又如"天鹅处女型"的童话，它在晋人干宝的《搜神记》卷十四有记载：

豫章（郡名，汉置，今江西省）新喻县（今江西省新余市）男子，见田中有六七女，皆衣毛衣，不知是鸟。匍匐往，得其一女所解毛衣，取藏之，即往就诸鸟。诸鸟各飞去，一鸟独不得去。男子取以为妇，生三女。其母后使女问父，知衣在积稻下，得之，衣而飞去，后复以迎三女，女亦得飞去。（见新兴版《笔记小说大观》四编册二，第 932 页）

后来，郭氏的《玄中记》里也记录了这个故事，只是语句稍有不同，原文是：

昔豫章男子，见田中有六七女人，不知是鸟，葡匐往，先得其毛衣，取藏之，即往就诸鸟。各走就毛衣，衣此飞去。一鸟独不得去，男子取以为妇。生三女。其母后使女问父，知衣在积稻下，得之，衣而飞去。后以衣迎三女，三女儿得衣亦飞去。（见文史哲版《唐前志怪小说辑释》，第 196 页）

到了 20 世纪初，在甘肃敦煌石室发现了唐代署名句道兴撰的《搜神记》里，曾有《田昆仑》的故事（详见世界版《敦煌变文》第八编，册下，第 882~885 页），全文约有两千字，在思想上装饰较少，语言较浅，也吸收了一些唐代的民间口语。这篇作品与前引两篇作品相比较，很明显地可以看出它的故事情节已有了较大的发展演变。前两篇作品较简朴，大约是很接近民间原型的作品。这种"天鹅处女型"的故事，世界各地都有类似的记录。在近代，《蒙古民间故事及寓言》（台湾中华书局版，周宝凤编撰）一书里，有《蜥蜴和仆人》（第 63~67 页）一文，其故事情节与"天鹅处女型"的故事相同。据此，可以推知，就算仅仅从晋代算起，这类"天鹅处女型"的童话流传至今至少有一千多年的历史了。

又段成式的《吴洞》一文（见汉京版《酉阳杂俎》，第 200~201 页）是记录南方人传诵的一篇童话。其女主角叶限，它的故事情节与流行世界各地的"灰姑娘型"童话大同小异，它是现存"灰姑娘"型故事最早见于记载的一则童话。

又如"老虎外婆"的故事，就和贝洛的《小红帽》十分相似，而它最早的记载，似乎是清代康熙年间黄之隽所作的《虎媪传》（见黄承增编寄鸥问舫藏版《广虞初新志》卷十九）。在现代，则有杭州中国民俗学会编审，1932 年 11 月发行的《民间月刊》二卷二号的《老虎外婆故事专辑》，共收各省此类童话二十一编。这种作品最初可能产生于很古老的年代，那时在穷乡僻壤中，人类和野兽有着极其密切的关系，不是恶兽吃人，就是人战胜恶兽。这种故事情节大同小异，至今仍在各地流行，只是充当外婆的恶兽不同，有"老狼婆""老狐精""熊家婆"等，在台湾则称为"虎姑婆"。

从上述的例子，我们明白有的民间童话是流传很早的。不少在近代流传的民间童话，由于缺乏早期的原始资料，已经无法考知其产生的真实年代。但从所反映的思想内容来看，既有浓厚的原始生活、原始思想的因素，又有某些封建时代人物活动的色彩。虽然由于流传或适应某种需要，有些民间童话的结尾，时常把故事中的人物附会到特定的时空，给补充上传说性的尾巴，可能会引起怀疑，但只要从整个作品的思想与艺术特点来看，仍可确定它是童话的。

我们口述流传下来的民间童话，内容丰富且量多。民国初期的民俗热潮，曾经有人做过收集与整理，但做得不够好。我们还没有一本系统的、比较完整的、可供研究的中国民间童话集出版。林兰编辑的《民间故事丛书》三十种（台湾东方文化书局有影印本）是民国初期的收集成果，其中《金田鸡》《瓜王》《怪兄弟》《菜花郎》《换心记》《鬼哥哥》《云中的母亲》《三个愿望》等书，可称为民间童话集。

第三节　古代童话的整理

中国是个童话古国，然而，使童话概念显著者，则不得不归于外来力量的冲击。早期最用心于童话的人，自当首推赵景深其人。赵景深（1902—1985），四川宜宾人，1922 年毕业于天津棉业专门学校，文学是他自学出来的。他在天津中学时，就开始翻译安徒生的童话，至 1922 年毕业，开始撰写有关童话的论述文章，出版单行本四种：

《童话评论》　　新文化书社　1924 年

《童话概要》　　北新书局　1927 年

《童话论集》　　开明书店　1927 年

《童话学 ABC》 世界书店 1929 年

这些童话论述的书，可说是代表早期研究的成果，可惜无缘全部目睹。他在 1925 年，曾由郑振铎推荐去上海大学讲授童话，讲义后来交北新书局出版，书名《童话概要》。这是中国最早在大学开设的童话课。在赵景深之前，又有孙毓修、周作人两人，对童话的发展有过贡献，尤其是对于古童话的肯定，更是值得大书特书。以下试为介绍一二：

一、孙毓修

有人将孙毓修称为"现代中国童话的祖师"，因为童话《无猫国》的诞生，标志着中国现代童话的开始。

清朝末年，缘于西潮的冲击，有识之士认为普及教育是强国之道。1897 年商务印书馆在上海成立，开始编辑发行中小学校的教科书，并注意青少年与儿童的新知识教育，先后发行有《教育杂志》《小说月报》《妇女杂志》《少年杂志》《儿童教育画》等许多刊物。其中有一个叫《童话》，这个《童话》不定期出版，像刊物，又像是丛书。

《童话》的创办，时间是 1909 年，即宣统元年 3 月。这是中国第一次出现"童话"这个用词。《童话》的创办者，就是孙毓修，他也是编撰者。孙毓修，又名星如、留庵，别署吴旧孙，生卒年月不详，大约生于 1862 年至 1865 年，即清同治初，生于江苏无锡。幼时在无锡南菁书院读书，有深厚的国学基础。后来又曾向教堂中的美国牧师学过英语，所以又有外语能力。商务印书馆设立编译部，他是高级馆员，起先做版本审核工作，后来调到国教部，负责主编《童话》。

《童话》的第一篇作品是《无猫国》，这篇作品可说是我们第一篇叫"童话"的作品，文长有五千多字。

《童话》集刊是按照儿童的年龄分为两类。第一集是为七八岁儿童编的，每篇字数限在五千左右。第二集是为十、十一岁的儿童编的，每篇字数在一万字左右。童话的第一、二集，计孙毓修的 77 种，沈德鸿（茅盾）的 17 种，其他 4 种，合计共 98 种。再加上郑振铎所编的第三集 4 种，总计是 102 种。这些书是当时孩子的恩物与伴侣。

孙毓修编撰《童话》的目的，是在启发知识，涵养德性。而《童话》的题材，有取自古书旧事，有取自欧美所流行的故事。其题材来源据赵景深在《孙毓修童话的来源》一文里说：

在这七十七种童话中有二十九种是中国历史故事。其中取材最多的是《史记》，凡十二种：《湛卢剑》（吴太伯世家）、《献西施笨哥哥》（越世家）、《秘密儿》（赵世家）、《芦中人》（伍子胥列传）、《夜光璧》（廉颇蔺相如传）、《火牛阵》（田单列传）、《铜柱劫》（刺客列传）、《丈人女婿》（张耳陈余列传）、《气英布》（黥布列传）、《马上谈》（郦生陆贾列传）、《救季布》（季布栾布列传）。取材于前后《汉书》的则有《河梁怨》（李陵苏武传）、《河伯娶妇》（王武传）、《鸡黍约》（范式张劭传）三种。取材于唐人小说的则有《兰亭会》《扶余王》两种。其余《女军人》取材于孔雀东南飞、木兰辞等，《风波亭》取材于《岳传》，《伯牙琴》取材于《今古奇观》，《风雪英雄》取材于《虞初新志》，《中山狼》取材于马中锡的《中山狼传》，凡五种。此外晋朝的故事《除三害》，宋朝的故事《红线领》《赛皋陶》《风尘三达》，明朝的故事《教子杯》《无瑕璧》《哥哥弟弟》等凡七种。

西方民间故事和名著，有四十八种，它们的来源，我疑心有一小半是取材于故事读本，而不是取材于专书。（见东方文化供应社影印本《民间故事丛话》，第 35~36 页）

孙毓修系统地介绍当时外国的一些童话名作，影响所及超过古书旧事的改写。这些富于想象的、大胆夸张的外国作品，给当时的儿童文学界很大的启发。

至于他取材于古书旧事的童话，其实是一些历史故事、传奇故事。在今天看来，还不能算是童话。但是，他撰写童话作品的时候，很注意文笔的朴质，他的故事完全是中国式的，即使那些外国故事,他也将它写成适合中国儿童阅读习惯的作品。他每写完一篇作品，一定让那些十来岁的儿童先阅读，然后根据儿童的反应作删改。

他为了使儿童能理解这些童话，在每篇童话之前，都按宋元评话话本的格式，写一段楔子、评语。后来，一些童话作者都模仿他的写法，可见影响之大。

虽然，孙毓修认为凡供应儿童阅读的故事都是童话的观念，是有失空泛，同时，他也忽略了民间童话。我们可以说，他当时对于"童话"这种文体的认识不可能是很完整的，这是历史的限制。然而，他对于整理研究童话的功用、特点、题材所作的努力是非常可贵的，尤其在题材方面，他让我们知道：我们中国童话有丰富的题材。他为日后童话的发展开辟了一条道路，并为后人所借鉴。

二、周作人

周作人是新文学的一代大师，更是近代中国文学散文艺术伟大的塑造者之一，他继承古典传统的精华，吸收外国文化的神髓，兼容并蓄、体验现实，以文言的雅约以及外语的新奇，和白话语体相结合，创造出生动有效的新词汇和新语法，重视文理的结构、文句的均匀和文采的彬蔚，为20世纪的新散文刻画出再生的风貌。他早年亦曾经参与儿童文学理论的研究，就童话而言，他在中国现代童话史上，是一个有过贡献的人。

周作人（1885—1967），原名遐寿，又名启明、知堂老人等。浙江绍兴人，是鲁迅的弟弟。青年时曾留学日本。1911年由日本回国，在故乡的省立第五中学做教师，并担任县教育会会长。在1922年10月创办了一份《绍兴教育会月刊》，同时开始写童话和儿童文学的理论，这些理论大多发表于他所办的刊物，该月刊成了中国早期的一本儿童文学理论刊物。五四时期，任教于北京大学等校。

　　他有关童话论述的文章，除收存于《儿童文学小论》（1932年3月上海儿童书局）的3篇之外，还有和赵景深的童话对谈，发表于《晨报》副刊，时间是1922年1月25日、2月12日、3月19日、3月28日、4月9日，分5次登完，这次讨论共发表书信9封，其中赵景深5封、周作人4封。这些讨论书信后来收存于赵景深所编的《童话评论》里。

　　收录于《儿童文学小论》里的3篇童话理论，即《童话研究》《童话略论》《古童话释义》。据作者在该书的序文里说，上述文章写于1913年至1914年。而郑树森于1985年6月7日《联合报》的《文学日志》文中云：

　　一九一二年周作人在六月六日及七日《民兴日报》发表《童话研究》。此文后来又重刊于一九一三年八月刊行的《教育部编纂处月刊》。该刊九月发表《童话略论》。这两篇论文可能是中国现代文学史上最早关于童话的专论，前篇且以比较角度阐述中外童话之渊源与异同。

　　周作人的童话论述，是目前可见到的最早的论述文章，也是当时最有研究、最有影响的一位童话理论工作者。

　　《童话略论》一篇，全文分绪言、童话之起源、童话之分类、童话之解释、童话之变迁、童话之应用、童话之评骘、人为童话、结论等九节，是一篇有系统的论述文章。本篇《绪言》说："童话研究当以民俗学为据，探讨其本原，更益以儿童学，以定其应用之范围，乃为得之。"（见《儿童文学小论》，第7页）可见其立足论点。又本文并见"儿童之文学"的用词。

　　《童话研究》一篇，则仍以前文立足论点为据，分析中外童话。

　　至于《古童话释义》一文，其旨在论证"中国虽古无童话之名，然实固有成文之童话"。在前面两篇文章亦曾有此论述：

　　中国童话未经搜集，今所有者，出于传译，有大拇指与玻璃鞋为佳，以其系纯正童话，无猫国盛行于英，但犹今古奇观中洞庭红故事，实世说之流也。（里仁书局影印本《童话略论》，第16页）

今将就中国童话，少加证释，以为实例。第久经散逸，又复无人采辑，几将荡然，故今兹所及，但以儿时所闻者为主，虽止一二丛残之佳，又限于越地，深恨阙漏，然不得已，尚期他日广搜遍集，更治理之耳。（《童话研究》，第23页）

中国童话自昔有之，越中人家皆以是娱小儿，乡郎之间尤多存者，第未尝有人采录，任之散逸，近世俗化流行，古风衰歇，长者希复言之，稚子亦遂鲜有知之者，循是以往，不及一世，渐没将尽，收拾之功，能无急急也。格林之功绩，弗勒贝尔（Frobel）之学说，出世既六十年，影响遍于全宇，而独遗于华土，抑何相见之晚与。（同上，第37页）

申言之，《古童话释义》一文，是在否定中国古无童话的说法。而他的写作动机，则是针对商务印书馆的《童话》第十四篇《玻璃鞋》而写，在该文前端有云：

中国自昔无童话之目，近始有坊本流行，商务童话第十四篇《玻璃鞋》发端云，"《无猫国》是诸君的第一本童话，在六年前刚才发现，从此诸君始识得讲故事的朋友，《无猫国》要算中国第一本童话，然世界上第一本童话要推这本《玻璃鞋》，在四千年前已出现于埃及国内"云云，实乃不然，中国虽古无童话之名，然实固有成文之童话，见晋唐小说，特多归诸志怪之中，莫为辨别耳。今略举数例，附以解说，俾知其本来意旨，与荒唐造作之言，固自有别。用童话者，当上采古籍之遗留，下集口碑所传道，次更远求异文，补其缺少，庶为富足，然而非所可望于并代矣。（见《儿童文学小论》，第39页）

周氏进而在文中举《吴洞》《旁也》（二者见《酉阳杂俎》续集卷一）、《女雀》（见郭氏《玄中记》）三则为例，详加说明与比较，并旁及《雀折足》（越中童话）、《马头娘》《槃瓠》《刘阮天台》《烂柯》等篇。此外，在《童话研究》一文里，亦提及《蛇郎》（越童话）、《老虎外婆》两篇口述童话，其目的皆在印证中国自古即有童话的存在。

总之，周氏这篇《古童话释义》，对当时唯外国童话是瞻，说中国古无童话的人，是很有说服力的反击。洪汛涛在《童话学讲稿》曾说：

> 周作人的这篇《古童话释义》，把一九〇九年开始的现代童话和古代的无童话之名的童话传统，从理论上衔接起来了。这对中国童话的发展是有贡献的。（见该书第二章第四节，第266页）

三、其他

国外对于我们中国的童话宝藏，向来都是非常注意的。据赵景深在《民间故事丛话》（中山大学民俗丛书、东方文化供应社有影印本）与《近代文学丛谈》（中华艺林文物出版公司）两本书里，可见外国人收录的中国童话有五种。

19世纪末期，有一个叫费尔德（Adele M. Fielde）的美国学者，在中国汕头住了17年，收集了40个汕头的民间童话，编成《中国夜谈》一书。这本童话集于1893年在伦敦、纽约等地先后出版。

另有一美国学者皮特曼（Normon H. Pitman），在1910年出版了一本《中国童话集》，内容故事11篇，彩色插图8幅，取材皆以典籍为多。又有亚当斯《中国童话集》、亚当（Marion L. Adams）《中国童话集》、布朗（Brian Brown）《中国夜谈》等三种。

以古董或民间故事作素材，改写而成的新童话，是孙毓修为童话发展所开辟出来的一条道路。早期的商务印书馆、中华书局都有改编的中国古典童话集出版（大部分收录在他们的《小学生文库》与《小朋友文库》里）。今就目前坊间可见的改写童话集转录如下：

《小黄雀》　苏桦著　小学生杂志社　1966 年

《中国童话故事集》　陈小仲编　进学书局　1971 年

《中国童话集》　编辑委员会编译　东方出版社　1977 年

《可爱的中国童话》　林耀川编著　名人出版社　1979 年

《中国童话》　苏崇中、陈里光编　万人出版社　1982 年

《洞庭红》　姜如琳改写　联广图书公司　1982 年

《中国童话》　苏桦改写　联广图书公司　1983 年

《五彩笔》　杨思谌著　九歌儿童书房　1983 后

《中国童话选集》　黄桂云译　大象书局　1985 年再版

《中国童话故事》　王映钧、李月莲编校　景文出版社 1988 年

《海中仙》　克里丝曼（Arthur Bowie Chrisman）　刘宜译 智茂文化公司　1992 年

其中，《五彩笔》各篇在 1956 年间刊登于《中华日报·中华儿童周刊》，后来并由报社出版单行本，书名就叫《五彩笔》。

而万人出版社国际中文版的《中国童话》，原是日本讲谈社《世界童话故事全集》的第 11 本，计收 7 篇。

综观各书，关于取材来源，大都未有清楚的交代。但从以上各书所收录的文章中，我们至少可以确信古代中国是有童话的。

收集或整理古代童话，在 20 世纪初，曾有许多学者致力于此，如日本人片冈岩的《台湾风俗志》（原书于 1921 年 2 月出版，有大立出版社陈金田译本），其中有《台湾的童话故事》14 篇（第 408~417 页），又 1929 年谢云声的《福建故事》（民俗丛书，有东方文化供应社影印本），第二集即为《童话》17 篇作品。又如 1928 年米星如改写的《仙蟹》（东方文化供应社影印本《民俗丛书》）12 篇，即为改自古童话素材。

第四节　后语

　　所谓中国的创作童话，必须富有现代性、幽默性与启发性，而这些特点必须是中国式的，而中国式的这些特点则必是源于中国人的生活与传统。

　　虽然在中国近代童话的发展过程中，我们不可否认外国作品对中国童话发展的影响。在童话发展中，我们借鉴过、学习过许多外国作品，并从其中汲取过他们的精华。然而今天的童话，除外来的影响之外，我们更要有自己的传统。亦即是必须立足在过去童话的基础上，进而发展起来。所谓过去童话的基础，是指中国的古童话，这种古童话包括典籍里的童话和民间童话两种。为了继往开来，收集与整理童话是必须的。

　　中国对古童话的发掘与研究工作，可以说仍有待努力，我们期望中国古童话全集的问世。

参 考 书 目

一

《儿童读物研究》　张雪门等　小学生杂志社　1965 年

《"童话研究"专辑》　吴鼎等　小学生杂志社　1966 年

《童话研究》　林守为著　自印本　1970 年

《童话与儿童研究》　松村武雄著　新文丰出版公司　1978 年

《晚清儿童文学钩沉》　胡从经著　少年儿童出版社　1982 年

《儿童文学小论》　周作人著　里仁书局影印本　1982 年

《童话学讲稿》　洪汛涛著　安徽少年儿童出版社　1986 年

《中国民间童话研究》　谭达先著　台湾商务印书馆　1988 年

《中国动物故事研究》　谭达先著　台湾商务印书馆　1988 年

二

《五十年来的中国俗文学》　朱介凡、娄子匡著　正中书局 1967 年

《民间文学概要》　乌丙安著　春风文艺出版社　1980 年

《宋元话本》　程毅中著　木铎出版社　1983 年

《魏晋南北朝小说》　刘叶秋著　木铎出版社　1983 年

《唐人传奇》　吴志达著　木铎出版社　1983 年

《明清小说讲话》　吴双翼著　木铎出版社　1983 年

《历代小说序跋选注》　文镜文化出版公司　1984 年

《台湾民谭探源》　施翠峰著　汉光文化公司　1985 年

《中国小说史》（上下）　孟瑶著　传记文学出版社　1986 年

《中国古代小说史十五讲》　宋浩庆等著　木铎出版社　1987 年

《中国小说史略》　鲁迅著　风云时代出版社　1990 年

第六章　儿童小说

儿童不可能永远停留在理想里，他必须走向真实的人生，而真实的人生却是矛盾的，他需要相当的时间去适应；在这段适应的时期，他是需要引导和说明的。就文学而言，儿童小说可说就是他的启蒙导师，因此也有人称之为"少年小说"。

第一节　儿童小说的意义

一、小说的定义

小说的定义很难有明确界说，自古以来，中外作家对此众说纷纭：

王鼎钧先生说："凡小说都含有故事。"

彭歌先生说："小说，用简单的话来说，乃是用自由体的散文写成，有人物、有结构、有情节的创作故事。"

谢瓦莱（M. Abel Chavelley）先生说："小说是用散文写成某种长度的虚构故事。"

子于先生说："小说是一种感受的传达——用故事传达出来。"（以上见学人版黄武忠《小说家谈写作技巧》，第10~11页）

以上所说都着重在故事方面，故事固然是小说的基本面，但小说并不止于故事，由此可见小说定义之不易确定。方祖燊先生在《什么是小说？》一文里，曾就过去各种不同的小说作品以及前人的说法，概括出小说共有的特性，而给小说下一个比较妥善的界说如下：

（1）小说是用散文来写的。

（2）小说是综合各种文学写作技巧的一种作品。

（3）小说仍然以铺写故事为主题。

（4）小说主要在描写人类的外在、内在的生活。

（5）小说要写得感人有趣。

（6）小说的作者应有完美的理想，这样才能产生不朽的作品。

二、中国小说简史

《狂人日记》是中国第一本现代小说。而在现代的中国学者中，较早提出够水准小说观的是梁启超。他在《论小说与群治关系》一文里说：

欲新一国之民，不可不先新一国之小说。故欲新道德，必新小说；欲新宗教，必新小说；欲新政治，必新小说；欲新风俗，必新小说；欲新学艺，必新小说；乃至欲新人心、欲新人格，必新小说。何以故？小说有不可思议之力支配人道故。（见台湾中华书局《饮冰室文集》第 2 册，第 6 页）

梁氏又分由"熏"（熏染）、"浸"（润）、"刺"（刺激）、"提"（同化）四方面，说明小说的影响力。所谓小说，以我们今天的眼光来看，至少应该有故事、人物、结构三要素，然后把握住主题，再以优美的文字所表现出的一种引人入胜的文体。如果以这种尺度来衡量，企图清理中国小说的源流，则将遇到极大的困难，因为合乎这种标准的小说，几乎至唐代才开始。

小说一词，最早见于《庄子·外物》：饰小说以干县令、其于大达亦远矣。（见世界版《新编诸子集成》第 3 册，第 399~400 页）

他以小说与大达对举，自是指那些浅薄琐细、无关治道的言论。所以桓谭的《新论》说：

小说家合残丛小语、近取譬喻，以作短书，治自家理事，有可观之辞。（据河洛版李善注《昭明文选》下册卷三十一）

因此便有许多人认为，过去的所谓小说，只是目录学上的名词，而与文学上的体式无关。目录学家为了方便书籍的分类，把那些浅薄琐细、荒诞不经的书都称为小说，它不过是内容琐细、篇幅短小的文章，和今天的小说完全没有关系。

《汉书·艺文志》把小说列为九流十家之一，而且说：

小说家者流，盖出于稗官，街谈巷语，道听途说者之所造也。孔子曰："虽小道，必有可观者焉，致远恐泥，是以君子弗为也。"然亦弗灭也，闾里小知者之所及，亦使缀而不忘，如或一言可采，此亦刍荛狂夫之议也。（见鼎文版《汉书》册二，第1745页）

如淳注云：

王者欲知闾巷风俗，故立稗官，使称说之。（同上）

由此可知，稗官是一种小官，其责任是记载"街谈巷语""道听途说"的一些里巷风俗，以方便于王者之统治。有关国家的大事要言、典章制度的记载，则由史官为之。那些流传于里巷的奇闻琐事，为史官所不屑记载，则由稗官收集之，其内容既不本于经传，又无助于儒术，以至于地位不显。由于他们所记载的都是些"残丛小说"，所以班固的结论是：

诸子十家，可观者九家而已。（同上，第1746页）

独小说家不入流，由于这种传统观念的延续，才使中国小说在文学史上，成为一朵迟开的花。

以下略述中国传统小说如下：

（一）先秦的神话

严格地说起来，先秦并没有所谓的小说，只有神话、传说、野史、寓言等琐碎的记录。

神话是初民对于大自然所作的天真朴素的解释，我们不必追求它的真实性。它和传说之间不易作一个严格的划分。

《山海经》与《穆天子传》可说是神话、传说的宝库。《山海经》偏重地理，属于"远方珍异"的系统；《穆天子传》偏重历史，属于"搜奇志怪"的系统。以后传统小说的发展，很难跳出这两个系统，前者是杂俎类，后者是志怪类。历史与传说亦有密切的关系，有时稍加夸饰，便又成为小说的根据。其实最早的历史与神话、传说皆有着无法分割的密切关系，所以《左传》《战国策》，甚至《史记》的许多记载都无法摆脱神话与传说的色彩，只是他们后来渐朝向求真的方面去努力，那些被遗落下来不太真实的部分，便是所谓的野史，它充满了故事的趣味。

由于先秦是个百家争鸣的时期，诸子在阐述他们的哲学思想时，常借着美丽动人的故事，来为深奥的理论作深入浅出的解释，这便是所谓的寓言，寓言常包括亲切而动人的内容。

先秦时期有关小说方面的材料，无疑是贫乏的，且亦少汇集成专书，但仍不失为小说的滥觞。

（二）汉魏六朝小说

两汉小说是继承先秦搜奇志怪的传统风格，但是在精神上却有一个基本的不同点——先秦的小说虽不外神话与传说，其内容多半是说明我们的祖先怎样与大自然搏斗。从秦始皇开始求长生不老之药起，汉武帝又和他有相同的心理，所以造成两汉方术之士符箓炼丹之说的盛行，而使秦汉以后直至六朝的小说内容，充满了神仙鬼怪的迷信思想，却不如先秦时期的神话、传说那样有感染力。

汉代小说的篇目虽多，但流传下来的却很少。现存的汉代小说，如托名东方朔的《神异经》《十洲记》，托名班固的《汉武帝故事》《汉武帝内传》等书，大都是魏晋人所作。由此看来，论中国小说，最可靠的时代，应该以魏晋为开始。

魏晋六朝的小说除志怪外，同时流行志人小说。东汉末叶，由于宦官干政，产生了李膺、杜密等所谓清流人物。此辈人物以礼教自持，其批评人物，时称为清议，一言之褒，有荣于华衮。于是处于清议时代之士大夫，既不能任意讲话，亦不能缄默无言，于是专道幽默风雅之言，以免为清议所指摘。降及魏晋，与清谈之风相合，再加上乱世，于是流行更广。著名的志人著作有《语林》《世说新语》。

至于志怪是指记载怪异事物而言，怪异指的是奇怪的事，超现实的神灵作用，凡此等记载，均属志怪范围。汉魏六朝小说以志怪为主流，其内容形形色色，有的是自古流传的民间传说，有的是有关当时的人物、事件和故事，有的更含有浓厚的道家思想，也有依据佛教经典或教理敷衍附会而成的短篇。较为有名的著作有干宝的《搜神记》、刘义庆的《幽明录》、张华的《博物志》、葛洪的《神仙传》等书。

志怪小说在中国小说史上，占有很重要的地位。志怪可以说是说话的丰富宝库，它为唐代传奇，以至后代的小说、戏曲提供许多素材。又志怪的记载大多是单纯朴素，不是个人凭创作力、发挥自己艺术性而展现的创作，它不过是在众多故事中，叙述颇饶趣味，足以吸收读者的部分制作而已，不过亦已接近创作小说。

严格说来，魏晋六朝仅为小说的酝酿时期，并无真正的小说产生。真正的小说当具有完整的故事、严密的布局、正确的主题、人物的刻画及文学的趣味等条件，缺一不可，而魏晋六朝的小说却少有具备者，故中国小说的成熟，不得不归之于唐代。

（三）唐代的传奇

中国小说，到了唐代，才算脱离了笔录杂记的形式，正式以小说的姿态出现。对于这个时期的小说，通称为传奇。传奇这个名称的由来，大概是由于唐人裴铏作《传奇》三卷的缘故，后人就借这本书的书名，作为唐代小说的专称。我们说它是唐代小说的专称，似乎有些不妥，因为后来宋人的诸宫调、元人的杂剧、明人的戏曲，都用传奇这个名字，但是，仔细推究起来，宋诸宫调、元杂剧、明戏曲，它们的内容，绝大多数取材于唐人小说，可想而知，它们之称作传奇，必然也是由唐人小说那儿袭取过来的。

唐以前的小说又称为笔记小说，那是因为他们的特性之一即是记录性。到了唐代传奇，单纯的记录已消失，所有传奇的作品，都能为读者提供相当程度的趣味性。在题材上，传奇和志怪一样，都是奇怪的事物，超现实的乌托邦；但它与志怪不同，志怪只有题材的怪奇和趣味；传奇的趣味性，是通过故事的构造和发展而发挥出来的。志怪是由记录者、编集者记录下来又流传开来的，而传奇却有了作者，并且是以个人有意创作的姿态出现的。

传奇发生于唐初，正当六朝绮靡藻丽的文体发生了改革，散文的提倡渐次普遍，所以传奇的形式，表面上已使用散文来写，但骈俪整齐的语句，依旧夹杂采用。初期作品的风格倾向于华艳，与六朝文体很接近，但在描写技巧上来说，传奇小说无论是记事、状物、抒情等方面，大都特别注重夸张、渲染和具体的形容。明胡应麟《少室山房笔丛》卷三十六：

变异之谈，盛于六朝，然多是传录舛讹，未必尽幻设语。至唐人乃作意好奇，假小说以寄笔端。（见世界书局版，下册，第486页）

所谓"尽幻设语，作意好奇"，便是传奇小说的特色所在。

唐代传奇的代表作品，有王度的《古镜记》、无名氏的《补江总白猿传》、张鷟的《游仙窟》、沈既济的《枕中记》、李公佐的《南柯太守传》、陈玄祐的《离魂记》、李朝威的《柳毅传》、许尧佐的《柳氏传》、杜光庭的《虬髯客传》、蒋防的《霍小玉传》、元稹的《莺莺传》、白行简的《李娃传》、陈鸿的《长恨歌传》等。王之正编有《唐人小说》一书（远东图书公司印行），参阅颇为简便，又王梦鸥先生有《唐人小说研究》四集（皆由艺文印书馆印行），叙述可说更为详尽。

（四）宋人的平话

宋代白话小说的产生，在中国的小说史上是一件极可纪念之事。因为它结束了文言小说的生命，替未来小说的成长与发展开辟了一条新路线。数百年以来，许多用白话文体写成的小说，同正统的文言文学同存并进，一直流传到现在，成为民间的精神食粮。

白话小说的产生，是受变文的影响。变文是直接受印度文学的影响，在东晋末年已十分盛行。变文是以讲唱的方式表演，源于寺院，旨在宣扬佛经经义。于是变佛经为俗讲，而中唐以后，寺院里的"俗讲"已非常盛行。因为太耸动"愚夫愚妇"，再加上内容"淫秽鄙亵"，于是在宋真宗时代（1022 年）正式被禁止。而后它趁机流入"三瓦两舍"，反而因此壮大。

流入市井的俗讲，配合环境的需要，加入了属于现实人生的悲欢离合的故事，于是它们成为许多民间娱乐中最受欢迎的之一，那就是"说话"。说话人所用的话本，就是白话小说的雏形，也是白话小说的始祖。

两宋说话人极多，因为擅长的故事与表现方法之不同，可分为小说、说经、讲史、合生等四家。其中小说、讲史为宋代说话的大宗。小说之体，在说一故事而立知结局；讲史之体，则叙述史事而杂以虚辞。前者多半为短篇小说，后者则全为长篇小说。

现代宋人话本，短篇以《京本通俗小说》残卷为最重要。又明洪楩刻《清平山堂话本》和冯梦龙刻《喻世明言》《警世通言》《醒世恒言》，其中亦收有宋人话本。而长篇，仅存《大唐三藏取经诗话》《新编五代史平话》《大宋宣和遗事》三种。今人李华卿编有《宋人小说》（远东图书公司印行），颇为简要。

宋代白话小说的文学价值，虽然不如唐代传奇和明清章回，但是，短篇的话本，为后代使用白话文奠定了良好的基础；长篇话本，在形式和结构方面，为章回小说塑造了雏形。

（五）明清的章回小说

中国的白话小说，经过了宋元两代的长期孕育，到了明清，在形式上、艺术上都达到极高的成就，而表现出蓬勃的生命力。长篇小说有《三国演义》《水浒传》《西游记》《金瓶梅》《红楼梦》；短篇小说有冯梦龙的《三言》、凌濛初的《二拍》以及其选本《今古奇观》，他们的成就都足以傲视前人。

宋元话本只是说话人的参考用书，除了少数几篇佳作之外，多半还是很粗陋的。但由于经过话本的种种尝试和摸索，使得章回小说能够一开始就表现出它用语流畅、结构稳妥的优点。也因此初期的章回小说，几乎全部取材于话本，只由这一点，便已经明白显示出平话与章回间的密切关系了。

三、儿童小说的定义

小说是以人物活动为中心的散文形式的故事。小说中所构想的人物活动，往往代表一个时代的风尚、一种理想的实现或揭发人生的特点及弱点，阐扬人生的意义及价值。儿童时期，人的感情丰富，理性的发展尚未达到成熟的阶段，小说有引导儿童迈向成长之路的力量。

而属于儿童的小说，应该和成人的小说有所分别，它应该是儿童的，它的一切成分都应是儿童的。但怎样才算是合乎"儿童的"这个要求？少有台湾学者为儿童小说下个定义。其间许义宗先生在《儿童文学论》一书中，曾说明儿童小说的意义如下：

小说占据文学绝大部分的领域，可说是文学上重要的支柱。儿童小说是架构这个支柱的一部分，具有独特的风格。大多数的儿童小说，是取材于儿童世界中生活的情趣、纯真的感情、美丽的憧憬……不管是现实的、想象的生活，都能给儿童亲切的感觉，而紧紧地吸引着儿童。

儿童小说以刻画儿童生活领域中的人物为主，并用情节、对话来推展，使儿童的感情随着人物的表现而起变化。因而儿童小说的角色应以儿童喜爱的人物为宜。

综上所述，我们可以初步了解到，儿童小说是把儿童生活领域中，典型人物经历的事，用细腻的手法刻画出来，使人身临其境的作品。儿童小说和童话同为儿童文学的两大部门，不过童话可以自由地超越时间和空间，但小说却必须限制在现实的必然性当中。换句话说：小说是以现实为法则，因果关系为准据。如果触及不可能在现实发生的事物，也要根据现实的原理来描述……（见该书第 68 页）

又林钟隆先生在《谈儿童小说的创作》一文里，认为所谓合乎"儿童的"这个要求，大概地说有下列几项：

（1）主要角色是儿童担任的。

（2）故事是合乎儿童心理的。

① 幻想、梦想、想象

② 同情

③ 好奇

④ 冒险

⑤ 好强、好胜、爱逞英雄

⑥ 侠义

（3）思想、意识、技巧是合乎儿童程度的。

（4）能有助于儿童各方面成长的。（详见小学生版《儿童读物研究》，第 143~150 页）

申言之，所谓的合乎"儿童的"要求，亦即是从儿童的观点立论。儿童在心理、生理、社会等方面皆有异于成人。"儿童有心，余忖度之"，凡事假儿童之观点视之，描写令儿童产生兴趣的情景，探讨对儿童具相当意义的问题，再试而出之以仿儿童口吻，则是所谓合乎"儿童的"要求。至于主角是否为儿童，或事件是否为儿童参与，与造词用字的深浅，并不构成儿童文学与成人文学之分际。持此可知，儿童小说除立论观点与成人小说不同外，其余部分皆与成人小说无异。

又由于时代的需要，儿童文学除想象性的之外，另有写实性的出现，而这种写实性的读物，即是以儿童故事与儿童小说为主。20世纪是一个很重视知识的实用以及教育普及的时代，儿童读物的内容逐渐由单纯的童话世界，进入真诚面对现实的写实境界。许多成人世界中的问题，也在读物中被提及，企图告诉孩子，待到他们也一朝身陷其中时，应该如何去面对问题、解决问题。写实的小说以描写平凡的人生为主，帮助读者更了解他人和自己，以及人与人之间的关系。因此有许多人认为它比其他类型的读物更重要，他们认为儿童必须从那"理想"里出来，接触真实的人生。因此儿童小说就是带领青少年走向成人世界的启蒙导师。在儿童小说的世界里，孩子们可以接触有智慧的人，可以跟心中仍然燃烧着理想的人接近，也可以听到勤奋不息的人说话，更可以接受经验丰富的人的指引，于是孩子们可以安然地走入成人世界。

四、儿童小说的分类

小说的分类，可依时代、内容、文体、表现的手法与篇幅等不同观点加以分类。而儿童小说则以篇幅和内容作分类，较为可行。

1. 依篇幅分：可分为短篇小说、中篇小说、长篇小说。以下以赵滋蕃先生在《小说创作的美学基础》里的意思转述如下：（详见《文学与美学》，第89~91页）

（1）短篇小说：是指半小时到一小时可以看完的作品，字数约在两千到一万字。有人直截了当地称短篇小说为"故事"。其结构形式是：描写生活中的一个片段，描写人生中的单独事件，或表现人生中的一个插曲。申言之，短篇小说以单一性为原则，他的人物数量不会太多，作品的内容量也不会太大。人物描写的方式以直接刻画为主，着墨不多，形成性格。

发展的事件比较单纯，供读者追问"以后呢"的故事不会太曲折，而引导故事的发展的事件也不会复杂。故事发展之前的人物状况，以及故事结束之后的人物处境，都可以轻轻带过或绝口不谈。这些人物描写的方式，乃成为短篇小说的结构特征。短篇小说由于限于篇幅及人物，应该节省笔墨，它是要以最有经验的手法表现最精彩的故事。总之，短篇小说大抵力求故事的单纯、文字的精练，使全篇作品成为一个前后呼应、情调一致的有机体。

（2）中篇小说：字数约在一万字到五万字之间。其实中篇小说和短篇小说或长篇小说的真正区分，并不完全在字数的多寡，而是在于"结构特征"的不同。

中篇小说围绕着某一主要人物，或跟主要人物发生密切关系的少数基本人物，组构成一段较长的生活时期，铺排出一连串插曲。因此，中篇小说有较大的容量和更大一圈人物。中篇小说的布局、顶点和终点，都包括更为发展的事件，跟故事主角起相互作用的一些角色，也得到更多的描写。小说家可以用"叙述者"的身份夹叙夹议，有更多的机会代而言之。这些人物描写的方式，遂凸显了中篇小说的结构特征。

（3）长篇小说：字数约在五万字以上，长篇小说的结构是很复杂的。每一章都很像一个短篇，但情节并不能完全独立，长篇小说交织了不同人物的个性和描写，叙述着事件发生以前他们的情况，事件进行中和结束后他们的处境。在"语言特征"上，长篇小说包括了不同样式的语言结构，如人物的独白、对话、叙述者的旁白，用作说明、解释、判断的插入语，以及人物素描、自然风景与人物活动环境的描写等。

长篇小说必须多方面表现人物，多方面反映现实生活，两者共同构成一整幅异常复杂的人生图画。从许多人物的错综复杂的关系中展开冲突，发展情节。因此，长篇小说描绘的生活现象是复杂的，人物的描写方式也是多方面的。总之，长篇小说不能只写出几个特征，几个具代表意义、具象征性的片段和插曲，它要求对生活细节、故事发生时代的横切面和纵剖面的描述。长篇小说的主人公必须能够按照当时人类的思考方式、生活方式和意识方式去行动、去生活，因而广大的世界和某一历史阶段，都为这个或这组主人公照耀出来。长篇小说，它所表现的主题多是深远的，人数众多、情节复杂，像浩瀚的大江，它是由许多的小溪与河流汇合而成的，其水源既多且远，气象万千。

2. 依内容分：台湾儿童文学专家大都取内容分类。林守为先生在《儿童文学》里将儿童小说分为六类：

历史小说

传记小说

冒险小说

神怪小说

义侠小说

推理小说（详见该书第 100 页）

又吴鼎先生在《儿童文学研究》里亦分为六类：

历史小说

探险小说

传记小说

神怪小说

传奇小说

武侠小说（详见该书第 286~289 页）

又许义宗先生在《儿童文学论》里也分为六类：

现实小说

冒险小说

侦探小说

动物小说

历史小说

科学幻想小说（详见该书第 69~70 页）

又葛琳女士在《儿童文学——创作与欣赏》里则分为四类：

写实小说

冒险小说

童话小说

传记小说（详见该书第 285~292 页）

此外，傅林统先生在《儿童小说》一文里则分为四类：

少年小说：又分为现实小说、冒险小说、侦探小说等三种。

动物小说

历史小说

科学幻想小说（详见作文版《儿童文学的认识与鉴赏》，第 106~110 页）

综上所列，可知许、傅两位先生的分类较为平实可取，以下依此分述如下：

1. 现实小说：从现实生活中，描写儿童们的欢笑、悲伤、烦恼、憧憬，而追求正确的生活方式，也就是给读者提示了人生的一面缩略图。这种小说不能和儿童生活太隔膜，距离太远。如亚米契斯《爱的教育》，内容是一个小学生在校一学年共十个月的日记，日记所涉范围有校中生活也有校外的种种故事。除日记部分外，还有"每月例话"，是教师讲给学生听的关于高尚的少年故事，由学生笔记下来。书中充满着爱国、爱民族的情感，对于教育、军事都极端推崇。

2. 冒险小说：以儿童的冒险为核心，辅以幽默的气氛，是充满惊奇与刺激的小说。这种冒险小说情节比较单纯，大都是以主角的冒险为核心，而把种种预料之外的危险事件，用连锁的形式组织起来。如史蒂文森的《金银岛》，就是以个性鲜明的人物，环绕着宝藏图而接连产生异常的事件，强烈地吸引读者的兴趣。又如马克·吐温的《汤姆·索亚历险记》，主要是描写一个勇敢、侠义、顽皮的小孩的生活。

3. 推理小说：描写少年的才智，运用思考推理判断，去探究、揭开异常事件的小说。如林葛琳的《少年侦探》（纯文学出版社，岭月译，全书一套三本），描写三个聪明活泼又机智勇敢的少年，喜欢玩冒险侦探的游戏，没想到他们竟真的帮警察破了案。

优美的冒险、推理小说，不仅以珍奇的、异常的、犯罪的事件吸引读者，而且也把主角放在危急的"限界状况"，描写他如何思考、如何行动并且如何应对紧要关头。这两种小说和前面所说的现实小说，不同的是采取自由的和想象的描写法，并且也富于娱乐性，容易吸引儿童的好奇心。冒险小说由于事件的发生都顺着时间展开，所以较容易流于平板。但推理小说却有因有果，而且也可以采取逆流的手法，这种小说的特质在于对案件的理论与实证的追究。

4. 动物小说：这是以动物为主角的小说。一般而言有两种形式，其一是把动物人格化，使它们具备跟人一样的心情和感情，如肯尼斯·格雷厄姆（Kenneth Grahame）的《柳林风声》。其二是根据动物的实态，把自然的姿态用小说的形式描述出来，如德国邓纳葆（Dennebovy）的《小扬和野马》。

5. 历史小说：这是以历史事件或历史人物为题材，站在正确的历史观上所写的小说。因其题材是过去的，故受史实和人物的限制。

6. 科幻小说：这是虚构文学的尖端，是现代科学思想、正确知识和人类想象的美妙结合的小说。如罗勃·海因莱因（Robert Heinline）的《探星时代》即属探险科幻小说，颇适合青少年阅读。

第二节　儿童小说的特质

小说的特质在于真实感，也就是说让人读起来感觉它是真实的。而其真实感，又以人物为主，以下试分述之：

一、小说构成的元素

对于小说构成的元素说法不一。有人认为是人物与故事，也有人以为应该加上主题，还有人认为应该再加上时间、地点乃至景物。本文试依罗盘先生在《小说创作论》的说法（详见第 24~30 页），分为主要元素及相关元素两种：主要元素为主题、人物、故事；相关元素为时间、地点、景物。兹分述之：

（一）主要元素

1. 主题　小说不论是有所为或无所为的作品，都有其哲理、问题或目的存在。我们称这些所谓的哲理、问题或目的为小说的主题。主题是经过艺术化融入作品之中，一般人读来不容易发现，但它却是作品的生命和灵魂，也是作者所要表达的思想意识情感。小说不仅止于故事，小说还具有反映人生、表现人生、美化人生、启迪人生、指导人生等任务，小说离不开人生。离不开人生的小说，不能没有主题。

主题是作者的思想、意识和人生观，姚一苇先生则称之为意念。他说："所谓的意念系指艺术家通过艺术品传达出来的思想或主旨。"（见《艺术的奥秘》，第 69 页）主题只不过是抽象的一种观念，把这种观念予以具象化体现在小说的故事情节、人物、语言上，而后方能成为小说的主题。

姚一苇先生在《论意念》一文里认为："艺术即表现，艺术即表现自身；当艺术即表现自身时，除了显露艺术家的'人格'外，应别无目的；艺术品是艺术家的第二生命或生命自身，艺术家只有在自我的不可遏止的冲动下的创作才与他自身的生命相结合；艺术家只是在表现，表现他的第二生命或生命自身才表露出它的严肃性，才是真诚与虔诚的态度。因此艺术品所蕴含的意念必须置于这一基础上来了解才不是枝节的、片段的把握，才具现它的完整的意义。"（见《艺术的奥秘》，第 80~81 页）姚先生并进而说明如下：

首先，我肯定的是艺术所蕴含的意念与艺术家人格的关联。

其次我要肯定的：艺术品的意念必得通过艺术品的表现方法而具现，艺术品的表现方法才使艺术品成为艺术品。事实上，不能把握艺术品的特质，便无法把握它的意念。（详见《艺术的奥秘》，第81~82页）

由上述可知主题与作品的关系。如以建筑喻小说的经营过程，则主题是这建筑的基础，又如以生理喻小说的成长过程，则主题就是肉体内的精神。而主题又与作者人格息息相关。并且我们也了解主题若缺少结构性，则不能达到美感经验，若要达到美感经验，则必须经过一种艺术的处理。如此主题方有结构可言，也就是所谓主题的结构，主题的结构就是指意义层次的安排。事实上小说主题的说服力，即是奠基于情节的性质与作者处理情节的能力。

总之，主题的结构决定小说的成败。小说的故事情节、人物、背景等，只不过为主题需要而设计的。

2. 故事　小说都有一个故事。故事纵使不是小说的全部，也是小说的要素；故事纵使不是最重要的，它也是不可缺少的；故事纵使不是写小说的目的，也是作家必用的手段。福斯特在《小说面面观》里说：

我们都会同意，小说的基本面即故事。（见志文版第21页）

小说因为有了故事，才能提高作品的可读性；因为有了故事，作品才易于流传，才能家喻户晓；因为有了故事，才能将人物刻画得栩栩如生，跃然纸上；因为有好故事，才能使读者入迷，感人至深。小说不同于一般文学作品，就是因为它不是以直陈的手法来表现作者的思想、作品的主题，它是以"侧笔"借故事和人物来表现。

故事是原始即有的，可回溯到文学之起源。它是直接诉诸我们心中的原始本能。

故事是指有开头、有高潮、有结尾，能使大多数人感到兴趣的事件。在设计上，它迁就缺乏文学修养的读者，诉诸人类的好奇心。故事是"一些按时间顺序排列的事件的叙述——早餐后中餐，星期一后星期二，死亡后腐烂等等。就故事在小说中的地位而言，它只是一个优点：使读者想知道下一步将发生什么。反过来说，它也只能有一个缺点：无法使读者想知道下一步将发生什么。这就是能够加诸故事性小说中仅有的两个批评标准。故事虽是最低下和最简陋的文字机体，却是小说这种非常复杂体中的最高要素"。（见《小说面面观》，第23页）

我们知道，小说并不仅是故事，虽然最早的小说就是一些故事，直言之，即是先有故事，后有小说。故事并不是因为小说产生的，而是小说将故事予以生命，予以技巧，加以利用，使之成为一种表达思想感情的工具。可知小说中的故事和一般讲故事者所讲的故事，其目的、作用并不相同；后者或许仅是为了娱乐，而小说却是借一个故事来表达主题、人物和感情。所以一个能够充分表现主题、人物和情感的故事，才能入选为小说中的好故事。一般来说，一个被小说家所选择的好故事，林适存在《小说的故事选择和处理》一文里，认为必须包括下列三个条件：

①在艺术的一面而言，这个故事宜于写成一篇小说。

②在娱乐的一面来说，因为故事的动人，写成小说后才容易被读者所接受。

③在教育的要求上说，一篇好的文艺作品，只是引人入胜还不够，它必须对读者负担起教育责任。（见这一代版《小说论》，第73~74页）

小说里的故事是经过编织的，同时铺就为情节。故事是按时间顺序安排的事件的叙述，而情节也是事件的叙述，但重点在因果关系上，在情节中时间顺序仍然保有，但已为因果关系所掩盖。如果我们问道："然后呢？"这是故事；如果我们问："为什么？"这是情节；这是小说中故事与情节的基本差异。

欣赏故事，只要好奇心，而欣赏情节还得用智能和记忆才行，因此我们可以说小说里的故事是编出来的。编有好几种意义：根本没有发生这么一回事，写小说的人让我们觉得真有那么一回事，这是一种编；事实上有这么一件事，作者不照事实原来的写出来，替它动了手术，这里加一点，那里减一点，这又是一种编。

3. 人物　我们知道，小说是主题、故事、人物三者的一种组合。而主题是抽象的，它只是一种思想，一种精神；没有人物和故事的助力，便无以表现。而故事呢？则犹如一种工具，它虽具有莫大的功能，但它自身是没有生命、没有动力的，必须借助人物的动力来推动，借由人物的操纵和驾驭而进展。也就是说，小说是借故事创造人物。一般的故事未必有创造人物的企图，而小说家，或者说我们所推崇的小说家，他的工作是像上帝一样造人，他的作品，简直就是一个人或数个人的传记。但真正的传记是依据史料，小说的人物却出于创造，小说中的故事乃是以创造人物为目的故事。因此埃尔伍德（Maren Elwood）在《人物刻画基本论》里说：

一般人都认为要写小说或剧本先得有情节。情节最重要，但尚有比情节更重要的，那便是人物。人物赋予情节以生命和意义。（见传记文学社版丁树南译本，第1页）

又赵滋蕃先生在《谈人物刻画》一文里说：

小说的构成要素，因小说家的艺术观点不尽相同，颇有出入；但人物与情节，却是大家一致公认的。而小说里边人物的刻画，依个人创作经验，不独是小说创作的入门功夫，而且是小说家有没有创作潜力的试金石。我们似可做这样认定：小说家表现的成功或失败，笔力的老到或稚嫩在他的人物刻画上几乎能看清眉目。（见《文学与美学》，第117页）

由此，我们可以说：是人物赋予情节以生命和意义。情节从属人物，人物比情节更重要，小说中的事件只有能影响到人物的生活时，才是必要的。除非小说家笔下的人物，通过自然而生动的笔触，有令人置信的刻画，能予以读者以真实感，或予读者以真实的幻觉时，才能使读者同休戚、共哀乐，才能引起读者的浓厚兴趣。总之，小说的情节就建立在人物的处境上，表现他对于冲突的反应，以及冲突解决之后，对于该人物性格的影响。

在小说中，character 一词兼二义：一即"人物"，二为"性格"，二者的密切关系由此可知。实际上，作家刻画人物就是创造人物的性格。而人物刻画乃作家通过生理的、心理的、社会的因素，通过人物的思绪与活动、情节与对话，建立起该人物与众不同的性格之技法。故人物刻画又叫作"性格描写"。

刻画人物的方式，赵滋蕃先生归纳为两种：一种为动态的间接刻画；一种为静态的直接刻画。（详见《文学与美学》，第 134~143 页）

动态的间接刻画，是把人物放置在故事的场景里边，让他们在可见的范围内，用动作、谈吐、情绪反应、表情以及面临重要抉择时的态度等等，自行"表演"给读者看的一种刻画方式。作家在小说里所提的只是若干动作的事实，而读者看到这些事实后，却可自行推断该人物的个性。

至于静态的直接刻画，是作家跳进故事里头去指手画脚，直接告诉读者那是什么样的人物。换言之，直接刻画是站在作家的立场，把有关人物的姓名、性别、身份、高矮、肥瘦、年龄、相貌、职业、服饰、嗜好、习惯姿势、习惯表情等，讲给读者听的一种刻画方式，一般不涉及人物的动作。它是使用说明、叙述与分析等方法，来描写人物。

直接刻画与间接刻画互有长短。但一般而论，间接刻画让读者觉得有自行推断的自由，有自身参与的机会，他不一定按照作者所提示的去想象，且更能引起读者的兴趣。间接刻画让人物在故事中自行表演，只要合乎人物的行为动机，新奇怪异也无妨。这样，人物的刻画就不易于流于板滞、沉闷，就显得自然而生动。而直接刻画，三言两语把人物勾勒出来，快速塑造形象，明确交代个性，写来简朴，自有其经济处，短篇小说与小小说常用之。这两种小说形式，篇幅有限，用字精简且富暗示性，人物刻画偏向直接刻画。人物的直接刻画有三忌：一忌平铺直叙，沉闷有如流水账，理当抓住特点，撇开枝节。二忌脸谱化与类型化；三忌在直接刻画中没有灌注生气和活力。

综括以上所述，刻画人物必须记住以下三个原则：

第一，所谓特点的描写，是先在我们心中和人物们见面并了解他们。只有如此，我们才能极有信心地和灵活有力地去处理他们，使他们成为真实的人。

第二，我们必须深入了解，人物之所以成为真实的，主要是由于读者能够共享他们的情感，由此便必须使他们缠结在故事里——在那些刺激人物的环境里。

第三，我们必须提醒自己，那些特殊的细节如能被栩栩如生地、有效地表现出来，要比一般大而无当的概述有价值得多。如果再加之这些又都是用陈腐的、浮泛的辞藻来表现，且它们不只适用于一个人，也适用于成百的人，那就更没有意义了。（见阿波罗版《小说创作法》，第 122 页）

总之，充分认识你笔下的人物，挑选你最感兴趣的人物写入小说，应该是人物刻画的基点；而人物由充分认识到心灵酝酿成熟，在内心创造人物，乃人物刻画的初步；又人物的行为动机、情绪酝酿与对比设计，是人物刻画的要件。

小说中的人物，依福斯特的说法，分为扁平人物和圆形人物两种。（详见《小说面面观》，第 59~72 页）扁平人物在 17 世纪称为"性格"人物，现在有时被称为类型或漫画人物。在纯粹的形式中，他们循着一个单纯的理念或性质被创造出来。扁平人物易于辨认，易于读者所记忆，但他却无法与圆形人物相提并论。一个圆形人物必能在令人信服的方式下给人以新奇之感。圆形人物绝不刻板枯燥，他在字里行间流露出活泼的生命。小说家可以单独利用他，但大部分将他与扁平人物合用以成相辅相成之效，并且使人物与作品的其他方面水乳交融，成为一个和谐的整体。

总结以上所述可知，主题、故事、人物是构成小说的基本因素，三者互为因果，有其不可分割的关系。申言之，人物是扮演故事，故事是表现主题，主题则是作者所欲表达的意识思想。因此可说小说是以人物为中心，故事为媒介，主题为依归，三者互相关联，缺一不可。但是小说的主题是借故事来表达，而故事的组成又赖于结构；而所谓的主题、人物、故事，又皆有赖以文字的表达；文字虽有呈露物象功能，但受限于时间的因素而不易同时呈露，因此呈露的过程必分先后。除艺术功能外文字的另外两大阶层为主题的结构及语言的结构。主题结构是指意义阶层的安排，以及意义采取了不同的方式所展开的态势而言；而语言结构是指意象与节奏的安排，而好作品的起码条件应是两者合一。这种结合主题、人物、故事于一体的结构，并不只是语言与技巧的问题，更是作者全部心思的独运。（以上详见晨钟版叶维廉《中国现代小说的风貌》一书《现代中国小说的结构》一文，第1~28页）

又蔡源煌在《小说的虚构与现实》一文里，亦从结构的观点出发，认为小说创作，乃是一种文字构架。（1981年12月15、16两日《台湾时报》副刊）

（二）相关元素

1.时间　不论任何人，出生总得有个年代，不论任何事件，发生总得有个时间，因此福斯特在《小说面面观》里说：

在小说中，对时间的忠诚恒为必要，没有任何小说可以摆脱它。（志文版第24页）

小说是由人物和故事所构成，那么时间的元素在小说中自是不可或缺的。小说中对时间元素的处理，通常有明暗两种方式。其一：将时代背景，乃至于年代时序，都写得明白。使用这种手法的作者，有两种用意：第一是希望读者信其故事的真实性，第二是借此转移读者的视线，此为障眼法。其二：模糊时代背景，事情发生的年岁亦不写出。用这种手法的作者，也有两层意思，第一因系取材于现代，其中人物、故事皆是现实，读者一见便知，毋须多赘；第二是故事将时代混淆，以乱人耳目，以避免不必要的干涉及困扰。

申言之，小说作者必须学会处理四种时间，他得选择一个"直叙时间"量度——一天、一小时、一年或十年——让构成情节的事件或插话发生于其中。在这一个他所预计的、孤立的时间片段中，他指示故事的开端、动作的进展以及高潮和结局。他还得了解"回溯"的用途，此涉及过去与现在的联系。他必须对付"转接"，一个场面与另一个场面的时间链环或拱廊，予人以故事向前发展的印象。最后，他得了然故事本身的"节拍"或"步度"。总之，在写作者手里，"时间"是一种控制的工具。把握小说的"直叙时间"，作者可缩短小说的时限，浓缩其焦点。了解"回溯"的用途，他据此以加添必要的资料，增进人物刻画的深度。他凭着处理"转接"与"节拍"，去调度展现自己经验过程的速度，去用最可信、最有趣的方式把表现的各部分联系起来。（以上详见大地版《经验的河流》，第80~86页）

2. 地点　即故事发生的地点、人物活动的空间。空间元素之于小说，亦如时间元素，是不可或缺的。作者对空间的运用和描写，也有"虚""实"的不同。通常来说，小说中的故事所发生的地点多是泛指一区域，或是假托某一城市乡镇，鲜有以真实的地理环境作背景一五一十地写出来。一则不可能，再则也无此必要。甚至由于过分写实，反会招致无谓的烦恼，引起别人的指指点点，胡乱批评。此外，如果某一作品其人其事是有所影射的，作者不但要避实就虚，而且还要设法假托。

3. 景物 景物描写之于小说，一如布景之于戏剧，衣着之于人类。景物描写之于小说，有多种不同的功能：

（1）它可以显示人物心理。有些人以为对人物心理的描写只能用直接的笔触，其实不然，一段好的景物描写，也可以显示出人物某时的心境。

（2）它可以制造故事气氛。借景物的描写来造成一种意境，通过读者的联想作用，及利用读者的真实经验，使读者在幻觉中能产生一种期望的气氛，借这种气氛再来烘托人物的心理，或帮助故事情节的发展。

（3）它可以构成意象。作者联合许多形象，将它们组合在一起，使它产生一种新的东西，读者因此而得到一种新的感受，这种感受就是作者所欲表达的一种意识，而就读者感受的结果而言，便是一种意象。

（4）它可以烘托暗场。暗场是指不直接呈现给读者或观众的一种景象。借景物作媒介来烘托暗场是一种经济和象征的手法。

至于景物描写的方法，大致可分为两种：一为全景描写，一为重点描写。所谓全景描写，是根据某个环境中真实的景物——据实地描写下来，作者的笔触是详细的，态度是客观的，不予增减，也不予选择。重点描写则不然，作者在某个环境中只是捉住一些特别的景物予以描写，余者便都省略，作者的笔触是简约的，态度是主观的，当增则增，当减则减，作者要选择和取舍。

二、儿童小说的特质

从前一节"小说的构成要素"里可知，小说的组成离不开"人、事、时、地、物"等因素，及由这些因素所虚构的故事，但我们却希望它比真实的故事更具真实感。福斯特在《小说面面观》里说：

小说的基础是事实加 x 或减 x，这个未知数 x 就是小说家

本人的性格，这个未知数也永远对事实有修饰增删的功效，甚至把它整个的改头换面。（见志文版第38页）

所谓"加 x 或减 x"，即是指虚构性而言，福斯特又引一名法国批评家阿伦的话：

小说中的虚构部分，不在故事，而在于使观念思想发展成外在活动的方法，这种方法在日常生活之中永不会发生……历史，由于只着重外现的来龙去脉，局面有限。小说则不然，一切以人性为本，而其主宰感情是将一切事物的动机意愿表明出来，甚至热情、罪恶、悲惨都是如此。（同上，第39页）

总之，小说徘徊在虚构与现实之间。因此，小说不但是虚构，同时也代表着一种对现实的诠释。蔡源煌先生在《小说的虚构与现实》一文里说：

小说创作，乃是一种文字架构。它像盖房子一样，从地基、栋梁、房椽、墙壁一步一步地堆筑起来，自而成形为屋。小说中之文字架构，逐步堆砌而成为所谓的"作品"——其中你可以看到一个虚构的时空，这个虚拟的时空，无论如何，像我们生活中的现实时空，但那只是虚拟的，所以叫作文字构筑。更精确地说，它应该配合想象力而产生的重建——是在"经验"发生过后，才去回想而加以重建的。小说中，文字之堆砌构筑，绝不像照相机镜头的摄影一样，原原本本地将实物、现实摄入画面。其实，纵使是照相、摄影再怎么真实或栩栩如生，它也已经将现实事物的三度空间实体化为二度空间的平面。换句话说，现实经过诠释，便已有所变形。作家凭他的经验，慢慢地把他所要捕捉的现实，融合经验与想象，虚拟出——或重建出——一个特定的时空场合，而人物的行动、话语就在字里行间活跃起来。这就是我为小说创作所下的定义：小说乃是文字构筑。然而，用文字捕捉现实，势必牵涉到一个问题，那就是——人对现实的认知是经过解释的。现实里面的种种现象，叫一个作家来记述，他必定要凭主观的认知去加以整理，他不可能活生生地、很粗糙地把现实影印过来。认知过程中，个人所做的一切解释都是主观的。（见 1982 年 12 月 14 日，《台湾时报》副刊）

在虚构与现实之间，我们可以知道小说的特质所在。赵滋蕃先生在《谈人物刻画》一文里说：

小说是人的艺术，却把人物刻画的重要性，推到了无可减约的事实基础上。（见道声版《文学与美学》，第 220 页）

赵先生认为小说的特质，在于是人的艺术，而表现人的艺术则在于人物的刻画。这个"人的艺术""人物的刻画"，皆在臻于"无可减约的事实基础上"，也就是企图突破虚构与现实，而达到"真实感"的要求。因此真实感即是小说的特质所在，也就是说小说的特质是在于人物的真实感，即小说是离不开人物的，而人物又必须是真实的。又何处去找这些人物呢？其实真实的人存在于真实的生活中，找寻真实人物最合适的地点，便是我们生活的周遭。试就赵滋蕃先生所论转述如下，以见小说的真实感。

赵先生认为小说是人的艺术，至少包含五个重点：

第一，人物的活动是故事和情节之源。也只有人物的活动，才能赋予故事与情节以意义和价值。而人物刻画，不独能使读者产生真实感，同时也能使读者产生关切之情。

第二，小说是人的艺术，系确指小说艺术的表现焦点是人。人与人的相对活动，不独是故事与情节的源泉，而人也是社会诸关系的总和。人的外表行为、人的内心活动、人的所思所感、一言一行，使他从各方面跟环绕他的世界相关联。如此，作家的视野才能笼罩整个生活，作家才能由人物组成的小社会复制着整个社会的众生相。它的明面和暗面、它的实体和幻象、它的动态和静态、它的综合观察和分析观察、它的深度和广度均一一表现。一句话，人的描写，必然居于小说艺术的首位；而人的问题，也必然是小说表现的核心问题。

第三，小说是人的艺术，指明了"人"是小说的活材料，小说家是依赖这些材料，依赖人而工作的艺术家。故小说家必须观察许多类似的人，才能建立起一个类似的典型。小说家必须永远把自己的人物提升到典型上去。伟大的天才跟常人不同的特征即在此：他有综合和创造的能力，他能结合一系列人物的性格，创造出某一典型。

第四，小说是人的艺术，在表现上重点地提出：外表行为方面是人在行动里边的精神面貌；内心生活方面是人的心灵的历史；在生活经验方面，肯定了艺术即经验。是人的经验创造了小说，而直接、独特、丰富的人生经验，才是小说家最珍惜的第一等素材。

第五，小说是人的艺术，还指出另一个重点，那就是小说以语文为表现媒介；而语言和文字，是人所独有的。（同上，第125~134页）

由上可知，小说里，如果没有人物的活动，如果人物未加刻画而不能予读者以真实感，则其他一切创新的努力终属徒然。总之，小说的特质在于真实感，而这种真实感就儿童小说而言，则在于容量简单和叙述写实。就简单性来说，儿童小说出现的人物不会太多；情节叙述的方式以正叙和插叙为主。主题不能过于深奥，像《红楼梦》的"人生就是虚无"，或像《荆轲》的"侠义和气节的表现"，对儿童来说显然不易了解。一些富于哲理思考的小说也不易为儿童所接受。就写实性来说，无论是人物、背景或情节，儿童小说趋向现实。我们可以这样说，儿童小说在童话世界与成人世界之间搭起一座桥梁，它驱使儿童由幻想走向现实，进而窥探实际人生的真义。

第三节　儿童小说的写作原则

小说就篇幅而言，有短篇、中篇、长篇之分；本文所说的写作原则，是指短篇而言。胡适给短篇小说的定义是：

　　短篇小说是用最经济的文学手段，描写事实中最精彩的一段或一方面，而能使人充分满意的文章。（见《胡适文存》第一集，第 219 页）

　　可知短篇小说特别着重"经济手段"和"事实效果"。在"事件"（行为）、"人物"（性格）、"情节"（境遇）等要素中，短篇小说通常把重点放在其中的某一要素上，使其他二要素成为附从。所以，短篇小说有强调"以事件为中心"、强调"以人物为中心"、强调"以情节为中心"三种重点不同的类型。作者认定了他强调的目标之后，便倾全力去发挥他的效果；其他事情都属枝叶，仅用来帮助中心目标的显明衬托罢了。由此可知，短篇小说大抵力求故事的单纯及文字的精练，而使作品的印象强烈与统一以及结构紧密。因此我们可以说短篇小说的特色即是"单一性"，而"单一性"本身不是目的，它只是使短篇小说趋于圆满的一项经济的手段。

　　单一性之说，本属戏剧的写作律则。它是意大利卡斯特维托所提出（Lodovico Castelvetro，1505—1571）的，而后法国戏剧家拉辛（Racine，1639—1699）又提出，且宣称是由希腊哲学家亚里士多德所倡，是新古典主义的戏剧写作原则。顾名思义，单一性即指仅仅"一个"而言，拉辛等人认为戏剧应具三项单一性，这就是所谓"三一律"，是指：

　　时间的单一：故事应尽可能发生于一段连续的时间内。

　　地点的单一：故事尽可能发生于一个地点。

　　动作的单一：故事应尽可能包括一系列事件。

　　"三一律"对短篇小说而言，可能不够周延，但单一性却是可作为短篇小说写作的依循，也就是说对"单一性"加以合理的运用，确实可以使短篇小说趋于更易写、更易读，且形式更加完美；同时，它对文学上的"经济"也具有极大的帮助。以下将短篇小说写作时应有的单一性分述如下：

1. 单一动作　单一动作就是指一个或一群人经历一个事件（或一系列事件）而言。也就是说作者所应用的每一个字都应该与故事的主要问题有关，从开始到高潮抵达，活动不断，避免一切离题的补叙。一篇小说可以包括几个问题，不过应该让读者明白每一个从属的问题都与主要问题直接相关。

戏剧手法的应用可以帮助维持动作的单一，因为我们靠人物的表演来表现故事，比直接叙述要来得简洁利落。一篇小说在最后定稿之时，最好能逐句检查，自问是否每个字都能有助于推动情节、发展故事。每一段落、每一句子、每一词组，只要与问题解决无关，都应删除。

2. 单一时间　"三一律"的单一时间，是故事时间不得超过二十四小时的规定。一般而言，短篇小说的内容，只能包含一个人物一生中的一个重要事件。因此，时间的单一对于短篇小说而言，除了经济之外，还可以避免读者兴趣的中断。

初学者所选择的故事材料，其发展的时间最好不超过一星期。当然，假如从问题的介绍到问题的解决，所需的时间能不超过二十四小时的话，那就更好。

写作者事先构思小说，应对材料妥加安排，使小说的开端尽可能接近故事的高潮。有些事实细节是应该让读者知晓的，不过除非故事一开展实际上就必须交代明白，否则小说的叙述不必从这些细节发生的时候开始，而应该以一个具有戏剧性的情势作为开头，此情势应与即将呈演在读者眼前的故事具有实际的关联。待读者的注意力被抓住以后，再利用"回忆"把读者应知晓的细节作简单的交代。也就是说选择一段发展故事最多的时间为"决定性时间"，而把其余各段时间纳入"回溯"。

"回溯"的意思是说故事发生于"现在"，而通过人物的记忆去再现"过去"。在此情形下，作者置故事的基点与兴趣于现在，在必要的情形下，让读者通过"回溯"看到过去，当回返"现在"时即不致中断其兴趣。"回溯"不宜过长，只要能达成任务，则越简单越好。假如需"回溯"的细节很多，与其作一次表现，不如分为若干次表现。"回溯"应以如戏剧化的表现，才更能动人，也就是应借人物的对话与行动来呈现情势。

3. 单一地点　单一地点是指故事发生于一个地点而言。因此，如果变更地点，这个单一性便被破坏了。不过，地点的单一并不是说非把故事发生的地点局限于一个房间不可，是以不可把场面变更与地点变更混为一谈。我们通常不容易找到只要一个场面便交代得清楚的小说题材，何况一篇小说只包含一个场面，读者读来不免有单调之感。因此场面可基于情节的需要而时常变换。

虽然有些名作家常破坏了地点的单一性，但是除非你具有与他们同样精练的写作技巧，否则还是要依循此原则。与其变更地点，不如对情节加以巧妙的安排，以保持单一地点，使小说更具效果。

4. 单一人物　短篇小说通常只包含一个主要人物，同时一篇小说不能有太多人物出现。所谓不能有太多人物，一般是指六人以下而言，否则，便破坏了单一性。

短篇小说是以经济的手法来制造效果，建立印象，故事的时间与空间都不容许我们过分铺张。在这样的局限下，如果利用过多的人物来表现情节，势必一团糟，因为我们不可能有机会刻画每一个人物，使他们个个鲜明突出。因此，不必要登场的人物不宜登场，换言之，除非十分必要，不要随便把一个人物扯入故事。同时，与情节有密切关系的人物，不可以在第一个场面出现后便不见了，更不可以让一个人物突然在高潮出现，当然，仆役或官吏之类无关紧要的人物不在此限，因为他们的作用跟布景差不多。

5. 单一观点　在小说中，一个人物具有"观点"，即作者通过这个人物的眼睛、情绪、思想等来表现故事。小说是由讲故事演变而来的，时至今日，小说的内容大抵仍不离"故事"。一个故事所牵涉的范围很广，你以哪一个角度来讲呢？不同的角度决定不同的着眼点，赋予故事不同的风貌、不同的意义，予读者以不同的感受。因此作者选择不同的观点，让读者看到不同的东西。观点限定了小说的内容，对小说而言，观点一方面是它制造效果的工具，另一方面无形中成为它取舍题材的基准之一。在短篇小说里，我们最好保持贯彻始终的"单一观点"。单一观点是指仅通过一个人物的主观意识去呈现客观世界。在这种情形下，作者笔触所及，仅以此一人的见闻、感受以及思绪为限，凡是这个人物所不能见、不能闻的，读者也只好不见不闻，这个人物便称为"观点人物"。

由于作品在写作过程中严格地依循着同一的观点去表现，自始至终，不作转移，以求统一，读者在欣赏过程中也自始至终接受着同一观点。读者通过观点人物的视觉去看，通过他的听觉去听，读者以他的感受为自己的感受。或者说，作者使读者自始至终将注意焦点定于同一人物，达成效果的集中。

单一观点，一般人认为它是短篇小说独一无二的写作观点。因为运用单一观点可以使效果因集中而更趋有力，从而更增加了作品的深度。（以上所论详见《经验的河流》中《短篇的单一性》一文，第180~185页）

参 考 书 目

一

《小说写作的技巧》　纪乘之译　光启出版社　1961 年

《小说技巧举隅》　王鼎钧著　光启出版社　1963 年

《短篇小说透视》　王鼎钧著　大江出版社　1969 年

《人物刻画基本论》　埃尔伍德著　丁树南译　传记文学出版社　1970 年

《小说论》　赵滋蕃编　这一代出版社　1970 年

《小说创作法》　罗勃·史密斯著　楚茹译　阿波罗出版社　1971 年

《写作技巧与效果》　丁树南著　开山书局　1971 年

《写作浅谈》（一、二）　丁树南译　学生书局　1972 年

《小说面面观》　福斯特著　李文彬译　志文出版社　1973 年

《长篇小说作法研究》　陈森译　幼狮文化公司　1975 年

《经验的河流》　丁树南译　大地出版社　1975 年

《小说的分析》　陈延臣译　成文出版社　1977 年

《小说家谈写作技巧》　黄武忠著　学人文化事业公司　1978 年

《小说创作论》　罗盘著　东大图书公司　1980 年

《小说入门》　李乔著　时报出版公司　1986 年

《从发展观点论少年小说的适切性与教学应用》　吴英长著　慈恩出版社　1986 年

《认识少年小说》　马景贤主编　台湾儿童文学学会印　1986 年

《中国小说史》（四册）　孟瑶著　传记文学出版社　1991 年

二

《谈儿童小说的创作》　林钟隆　见小学生版《儿童读物研究》

《儿童小说》　傅林统　见作文版《儿童文学的认识与鉴赏》

《少年小说的任务》　林良　见《浅语的艺术》

《浅谈少年小说》　邱阿涂　见《布谷鸟诗刊》第十期

《谈少年小说的写作》　杨思谌　见《青少年儿童福利学刊》第二期

《小说创作的美学基础》　赵滋蕃　见道声版《文学与美学》1978 年

《谈人物刻画》　赵滋蕃　见《文学与美学》

《儿童小说》　黄明译　见《儿童文学周刊》第九二期

《历史小说》（一）　黄明译　见《儿童文学周刊》第二〇〇期

《历史小说》（二）　黄明译　见《儿童文学周刊》第二九九期

《历史小说》（三）　黄明译　见《儿童文学周刊》第三〇〇期

附　录

台湾地区儿童文学论述译著书目

（1949—1988）

　　从 1987 年 7 月 1 日起，省市九所师专改制为学院；当年 7 月 15 日，宣布解严；11 月 1 日，开放大陆探亲。而 1988 年元旦起，报禁解除。

　　是以 1987 年是个转型与蜕变的年代。就儿童文学界而言，亦有下列事件值得记载：

　　"儿童文学"成为新制师院生必修课程；

　　大陆儿童文学书籍涌进；

　　多少儿童报章杂志蓄意待发。

　　于是，幼狮文化公司有整理 1949 年以来台湾地区儿童文学选集的计划，个人曾参与其事，并主编《论述篇》一书。缘于《论述篇》所选文章要皆以单篇或论体制者为主，因此又汇集台湾地区有关论述译著书目作为附录。收录年代始于 1949 年，止于 1988 年，其间翻印早期或大陆地区者皆不录。

　　本书目以出版成书者为据。虽说始于 1949 年，而实际上最早的一本是刘昌博《中国儿歌的研究》，出版时间是 1953 年 7 月，可见早期儿童文学受冷落。当时虽有杨唤等人的努力（详见洪范版《杨唤全集》里有关书简；并见第一二二期《台湾文艺》，拙著《杨唤对儿童文学的见解》一文，第 8~16 页），但似乎无济于论述著作的出现。

　　儿童文学向来有"寂寞一行"之称，而论述更是寂寞中的寂寞。

其间必有若干论述著作或由作者自费印行，流通不足；或因个人偏处东隅，收集不及，遗珠必多。如今不揣简陋，勉力成篇，旨在提供爱好儿童文学之同道研究参考，并期引玉以增补不足。

一

《五十年来的中国俗文学》　娄子匡、朱介凡合著　正中书局1963年

《儿童阅读及写作指导》　王逢吉编著　台中师专　1963年

《儿童文学研究》　刘锡兰编著　台中师专印　1963年

《儿童文学》　林守为编著　自印本　1964年

《儿童文学研究》　吴鼎编著　台湾教育辅导月刊社　1965年

《儿童读物研究》（第一辑）　小学生杂志社　1965年

《儿童读物的写作》　林守为著　自印本　1969年

《谈儿童文学》　郑蕤著　光启出版社　1969年

《师专儿童文学研究》（上、下）　葛琳编著　中华出版社1973年

《儿童文学创作选评》　曾信雄著　国语日报社　1973年

《儿童文学研究》（第一集）　谢冰莹等著　中国语文月刊社1974年

《儿童文学研究》（第二集）　叶楚生等著　中国语文月刊社1974年

《儿童文学散论》　曾信雄著　闻道出版社　1975年

《浅语的艺术》　林良著　国语日报社　1976年

《台湾儿童文学的演进与展望》　许义宗著　自印本　1976年

《儿童文学论》　许义宗著　自印本　1977年

《如何实施儿童文学教学》　陈东升著　市女师专印　1977年

《儿童的文学教育》　王万清著　东益出版社　1977年

《西洋儿童文学史》　许义宗著　台北市师专印　1978年

《儿童文学的认识与鉴赏》　傅林统著　作文出版社　1979 年

《儿童文学——创作与欣赏》　葛琳著　康桥出版社　1980 年

《儿童文学赏析》　林守为著　作文出版社　1980 年

《儿童文学的新境界》　邱阿涂著　作文出版社　1981 年

《儿童文学与儿童图书馆》　高锦雪著　学艺出版社　1981 年

《中国儿童文学》　王秀芝编著　双叶书廊　1981 年

《儿童文学评论集》　冯辉岳著　自印本　1982 年

《西洋儿童文学史》　叶咏琍著　东大图书公司　1982 年

《如何指导儿童文学创作》　台北市教育局印　1983 年

《儿童文学综论》　李慕如著　复文图书出版社　1983 年

《儿童读物研究》　司琦著　台湾商务印书馆　1983 年

《改写本西游记研究》　洪文珍著　慈恩出版社　1984 年

《慈恩儿童文学论丛》（一）　慈恩出版社　1985 年

《儿童的文学创作》　洪中周编著　浪野出版社　1985 年

《敦煌儿童文学》　雷侨云著　台湾学生书局　1985 年

《怎样写儿童故事》　寺村辉夫著　陈宗显译　国语日报社
1985 年

《认识儿童文学》　马景贤主编　台湾儿童文学学会印　1985 年

《幼儿园儿童读物精选》　华霞菱著　国语日报社　1985 年

《儿童文学》　叶咏琍著　东大图书公司　1986 年

《幼儿天地》（第三期）（幼儿读物与教育专辑）　台北市师
专儿童研究实验中心印　1986 年

《儿童文学漫谈》　蓝祥云著　北成小学印　1987 年

《儿童文学故事体写作论》　林文宝著　复文图书出版社
1987 年

《儿童文学的天空》　吴当著　自印本　1987 年

《儿童故事原理研究》　蔡尚志著　百诚出版社　1988 年

《儿童文学讲话》　李汉伟著　供学出版社　1988 年

《儿童文学》　林守为编著　五南图书出版公司　1988 年

《认识儿童文学》 许汉章著 高雄市儿童文学写作学会印 1988 年

《儿童文学理论与实务》 张清荣著 供学出版社 1988 年

《中国儿童文学研究》 雷侨云著 台湾学生书局 1988 年

《儿童文学谈丛》 邱各容著 自印本 1988 年

《儿童文学研究》 台北市实验小学编印 1988 年

《浅谈儿童文学创作》 宜兰县罗东小学儿童文学丛书（二） 1988 年

二

《怎样指导儿童课外阅读》 邱阿涂编著 台湾教育主管部门印 1971 年

《儿童文学论著索引》 马景贤编著 书评书目社 1975 年

《中华儿童丛书简介》 台湾教育主管部门编 1975 年

《第二期中华儿童丛书简介》 台湾教育主管部门儿童读物编辑小组主编 1978 年

《第三期中华儿童丛书简介》 台湾教育主管部门儿童读物编辑小组主编 1983 年

《第四期中华儿童丛书简介》 台湾教育主管部门儿童读物编辑小组主编 1986 年

《儿童阅读研究》 许义宗著 台北市立女师专印 1977 年

《世界文学名著的小故事》 蒙特高茂来著 张剑鸣译 国语日报社 1977 年

《卅年来台湾儿童读物出版量的分析》 余淑姬撰 启元文化公司 1979 年

《台湾儿童读物市场之调查分析》 杨孝溁撰 慈恩出版社 1979 年

《中外儿童少年图书展览目录》 台湾省立台中图书馆编印

1982 年

《儿童文学名著赏析》　许义宗著　黎明文化公司　1983 年

《儿童图书目录第一辑》　台北市立图书馆编印　1984 年

《儿童图书目录第二辑》　台北市立图书馆编印　1986 年

《台湾地区儿童文学作品对读书治疗适切性的研究》　施常花著　复文书局　1988 年

《为孩子选好书》　曹之鹏、王正明著　时报文化出版有限公司 1988 年

三

《怎样讲故事》　王玉川编著　国语日报社　1961 年

《怎样讲故事说笑话》　祝振华著　黎明文化公司　1974 年

《怎样对儿童讲故事》　徐飞华著　五洲出版社　1977 年

《说故事的技巧》　陈淑琦指导　时报文化出版有限公司 1988 年

《神话论》　林惠祥著　台湾商务印书馆　1968 年

《中国的神话与传说》　王孝廉著　联经出版公司　1977 年

《花与花神》　王孝廉著　洪范书店　1980 年

《神话的故乡》（上、下）　王孝廉著　时报文化出版有限公司 1987 年

《儿童读物研究第二辑》（童话研究）　林良等著　小学生杂志社　1966 年

《童话研究》　林守为著　自印本　1970 年

《日本童话文学研究》　邱淑兰著　名山出版社　1978 年

《童话的智慧》（上、下）　吴当著　金文图书公司　1984 年

《从发展观点论少年小说的适切性与教学应用》　吴英长著　慈恩出版社　1986 年

《儿童戏剧概论》　陈信茂著　台湾大学文化事业出版社

1983 年

《青少年儿童戏剧指导手册》 台北市教育局印 1983 年

《戏剧与行为表现力》 胡宝林著 远流出版公司 1986 年

《儿童戏剧编导略论》 黄文进、许宪雄著 复文图书出版社
1986 年

四

《中国儿歌的研究》 刘昌博著 自印本 1953 年

《怎样指导儿童写诗》 黄基博著 台湾文教出版社 1972 年

《儿童诗歌欣赏与指导》 王天福、王光彦编著 基隆市教育辅
导团印 1975 年

《儿童诗研究》 林钟隆著 益智书局 1977 年

《怎样指导儿童写诗》 黄基博著 太阳城出版社 1977 年

《中国儿歌》 朱介凡编著 纯文学出版社 1977 年

《童诗研究》 李吉松、吴银河著 高雄市七贤小学印 1978 年

《儿童诗论》 徐守涛著 东益出版社 1979 年

《儿童诗的理论及其发展》 许义宗著 中山学术文化基金会
奖助出版 1979 年

《儿童诗教学研究》 陈清枝著 自印本 1980 年

《儿童诗画论》 陈义华著 台北市万大小学印 1980 年

《儿童诗指导》 林钟隆著 快乐儿童周刊社 1980 年

《童诗教室》 傅林统著 作文月刊社 1981 年

《儿童诗画曲教学研究》 黄玉华、王丽雪著 台南市喜树小
学印 1981 年

《我也写一首诗》 陈传铭著 高雄市十全小学印 1982 年

《儿童诗欣赏与创作》 洪中周著 益智书局 1982 年

《诗歌教学研究》 台北市教育局印 1982 年

《童谣童诗的欣赏与吟诵》 许汉卿著 台湾教育主管部门印

1982 年

《童诗教室》　吴丽樱著　台中师专附小　1982 年

《儿童诗观察》　林钟隆著　益智书局　1982 年

《儿童诗学引导》　陈传铭编著　华仁出版社　1982 年

《儿童诗歌欣赏习作》　吕金清著　自印本　1982 年

《童诗开门》（三册）　陈木城等著　锦标出版社　1983 年

《快乐的童诗教室》　林仙龙著　民生报社　1983 年

《春天》　陈清枝编著　宜兰县清水小学印　1983 年

《童诗病院》　陈传铭著　高雄市十全小学印　1984 年

《诗歌初啼》　台北市莒光小学印　1986 年

《儿童诗的创作与教学》　郭成义主编　金文图书公司　1984 年

《中国儿歌研究》　陈正治著　亲亲文化事业公司　1984 年

《童诗叮叮当》　邱云忠编著　惠智出版社　1985 年

《童诗创作引导略论》　黄文进著　复文图书出版社　1985 年

《如何写好童诗》　赵天仪编著　欣大出版社　1985 年

《大家来写童诗》　赵天仪编著　欣大出版社　1985 年

《儿童诗歌的原理与教学》　宋筱蕙著　自印本　1986 年

《试论儿童诗教育》　林文宝著　台湾教育主管部门印　1986 年

《童诗的秘密》　陈木城著　民生报社　1986 年

《童诗的欣赏与创作》　吴恭嘉著　台中市瑞丰小学印　1986 年

《童诗上路》　陈文和著　自印本　1986 年

《拜访童诗花园》　杜荣琛著　兰亭书店　1987 年

《遨游童诗国度》　林清泉著　现代教育出版社　1987 年

《童心童语》　朱锡林著　新雨出版社　1988 年

《儿童诗歌研究》　林文宝著　复文图书出版社　1988 年

五

国语日报社《儿童文学周刊》

《月光光儿童文学》 林钟隆主编 自第六一期开始改为《儿童文学杂志》

《大雨诗刊》 林芳腾主编

《儿童文学杂志》 王天福主编

《布谷鸟儿童诗学季刊》 林焕彰主编

《儿童图书与教育杂志》 洪文琼主编

《儿童文学》（年刊） 许汉章主编

《海洋儿童文学》（四月刊） 吴当主编

《培根儿童文学杂志》 谢慈云主编

《满天星儿童诗刊》 洪中周主编

《台北市儿童文学教育学会会员通讯》（双月刊） 李新海主编

图书在版编目（CIP）数据

儿童文学故事体写作论 / 方卫平主编；林文宝著 . —福州：福建少年儿童出版社，2023.11

（台湾儿童文学馆 . 理论馆）

ISBN 978-7-5395-7375-5

Ⅰ . ①儿… Ⅱ . ①方… ②林… Ⅲ . ①儿童文学—文学创作研究—中国 Ⅳ . ① I207.8

中国版本图书馆 CIP 数据核字（2020）第 211986 号

台湾儿童文学馆·理论馆

ERTONG WENXUE GUSHI TI XIEZUO LUN

儿童文学故事体写作论

主编：方卫平　著者：林文宝

出版发行：福建少年儿童出版社

http://www.fjcp.com　e-mail: fcph@fjcp.com

社址：福州市东水路 76 号 17 层（邮编：350001）

经销：福建新华发行（集团）有限责任公司

印刷：福州印团网印刷有限公司

地址：福州市仓山区建新镇十字亭路 4 号

开本：890 毫米 × 1270 毫米　1/32

字数：198 千字

印张：8

版次：2023 年 11 月第 1 版

印次：2023 年 11 月第 1 次印刷

ISBN 978-7-5395-7375-5

定价：45.00 元